উৎসর্গ

"প্রতারণার প্রতিধ্বনি" আমার মা স্বর্গীয় শ্রীমতি ঈশানী দত্তকে উৎসর্গ করলাম।

ভূমিকা

হিমালয়ের আকাশচুম্বী শিখরশ্রেণীর প্রেক্ষাপটে সীমাহীন প্রাকৃতিক ক্রোধের মাঝে, প্রেম, বিশ্বাসঘাতকতা ও মুক্তির উপন্যাস 'প্রতারণার প্রতিধ্বনি' .
অতীতের ছায়ায় আষ্টেপৃষ্টে আবদ্ধ জিৎ একটা অশুভ উদ্দেশ্যে ঝড়-বৃষ্টি-ভরা দুর্যোগের রাতের অন্ধকারে এক রাজনীতিবিদের দরজায় পৌঁছয়। কিন্তু ভাগ্যের অন্য পরিকল্পনা, ওই নির্জন বাংলোয় তার প্রাক্তন প্রেমিকা প্রিয়াও সেই সময় উপস্থিত। রাত বাড়ার সাথে সাথে নানা রহস্যের উদ্ঘাটন হয় এবং বিপদের মুখে নৈতিকতা ঝাপসা হয়ে যায়। বজ্রপাত সত্যকে আলোকিত করার সাথে সাথে জিৎ ও প্রিয়ার অদৃষ্টের জালে জড়িয়ে পড়া ও তাদের অনাগত সন্তানকে রক্ষা করার জন্য, প্রিয়ার অযাচিত বিয়েতে বাধ্য হওয়া। প্রতিটি বজ্র তালির সাথে, জিৎ এর সংকল্প আরো দৃঢ় হয়। সে তার সন্তান এবং প্রিয়ার জীবন রক্ষা করার জন্য এক বিপদজনক যাত্রা শুরু করে। লেখক সঞ্জয় দত্ত প্রকৃতির ক্রোধের পটভূমিতে মানুষের স্থিতিস্থাপকতার একটি প্রাণবন্ত প্রতিকৃতি এঁকেছেন। এমন একটি গল্পে ভেসে যাওয়ার জন্য প্রস্তুত হোন যেখানে প্রতিটি বজ্রপাত হৃদয়ের লুকানো সত্যগুলিকে আলোকিত করে। "প্রতারণার প্রতিধ্বনি" প্রেমের শক্তি এবং প্রতিকূলতার মধ্যেও যে তা বিকাশ লাভ করে তার এক জ্বলন্ত প্রমাণ।

লেখক পরিচিতি

সঞ্জয় দত্ত ভারতবর্ষ এবং নেপালে নির্মাণ যন্ত্রপাতি শিল্পে অনেক বছর কাজ করেছেন। ভ্রমণ তাকে বিভিন্ন প্রকার ভূখণ্ড এবং সংস্কৃতির মধ্যে নিয়ে গেছে। তার বেড়ানোর অভিজ্ঞতা অনেক ম্যাগাজিন এবং দৈনিকে প্রকাশিত হয়েছে।

মার্কিন যুক্তরাষ্ট্রে আসার পরে উত্তর আমেরিকা ও কানাডা ঘুরে দেখার মধ্যে লেখাও চলতে থাকে। তার ছোটগল্পের সংকলন, "ক্যালকাটা ইন শটস," KDP তে পাওয়া যায়। "প্রতারনার প্রতিধ্বনি," তার প্রথম বাংলা উপন্যাস এই মানব সমাজের প্রেম, ভালোবাসা ও সম্পর্কের নানান জটিলতা নিয়ে।

"Protaronar Protidhwani"

For inquiries, permissions, and communication, please contact Sanjoy Dutt, Holladay Street Portland, OR, USA.

DISCLAIMER

This fictional work is solely a creation of the author's imagination and is meant for entertainment purposes exclusively. Any resemblances to actual persons, whether living or deceased, events, or locations are entirely coincidental.

The viewpoints and opinions expressed in this book belong to the characters and do not necessarily represent the author's own perspectives.

It is advisable for readers to be aware that certain themes, scenarios, or language used in this book might be perceived as sensitive or unsuitable for certain audiences. Viewer discretion is advised.

The author and publisher do not support, endorse, or encourage any actions depicted in this work that could be considered illegal, immoral, or unethical.

All characters portrayed in this book are fictional, and any resemblances to real individuals, whether living or deceased, are purely coincidental. Readers are encouraged to interpret the events and themes presented in this book at their own discretion.

Thank you.

দাবিত্যাগ

এই উপন্যাস শুধুমাত্র বিনোদনের উদ্দেশ্যে, সম্পূর্ণ কাল্পনিক এবং লেখকের কল্পনার সৃষ্টি। জীবিত বা মৃত, ব্যক্তি বা ঘটনার সাথে এর কোনো মিল সম্পূর্ণ কাকতালীয়।

এই বইটিতে প্রকাশিত দৃষ্টিভঙ্গি এবং মতামতগুলি চরিত্রগুলির অন্তর্গত এবং কোনভাবে লেখকের নিজস্ব দৃষ্টিভঙ্গির প্রতিফলন নয়।

পাঠকদের সচেতন হওয়া বাঞ্ছনীয় যে এই বইটিতে ব্যবহৃত কিছু থিম, দৃশ্যকল্প বা ভাষা নির্দিষ্ট দর্শকদের জন্য সংবেদনশীল বা অনুপযুক্ত হিসাবে বিবেচিত হতে পারে। লেখক এবং প্রকাশক এই উপন্যাসে চিত্রিত এমন কোনো কাজকে সমর্থন, বা উৎসাহ দেন না যা বেআইনি বা অনৈতিক বলে বিবেচিত হতে পারে।

আগেই বলা হয়েছে এই উপন্যাসে চিত্রিত সমস্ত চরিত্রই কাল্পনিক, এবং বাস্তবে কোন জীবিত বা মৃত, ব্যক্তির সঙ্গে সাদৃশ্য সম্পূর্ণ কাকতালীয়। পাঠকদের তাদের নিজস্ব বিবেচনার ভিত্তিতে এই বইটিতে উপস্থাপিত সমস্ত ঘটনা এবং বিষয় ব্যাখ্যা করতে উৎসাহিত করা হচ্ছে। ধন্যবাদ।

১. আগুন্তুক

ভারতের রাজধানী দিল্লী থেকে আরও উত্তরে গেলে আমাদের সাক্ষাৎ হয় হিমালয় পর্বতমালার সঙ্গে । বিশ্বে হিমালয়ের বিশালত্ব বা তার ব্যাপ্তি অতুলনীয়। এয়ারকন্ডিশন আবিষ্কারের পূর্বে উত্তর ভারতে গ্রীষ্মের প্রচন্ড দাবদাহ থেকে বাঁচতে ইংরেজরা আশ্রয় নিতো হিমালয়ের কোলে। গ্রীষ্মে সেখানকার আরামদায়ক আবহয়ে অভিভূত হয়ে ইংরেজরা হিমালয়ে বিভিন্ন শৈল শহরের স্থাপন করে, যা আজ দেশে বিদেশের পর্যটক মহলে খুবই জনপ্রিয়। আমাদের গল্প ভারতের স্বাধীনতা পরবর্তী প্রাককালে যখন ইংরেজরা এদেশ থেকে প্রত্যাবর্তন করেছে। হিমালয়ের অফুরন্ত সম্পদের নিষ্কাশনে আনাচে কানাচে থাবা বসিয়েছে তৎপর দেশী ব্যাবসায়ীর দল । এমনই এক জনসমুক্ষে স্বল্প পরিচিত হিমালয়ের কোনে আমাদের গল্পের শুরু।

এখানে পাহাড়ের একদিকে নিবীড় ঘন জঙ্গল অন্য দিকে প্রায় তিনশো ফুট গভীর খাদ। পাহাড়ের ওপর থেকে নেমে সরু চঞ্চলা নদীটা ওই খাদের মধ্যে দিয়ে এঁকে বেঁকে তীব্র গতিতে পাহাড়ের পাথরে প্রচন্ড ধাক্কা খেয়ে লাফাতে লাফাতে নেমে চলেছে। পাহাড়ী রাস্তাটা, যার বেশিটাই কাঁচা, সাপের মত এঁকে বেঁকে নেমেছে প্রায় পাহাড়ের খাদ ঘেঁষে । দিনের বেলা ওপর থেকে দেখলে রাস্তাটাকে মনে হয় পাহাড়ের গা বেয়ে যেন একটা মস্ত সাপ হেলে দুলে নেমেছে । রাতে অবশ্য সারা

রাস্তাটা বাতির অভাবে জমাট অন্ধকারে ডুবে থাকে। তখন শুধু শোনা যায় একঘেয়ে নদীর জলের কুল কুল, আর হাওয়ায় পাহাড়ের গায়ে জঙ্গলে আলোড়িত পাতার আওয়াজ। ব্যতিক্রম অবশ্য ওই পথে ছড়িয়ে ছিটিয়ে থাকা কয়েকটা ধনী ব্যাবসায়ীদের বাংলো। রাতের অন্ধকারে বাংলোগুলোর ইলেক্ট্রিকের বাতি চাপা অন্ধকারে মধ্যেও খাপছাড়া টিমটিম করে জ্বলে অন্ধকার মহাশুন্যে ঐ রাস্তার অস্তিত্বকে প্রতিষ্ঠিত করে।

আজকের রাতটা বড়ই দুর্যোগের, পাহাড়ে ঝড় ও বৃষ্টি থামার কোনো লক্ষণই নেই। থেকে থেকে সারা আকাশ জুড়ে বিদ্যুতের ঝলকানি আর কড়কড় শব্দে আকাশে মেঘের হুঙ্কার। বিদ্যুতের আলোয় জঙ্গলের বিশাল গাছগুলোকে দৈত্যের মত আর অন্যপারের জনহীন উপত্যকাটাকে দেখায় অন্ধকারে ডুবে থাকা কোনো অজানা ভূত পুরীর মত। স্বভাবতঃ এই দুর্যোগের রাতে ঐ পাহাড়ী রাস্তা জনশূন্য। পাহাড়ের জমাট ঠান্ডার সঙ্গে পাল্লা দিয়ে ঝড় বৃষ্টির মধ্যে সকলে যখন তাদের বাসার নিরাপদ উষ্ণ আস্তানায় অনেক আগেই ফিরে গেছে তখন ওই সুনসান রাস্তায় একটা মাত্র মোটরগাড়ী পথের পাশে পাথরের আড়ালে অনেক্ষন ধরে চুপ করে দাঁড়িয়ে । পথের পাশে একটা বিশাল পাথরের পেছনে এমন করে গাড়িটা লুকিয়ে রাখা যাতে পথ চলতি কারুর সহজে নজরে না পড়ে । গাড়ির ভিতরের চিন্তিত মাঝবয়সী আরোহী নিজের হাত ঘড়ির দিকে অস্থির হয়ে তাকিয়ে দেখে । হয়তো সে মনে মনে ভাবে সঠিক মূহুর্ত্তের জন্য এখনো বেশ কিছুক্ষন এই অন্ধকারে তাকে ঘাপটি মেরে অপেক্ষা করে থাকতে হবে।

পাহাড়ের ওপর যে জলবিদ্যুত প্রকল্পের কাজ শুরু হয়েছে তার জন্যই এই রাস্তায় গাড়ি ও লরির গতিবিধি বেড়েছে, কিন্তু দিনের আলো নেভার আগেই তারা এই মারাত্মক এবড়ো খেবড়ো পাহাড়ী পথটা পার করে চলে যায় । শীতের সন্ধ্যেতে সূর্য ডোবার আগেই সাধারণতঃ এই রাস্তা সাফ হয়ে যায় আর আজ এই দুর্যোগে কে বা পথে নামবে? এমন দুর্যোগে নিরাপত্তার জন্য বিদ্যুতের যোগানও বন্ধ করে দেওয়া হয়েছে । সূর্যাস্তের পর থেকে বাংলোগুলোও ডুবে আছে জমাট অন্ধকারে। নিজের চেক লিস্ট গুলোকে আর একবার মনে মনে ঝালিয়ে নেয় ওই আগুন্তুক। তার গন্তব্য বাংলোটায় একটিমাত্র ভৃত্য তার কাজ সেরে বিদায় হয় সাতটার কিছু পরে। সিকি মাইল দূরে পাহাড়ী বস্তিতে তার বাস। বাংলোটাতে রাতে মাত্র দুজন প্রাণী থাকে পঞ্চাশ উর্ধে জগমোহন ও তার মাঝবয়সি স্ত্রী, আগুন্তুক তার স্ত্রীকে দেখেনি তার নামও জানে না । আগুন্তুকের একমাত্র লক্ষ্য শুধু জগমোহনের সঙ্গে একাকিত্বে সাক্ষাৎ।

জগমোহন অঞ্চলের অত্যন্ত ধনী ব্যক্তি, তার ওপর রাজনৈতিক নেতা, বেশ ভালোই প্রভাব আঞ্চলিক রাজনীতিতে। আসন্ন সামনের নির্বাচনে তার জেতা অবধারিত, বাড়ি দিল্লীতে সেখানে তার সঙ্গে একাকী মোলাকাত আগুন্তুকের জন্য অত্যন্ত কঠিন। দিল্লীর বাংলোয় তার দেহরক্ষী, অনেক চাকরবাকর, ড্রাইভার- অনেক লোকজন, আশপাশের প্রতিবেশী, তাছাড়া ওর বসবাসের এলাকায় অনেক গুরুত্বপূর্ণ ব্যক্তিদের বাস, জোরদার পুলিশী টহল । ইদানিং ক'বছর কয়েকটা মাস এই বাংলোয় ও স্বপরিবারে থাকে তার কাঠের ব্যবসা ও

নতুন শুরু করা খনির ব্যবসার কাজকর্ম দেখতে। বলাই বাহুল্য যারা আগুন্তুককে পাঠিয়েছে তারা জানিয়েছে এই ব্যাংলোর সন্ধান। তবুও সাবধানী আগুন্তুক সাত দিন ওই বাংলো ও জগমোহনের গতিবিধির ওপর নজর রাখছে কিন্তু জগমোহনের স্ত্রীকে সে একবারের জন্য দেখতে পায় নি। শুনেছে তাদের এক সন্তান আছে যে বোর্ডিং স্কুলে পড়াশুনা করে।

আগন্তুক ৯ মিলিমিটার বোরের পিস্তলে সাইলেন্সার লাগাতে লাগাতে ভাবে, কাজটা যেমন বিপজ্জনক তেমনই এটাতে অনেক অনেক টাকা। হয়তো এই জীবনের এটাই হবে তার শেষ এই ধরণের কাজ। কারণ এই কাজ করার পরে লম্বা সময় সুদূরে গা ঢাকা দিয়ে থাকতে হবে, পাল্টাতে হতে পারে নিজের পরিচয়ও। কথায় আছে বিপজ্জনক কাজের আগে পালাবার রাস্তা প্রসস্থ রাখা উচিত। আগন্তুক কোথায় গা ঢাকা দেবে কি ছদ্মপরিচয়ে তা আগেই ঠিক করে রেখেছে। পিস্তলে ম্যাগাজিন লোড করে পাশের সিটে রেখে ঘড়ির দিকে তাকিয়ে গাড়িতে স্টার্ট দিয়ে অবশেষে রাস্তায় নামে। বাংলোটার কাছাকাছি আসতেই গাড়ির স্টার্ট ও হেডলাইট বন্ধ করে দিয়ে অন্ধকারে সাবধানে স্টিয়ারিং ঘুরিয়ে ঢালু পথে পরিকল্পনা মতো বাংলোটা ছাড়িয়ে ২৫ গজ দূরে গাড়িটা দাঁড় করায়।

বিদ্যুৎহীন বাংলোটা ডুবে আছে গভীর অন্ধকারে। কাজে নামার আগে একটা সিগারেট ধরিয়ে মনে মনে আর একবার রিহার্সাল করে নেয়। প্রথমে বাংলোর ফোনের তারটা ছিঁড়ে বারান্দায় পৌঁছে দরজায় টোকা দেবে।

দরজা খুলবে সম্ভবতঃ জগমোহন কারণ চাকরটি এতক্ষনে নিজের বাসায় ফিরে গেছে। চার পাঁচ ফুট থেকে একটাই ফট্‌ এক্কেবারে কপালের মাঝখানে। যদি সেইসময় তার স্ত্রী এসে পরে তাহলে অগত্য তাকেও। কিছুতেই কোন প্রমান রাখা যাবে না। এরপর গড়ান রাস্তায় গাড়িতে স্টার্ট না করে নিস্তব্ধে নেমে যাবে যাতে আশেপাশের বাংলোর কেউ গাড়ির আওয়াজ শুনতে না পায়। উল্টো দিক থেকে এই দুর্যোগে রাতে কোনও গাড়ি আসার সম্ভবনা আজ নেই।

আগন্তুক জ্যাকেটের ভিতরে সাইলেন্সার লাগানো লম্বা অস্ত্রটিকে রাখে। এত কাছ থেকে রক্তের ছিঁটে উড়ে আসবেই জামা-প্যান্টে তাই ওভারকোটের মত লম্বা বর্ষাতিটা চাপিয়ে নেয়, হাতে চামড়ার দস্তানা পড়ে নেয় পোড়া বারুদের গুঁড়োর থেকে হাত বাঁচাতে, মাথায় টুপী। গাড়ি থেকে বেরোতেই ঝড়ের মত কনকনে হওয়ার সঙ্গে মুষল ধারায় বৃষ্টিতে তার সারা শরীর ঠান্ডায় কেঁপে ওঠে। বৃষ্টির প্রচন্ড শব্দ ঢেকে দেয় তার সমস্ত গতিবিধির শব্দ। প্রায় নিঃশ্বব্দে ফোনের তারটা ছিঁড়ে পৌঁছোয় বারান্দায় দরজার সামনে। একহাতে ইস্পাতের বাঁটটা ধরে অন্য হাতে দরজার গায়ে টোকা মারে।

ভিতরে পুরুষ কণ্ঠস্বর, "ওটা কি হওয়ার দরজার আওয়াজ? এতরাতে কে আবার এলো?"

মহিলা কণ্ঠস্বর, "এতো রাতে কে আবার আসবে? দাঁড়াও আমি দেখছি।"

রাবারের চটি পরে বাংলোর ভিতরে কারোর দ্রুত পায়ে দরজার দিকে এগিয়ে আসার শব্দ স্পষ্ট। আগন্তুকের

বুকের দুরু দুরু বেড়ে যায়, অগত্যা অনিচ্ছা সত্ত্বেও একজন মহিলা অর্থাৎ জাগমোহনের স্ত্রীকে দিয়েই শুরু করতে হবে? তার কাছে আজকে স্পষ্ট কেন খানিকটা নেশাগ্রস্ত হয়ে এরকম ভয়ংকর কাজ অনেকে করতে চায়। কিন্তু নেশার বিপক্ষে আগুন্তুক কারুর কাছে বহু পূর্বে প্রতিজ্ঞাবদ্ধ।

কিন্তু এখানে পৌঁছে আর তার ফিরে যাবার কোন উপায় নাই, মনে মনে নিজের বিবেককে একটা পাথর চাপা দিয়ে সে প্রস্তুত হয়। শক্ত হাতে চেপে ধরে লোহার অস্ত্রটাকে। দরজার ভিতর থেকে ধাতুর সঙ্গে ধাতু ঘষার ক্যাচক্যাচের সঙ্গে ঠুনঠান চুরির সাথে চুরির টোকা লাগার আওয়াজ তারপরে একটা খুট করে শব্দের সঙ্গে দরজার খুলে অন্ধকারে দাঁড়ায় সালোয়ার কামিজ পরা, শালে আবৃত এক মহিলার ছায়া মূর্তি। তার পেছনে বাংলোর মধ্যে হালকা মোমবাতি অথবা ল্যাম্পের আলোর শিখা। অন্ধকারে আগন্তুকে দেখে মহিলা ও অবাক, কিছু একটা বলতে যাচ্ছিলেন আগন্তুক তখন তার জ্যাকেটের মধ্যে লুকিয়ে রাখা অস্ত্রটাকে বের করতে উদ্যত হয়েছে। ঠিক সেই সময় সমগ্র আকাশ আলো করে এক বিশাল বিদ্যুতের আলোর ঝলকানিতে চারিদিক মুহূর্তের জন্য দিনের মত আলোকিত হয়ে ওঠে । মহিলা ও আগন্তুক একে অপরকে সেই আলোতে স্পষ্ট দেখতে পায়। অপ্রত্যাশিত মহিলাকে দেখে আগন্তুকের ৪৪০ ভোল্টের শরীরে কারেন্ট লাগার মত অবস্থা। আগন্তুকের নিঃশ্বাস ঘনঘন হয়। হাত কেঁপে যায়, বুকে যেন কে ক্রমাগত হাতুড়ি পিটতে লাগলো। সে

এতটাই হচকিত যে তার মুখ দিয়ে কোনও কথা আর বেরোয় না। ভুলেই গেছে সে কি জন্য এখানে এসেছে।

বিস্মৃত মহিলাও, আগন্তুককে দেখে তারও যেন ভূত দেখার মত অবস্থা, অবিশ্বাস্য কিছু দেখে যেন তার চোখ ছানাবড়া, নিজের চোখকেই যেন বিশ্বাস করতে পারছে না, তার মুখ দিয়ে চাপা আর্তনাদের মত অস্ফুষ্ট স্বরে শুধু বেরোয়, "তুমি !!"

২. জগমোহনের স্ত্রী

আচমকা এই অপ্রত্যাশিত সাক্ষাতের জন্য দুজনের কেউই যে প্রস্তুত ছিলেন না তা দুজনের অবাক হয়ে একে অপরের দিকে কিংকর্তব্যবিমূঢ়ের মত তাকানো থেকে স্পষ্ট। এটাও পরিষ্কার যে ওরা একে অপরকে আগে থেকে খুব ঘনিষ্ঠভাবে চিনতেন, এবং দীর্ঘদিন পরে হঠাৎ ঘটনাচক্রে এই রকম দুর্যোগপূর্ণ রাতে সাক্ষাতে তারা দুজনেই এতটাই আশ্চর্য চকিত যে দুজনের মুখেই কথা হারিয়ে গেছে। বিদ্যুতের বেগে পুরোনো দিনের কত স্মৃতি মনের পর্দায় একের পর এক ভেসে ওঠে।

ঠিক সেই সময় কান ফাটানো প্রচন্ড শব্দ করে পাশেই কোথাও বাজ পড়ে। বজ্রপাতের প্রচন্ড শব্দে দুজনেই সম্বিত ফিরে পায়। আগুন্তুকের প্রথম প্রতিক্রিয়া ওর অস্ত্রহীন কাঁপা হাত জ্যাকেটের থেকে বেরিয়ে আসে। সে মনে মনে ভাবে আর এক মুহূর্ত দেরিতে বিদ্যুৎ চমকালে তার হাতে আজ বিরাট অঘটন ঘটে যেত। যার জন্য সারা জীবন তাকে আক্ষেপ করতে হত। অন্ধকারে ওই নারী ছায়ামূর্তি যে তার পুরনো প্রেমিকা তা একবারের জন্যও তার মাথাতে আসেনি। প্রচন্ড আবেগে বশীভূত আগুন্তুকের মনে হয় আগের মত তার প্রেমিকাকে দুহাতে নিজের বুকে টেনে নেয়। কিন্তু বাস্তব ভীষণ নিষ্ঠুর, সময় তাদের মধ্যে এক বিরাট প্রাচীর সৃষ্টি করে দিয়েছে। আজকে তার প্রেমিকা জগমোহনের স্ত্রী, তার পুত্রের জননী। সবই তার ভাগ্য। নিজের দুর্ভাগ্যের

কথা ভেবে তার মুখ দিয়ে এক বুকফাটা দীর্ঘ নিঃশ্বাস বাহির হয়, যা বৃষ্টি আর ঝড়ের শব্দের মধ্যে মিলিয়ে যায়।

"জিৎ! তুমি এখানে? এই দুর্যোগের রাতে?" ফিসফিসিয়ে চাপা দ্বীতাগ্রস্ত স্বরে এমনভাবে জিজ্ঞেস করেন মহিলা যেন তৃতীয় কোন ব্যক্তি তা শুনতে না পায়

সমগ্র পরিস্থিতির এক ঝটিকায় এমন আমল পরিবর্তনের জন্য মোটেই জিৎ প্রস্তুত ছিল না, তবুও সে তড়িঘড়ি করে বলে, "এদিকে পাহাড়ের উপরে একটা কাজে এসেছিলাম, ফেরার পথে গাড়িটা অনেকক্ষণ ধরে বেগ দিচ্ছিল, ভেবেছিলাম কোনো রকমে জনহীন রাস্তাটা পার করে দেব। এরকম দুর্যোগের মধ্যে এই দুর্গম রাস্তায় একটাও প্রাণীর দেখা নেই। এখান পর্যন্ত পৌঁছে গাড়ি একেবারে বিগড়েছে, ঘুটঘুটে অন্ধকারে গাড়ির মধ্যে বসে ভাবছিলাম সারারাত এভাবেই হয়তো কাটাতে হবে। হঠাৎ তোমাদের বাংলোর সামান্য হালকা আলোর রেখা দেখে ভাবলাম একবার চেষ্টা করে দেখি যদি কোন সাহায্য পাওয়া যায় ....."

ভিতর থেকে ঠক ঠক করে মাটিতে লাঠির শব্দ দরজার দিকে এগিয়ে আসে , জিৎ ভালোমতোই জানে ওটা জগমোহন, ওর ওপরে নজর রাখার সময় লক্ষ্য করেছে জগমোহনকে লাঠি নিয়ে খুঁড়িয়ে হাঁটতে।
জগমোহনের ছায়া মূর্তি   জিজ্ঞাসু দৃষ্টি নিয়ে ওই মহিলার পিছনে এসে দাঁড়ায়, "প্রিয়া এতো রাতে কে এসেছে?"

প্রিয়া নিজেকে সামলে নিয়ে বলে, "এই দেখো না আমার কলেজের বন্ধু জিৎ, এই দুর্যোগের মধ্যে একটা নড়বড়ে

গাড়ি নিয়ে পথে এসেছে, কি ভাগ্নিস ঠিক আমাদের বাড়ির কাছে এসেই গাড়িটা খারাপ হয়েছে।"

"প্রিয়া এমন কনকনে ঝড় জলের রাতে ওনাকে দরজায় দাঁড় করিয়ে রেখো না। জিৎ জি ভিতরে আসুন, প্লিজ ,"

"ওহঃ দরজায় দাঁড় করিয়ে রাখার জন্য সরি জিৎ, ভিতরে এসো। ইনি জগমোহন আমার স্বামী," প্রিয়া বলে।

জিৎ ভিতরে ঢুকে জগমোহনের সঙ্গে করমর্দন করে।

"আপনার হাত একবারে ঠান্ডায় কনকন করছে, ভিজেও গেছেন নাকি?"

"না না ভিজিনি," নিজের বর্ষাতির দিকে ইঙ্গিত করে বলে জিৎ।

"ভিজে গিয়ে থাকলে জগমোহনের অনেক জামাকাপড় আছে আমি দিতে পারি,"

"না না আমি ভিজিনি,"

"ওকে নিয়ে গিয়ে ফায়ার প্লেসের কাছে পাশে বসাও," জগমোহন বলে।

প্রিয়া তাকে তাদের বড় ডাইনিং হলে নিয়ে গিয়ে বসালো । কাঁচের চিমনির ভিতরে ম্রিয়মান একটা কেরোসিন বাতির আলো ওই বিশাল খাবার ঘরের জায়গার জন্য অপর্যাপ্ত। আধা অন্ধকারে, জিৎ লক্ষ্য করল লম্বা সেগুন কাঠের মস্ত ডাইনিং টেবিলে সম্ভবত ষোলজন অতিথি আরামে একসঙ্গে বসতে পারে।

প্রিয়া জিতকে ফায়ারপ্লেসের কাছে একটি চেয়ারে বসালো এবং পাশে রাখা লোহার শিকটা দিয়ে ফায়ার প্লেসের আগুন সামান্য খুঁচিয়ে দিতেই নিভু আগুন কিছুটা উজ্জ্বল হল একইসঙ্গে ধীরে ধীরে ডাইনিং হলের ভেতরের উত্তাপ বেড়ে গেল।

"তোমার নিশ্চয়ই অনেকক্ষণ কিছু খাওয়া হয়নি," প্রিয়ার কথায় জিৎ শুধু মুচকি হেসে মাথা নাড়ে "তুমি এখানে বসো আমি রান্নাঘরে দৌড়ে যাই দেখি কি আছে,"

প্রিয়া রান্নাঘরের দিকে পা বাড়াতেই জগমোহন মোহন এসে জিতের কাছে একটা চেয়ারে বসল।

"জিত জি দয়া করে আরাম করে বসুন। এমন ঝড়ের রাতে আপনি কোথায় এসেছিলেন?" জগমোহন মোহন জিজ্ঞেস করে।

"আমি দুপুরে এসেছিলাম; আবহাওয়া এত দ্রুত বদলে যাবে ভাবতেও পারি নি। আমি অপেক্ষা করেছিলাম, আবহাওয়া শান্ত হওয়ার আশায়, কিন্তু তা তো হয়নি তার সঙ্গে গাড়ীটাও..." জিৎ এর উত্তরঅনেকটা ধরি মাছ না ছুই পানির মতন। সে একদমই প্রস্তুত ছিল না জগমোহনের সম্মুখীন হতে হবে এবং তাকে এসব প্রশ্নের উত্তর দিতে হবে।

"বুঝলাম ! দুপুরে এসেছিলেন। কার বাংলোতে ? মানে এই অঞ্চলে সকলকেই তো আমি চিনি।"

অন্যমনস্ক জিৎ এর মাথায় অন্য এক ঝড় বহে চলেছে। তার আত্মা ও মনের মধ্যে এই মুহুর্তে বিরাট সংঘাত। জীবনের শেষ কাজ, একেবারে একলা, অনেক ধৈর্য ও

সাবধানে পরিকল্পিত পদক্ষেপের পর আজ এখানে পৌঁছেছে। এক মাসের ওপর সময় লেগেছে ধৈর্য নিয়ে ঠান্ডা মাথায় ফন্দী এঁটে এই বাংলোয় পৌঁছতে। আজ নিজের আত্মার কথা শুনে শেষ টুকু না করেই চলে যাবে ? নাকি মস্তিষ্কের কথা শুনে আগ্নেয়াস্ত্রটা বার করে দুজনকেই ? এতো কাছ থেকে লক্ষচ্যুত হবার কোনোও সম্ভবনাই নেই। এই দুর্যোগের রাতে বৃষ্টি আর মেঘের গর্জনের মধ্যে দুটো ফট ফট আওয়াজ কেউ টেরও পাবে না।

আগামীকাল সকালে চাকরটা এসে এই ঘটনা উদ্ধার করতে করতে জিৎ অনেক দূরে, অন্য ছদ্মপরিচয়ে ।

"আপনাকে খুব চিন্তিত মনে হচ্ছে?" উত্তর না পেয়ে জগমোহন বলে।

আচমকা জগমোহনের এই প্রশ্নে জিৎ চমকে ওঠে। মুহূর্তে নিজেকে সামলে নিয়ে পাকা পরিকল্পনাকারীর মত বলে "আসলে, গাড়িটা বিগড়েছে। ভাবছিলাম কাল ফিরবো কেমন করে?"

হেঁসে জগমোহন বলে, "ওহ এই ব্যাপার ! আমার খনিতে অনেকগুলো মেশিন চলে, গাড়ীর মিস্ত্রিও আছে, কাল আপনার গাড়ী ওরাই ঠিক করে দেবে, ওই নিয়ে আপনি চিন্তা করবেন না।" একটু থেমে বলে, "দিল্লিতে প্রিয়ার অনেক বন্ধুর সঙ্গে আলাপ হয়েছে, কিন্তু আপনাকে কখনও দেখেছি বলে মনে পড়ছে না। "

"না আমাকে আপনি দেখেন নি। আমি যে কিছু বছর দেশের বাইরে ছিলাম। "

"ইন্টেরেস্টিং! চাকরী করতে গেছিলেন? তা কোথায় গিয়ে ছিলেন? "

জিৎ মুহূর্তের জন্য বেমালুম ভুলে গেছিলো একটা মিথ্যেকে ঢাকতে আরো একশোটা মিথ্যে বলতে হয়। অবচেতন মনে মুখ ফসকে 'দেশের বাইরে ছিলাম' বেরিয়ে গেছে। সে মুহুর্তে ভাবে জগমোহনকে দুবাই, ওমান বা দক্ষিণ পূর্ব এশিয়ার কোনও দেশের কথা বললে এক্ষুনি মিথ্যেটা ধরা পড়ে যাবে। কারণ কোনোটাতেই ও কস্মিনকালে যায় নি। আর জগমোহনের হয়তো বারকয়েক ওই সব দেশ ঘোরা হয়ে গেছে, জিৎ শুধু ওই দেশগুলোর নাম শুনেছ বা ছবি দেখেছে। সাবধানের মার নেই ভেবে, খুব আস্তে বলে "বর্মা" কারণ ওদেশের কথা কেউ সচরাচর বলে না। ঘুরতে যাবারও তেমন চল নেই ভারতীয়দের মধ্যে ।

জিৎ ভেবেছিল বর্মা বললে বিদেশ নিয়ে আর কথা এগোবে না কিন্তু জিৎকে একেবারে অবাক করে জগমোহনের পাল্টা জবাব, "ওদেশের তো রুবি খুব বিখ্যাত, আপনি কি জেম শিল্পে কাজ করতেন নাকি?"

বর্মা নিয়ে আলোচনাতেও ওযে বেশিদূর এগুতে পারবে না জিৎ তা ভালোমতই জানে। সে এখন পড়েছে মহা বিপদে 'হ্যাঁ' বললেই ব্যাটা রত্ন নিয়েই কি জিজ্ঞেস করে বসবে কে জানে? জিতের রত্নর সম্বন্ধে কোনই আইডিয়া নেই। 'না' বললেও বিপদ এক্ষুনি উল্টে জিজ্ঞেস করবে তাহলে কি করতেন? জিৎ মনে মনে ভাবে একি আমাকে চাকরি দেবে নাকি? জিৎ শুনেছে একটা উঁচু পদে চাকরি শুধু শিক্ষাগত যোগ্যতা দিয়েই পাওয়া যায় না।

একটা পদের জন্য আমাদের দেশে অনেক প্রার্থী। তাদের মধ্যে থেকে যোগ্য প্রার্থীকে বাছাই করা হয় তার অভিজ্ঞতা ও কঠিন প্রশ্নের সম্মুখীন হয়ে আত্মবিশ্বাসের সঙ্গে কেমন উত্তর দিতে পারে তা দেখে। তবে জিৎ বুঝেছে এ জ্ঞানপাপীকে যাহোক একটা বলে কাটানো যাবে না। এক্কেবারে ছিনে জোঁক, প্রশ্নর পর প্রশ্ন করে যাবে। শালা এতো জানলো কি করে? এর থেকে ভাল বরং জ্যাকেট থেকে লোহার যন্ত্রটা বের করে একটা ফট, একেবারে চুপ হবে ব্যাটা!

ঠিক সেই মুহূর্তে প্রিয়া ট্রেতে খাবার নিয়ে প্রবেশ করে, "জগ! জিৎ কে একটু খেয়ে নিতে দাও, এই দুর্যোগের মধ্যে অনেক্ষন নিশ্চই কিছু পেটে পড়ে নি?"

প্রিয়ার প্রবেশে জিৎ যেন ধড়ে প্রাণ ফিরে পেল, "ওঃ সত্যি যা খিদে পেয়েছে কি বলবো? অনেকক্ষন গাড়ির জন্য ...."

"হ্যাঁ জিৎ সরি আপনি খান, আমাদের রাঁধুনের রান্নার হাতটা ভালই, আশা করি এনজয় করবেন।" জগমোহন হেঁসে বলে।

প্রিয়া খাবারের ট্রেটা টেবিলে রাখে ও তার থেকে খাবার সাজানো প্লেট, জল জিৎ এর সামনে টেবিলে রাখে।

৩. নৈশভোজ

অপরাধ জগতে জিৎ এর প্রবেশ ঘটনাচক্রে পরিস্থিতি ও মানসিক হতাশা থেকে। সবসময় সে একটা গ্যাঙের অঙ্গ হয়ে কাজ করেছে। সময় এবং রাজনৈতিক পরিবর্তনের সাথে তাদের দল ভেঙে যায়। বরং বলা ভালো দলের এক এক জন করে গায়েব হতে শুরু করে। আসন্ন বিপদ বুঝতে পেরে জিৎ কোনরকমে গা ঢাকা দেয় বহু বছর। এই কাজটা নেয় তড়িঘড়িতে, ঠান্ডা মাথায় অনেক আটঘাট বেঁধে পরিকল্পনা করলেও তাতে কিছু ফাঁকফোঁকর থেকেই যায়। যেমন পাহাড়ি অঞ্চলে দুর্যোগ হলে সে কি করবে তাছাড়া একটা পাণ্ডব বর্জিত অঞ্চলে কাজের পরিকল্পনা করছে যেখানে দোকানপাট একেবারে নেই বললেই চলে। সূর্যাস্তের পর থেকে ওই দুর্যোগপূর্ণ আবহাওয়াতে গাড়ির মধ্যে বসে জিৎ শুধুই ঠান্ডায় কেঁপেছে, দুশ্চিন্তাও ছিল অনেক। ওদিকে পেটে যে ইঁদুর ডন বৈঠক মারছে সেটা এতক্ষন নানা উদ্বেগের মধ্যে তার মাথাতেই আসিনি। উষ্ণ খাবারের সুগন্ধ নাকে যেতেই আলো- আঁধারি মধ্যে ভালো করে খাবার না দেখেও জিৎ এর ক্ষিদে যেন চার গুণ বেড়ে গেল।

খাবার প্লেট টেবিলে রেখেই প্রিয়া বলে, "এরকম অন্ধকারে খাবে কি করে?" বলেই সে আবার ছুটে যায় দৌড়ে আসে দুখানা চিমনিতে ঢাকা কেরোসিনের বাতি নিয়ে দুটো বাতিকেই সে টেবিলে রাখে একটা জিৎ এর একেবারে কাছে। প্রিয়াও একেবারেই জিতের কাছে একটা চেয়ার টেনে নিয়ে বসে, জগমোহন কিছু একটা

বলতে যাচ্ছিল, প্রিয়া তার দিকে দ্রুত তাকিয়ে বলে, "জগ! জিৎকে আগে খেতে দাও প্লিজ , তাছাড়া এখন আমি আর জিৎ শুধু কথা বলবো, অনেক বছরের অনেক কথা জমে আছে । "

"অবশ্যই!" জগমোহন বলে।

অনেক্ষন কিছু খাওয়া হয় নি, তার সঙ্গে জগমোহনের ক্রমাগত প্রশ্ন বানে জিৎ একরকম কাহিলই হয়ে পড়ছিলো। প্রিয়ার প্রবেশ ও জগমোহনকে চুপ করানোয় মুখে না বললেও মনে বেশ আনন্দ পেল । প্রচন্ড খিদের মধ্যেও জিৎ প্রশ্নসূচক দৃষ্টিতে তাকায় প্রিয়ার দিকে, ভাবখানা 'তোমরা খাবে না?'

মুচকি হেঁসে প্রিয়া বলে, "আগে তো আর জানতাম না তুমি আসবে এমন দুর্যোগের রাতে। আমাদের আগেই খাওয়া হয়ে গেছে, তুমি খাবার গরম থাকতে শুরু কর ।"

"হ্যাঁ জিৎ, লজ্জা না করে শুরু করুন," জগমোহন বলে।

জিৎ খেতে খেতে প্রিয়ার সাথে ওদের পুরনো দিনের টুকটাক নানা স্মৃতি রোমন্থন করতে থাকে । কথা বল্লেও জগমোহনের উপস্থিতি কোথায় যেন ওদের দ্বৈত সুরের তালে বাধা হচ্ছিল। সহসা হালকা নাক ডাকার মৃদু শব্দতে, ল্যাম্পের মৃদু আলোতে প্রিয়া তাকিয়ে দেখে জগমোহন চেয়ারেই ঘুমিয়ে পড়েছে, " জগমোহন তুমি চেয়ারেই ঘুমিয়ে পড়ছো! ওষুধ খেলে আর বেশিক্ষণ চোখ খুলেই রাখতে পারো না। তুমি কি এখন বিছানায় যেতে চাইছো? তোমাকে তো আবার সকালে উঠতে হবে,"

থতমত জগমোহন গা ঝাড়া দিয়ে বলে, "হ্যাঁ প্রিয়া। জিৎ কিছু মনে করবেন না, ঘুমের ওষুধ খেলেই কিছুক্ষনের মধ্যে ভীষণ ঘুম পেয়ে যায়। "

জগমনের ঘুম পেয়েছে সে শুতে যাচ্ছে শুনে জিৎ এর থেকে বেশি কে খুশি হতে পারে?, "নিশ্চই খুব ব্যস্ত দিন গেছে, আপনি বিশ্রাম করুন।"

শুভ রাত্রি বলে জগমোহন তার ছড়ি কাঠের সিঁড়িতে ঠক ঠক করতে করতে দোতলায় উঠতে থাকে প্রিয়াও ওর সঙ্গে যায় পথ দেখাতে একটা ল্যাম্প নিয়ে ।

ডাইনিং টেবিলে একা খেতে খেতে নানান কথা জিৎ এর মাথার মধ্যে ঘুরতে থাকে প্রিয়াকে দেখার পর থেকে পুরনো দিনের নানা স্মৃতি তার মনের মধ্যে বারবার ফিরে এসে তাকে বিভ্রান্ত করে দেয় একবার সেভাবে প্রিয়াকে সরাসরি জিজ্ঞেস করবে সে তার জন্য অপেক্ষার না করে কেন একজন মধ্যবয়স্ক লোককে বিয়ে করে নিল

খাওয়া শেষ করে জিৎ একটা সিগারেট ধরিয়ে চেয়ার ঘুরিয়ে ফায়ারপ্লেসের দিকে মুখ করে বসে, জিৎ প্রিয়া কে যেটুকু জানে জেনেছিল প্রিয়া কোনদিন অর্থের লোভ ছিল না তাহলে কি ওই মামাটা কে জানে হয়তো অর্থের লোভে যা বদমাইশ ছিল লোকটা প্রিয়া নিজের লোকেদের কখনো খারাপ কিছু বলতো না কিন্তু অনেক সময় কথার মাঝেও অনেক কথা বেরিয়ে যেত। এটা কি সত্যি যে প্রিয়া সব জেনে তার সঙ্গে যোগাযোগ করার কোন চেষ্টাই করেনি এই কাজটা করার জন্য যে টাকা আগাম নিয়েছে সেটাই বা কেমন করে ফেরত দেবে তার তো চাকরি নেই বা চাকরি নেই কোন রোজকার নেই।

নাকি যেমন ভেবে এসেছিল দুজনকেই গুলি করে বাকি টাকাটা নিয়ে চম্পট দেবে। একটা প্রচন্ড জোরে বিদ্যুতের চমক। সেটা যেন ভেদ করে ঘরের মধ্যে ঢুকে পড়ে তার কয়েক সেকেন্ড পরে প্রচন্ড আওয়াজ বাজ পড়ার চমকে উঠে জিৎ না সে প্রিয়ার সাথে কোন দুর্ব্যবহার করবে না আর প্রিয়ার কোন ক্ষতি হোক সেটা তার দ্বারা হবে না। প্রিয়া কি করেছিল সে জানে না কিন্তু সে এটাও জানে। এটুকু তার বিশ্বাস। প্রিয়া তাকে কখনোই ঠকাবার অভিপ্রায় নিয়ে মেশে নি

জিৎ এর খাওয়া শেষ, একটা সিগারেট ধরিয়ে সে আরাম করে বসেছে ফায়ারপ্লেসের কাছের একটা চেয়ারে। বাইরে ঝড়-জলের তান্ডব, দমকা হাওয়ায় কেঁপে উঠে কাঁচের জানলার পাল্লাগুলো। থেকে থেকে বিদ্যুতের চমকে মূহুর্ত্তের জন্য সারা ঘর আলোকিত হয়ে ওঠে ।

জগকে ঘরে পৌঁছে কিছুক্ষন পরে প্রিয়া ফিরে আসে। পরনে তার রাতের পোশাক হালকা লাইলাক রঙের হাউসকোট। একটা চেয়ার টেনে বসে একেবারে জিৎ এর পাশে, জিৎ এর হাতে ওপর আলতো নিজের হাতটা রেখে করুন অথচ চাপা অভিযোগের সুরে বলে, "আগে বল হঠাৎ কোথায় উধাও হয়ে গেলে আমাকে ফেলে ?"

প্রিয়ার নরম হাতের ছোঁয়ায় চমকে ওঠে জিৎ, ল্যাম্পের কাঁপা আলোয় প্রিয়ার মুখের দিকে তাকায়, বোঝার চেষ্টা করে তার কথায় কতটা সত্যি আন্তরিকতা আছে । জিৎ এর বলার আছে অনেক, জীবন তার ভেসে গেছে নদীর স্রোতে অজান্তে অন্যখানে কিন্তু সেমুহূর্ত্তে সঠিক প্রকাশের ভাষা খুঁজে পায় না সে, "এমন কিছু দরকারী

কাজ ছিল, হঠাৎই এলো আমাকেও যেতে হল। ফিরে অবশ্যই এসেছিলাম তোমার টানে হয়তো অনেক দেরিতে, শুনলাম তোমার বিয়ে হয়ে গেছে, বাচ্চাও হয়েছে । তুমি যখন আমার অপেক্ষাই করলে না, ইচ্ছে থাকলেও তোমাকে আর বিরক্ত করতে মন সায় দিল না। এখন আর ওই নিয়ে ভাবি না।"

প্রিয়া অনেক্ষন চুপ করে চেয়ে থাকে ফায়ারপ্লেসের অঙ্গারের দিকে, মৃদুস্বরে বলতে থাকে, "তখন আমার মাথায় অনেক চিন্তা, যা একমাত্র তোমার সঙ্গেই আলোচনা করা যায় অথচ তুমি হঠাৎ গায়েব, তোমার সঙ্গে কিছুতেই দেখা হচ্ছে না, তোমার কোনও খবরও পাচ্ছি না। কাজ থেকে ফেরার পথে রোজ তোমার ওখান দিয়ে ঘুরে আসি, দেখি তালা দেওয়া। হঠাৎ একদিন দেখলাম তোমার দরজায় তালা নেই, ভাবলাম তুমি ফিরে এসেছো। আনন্দে আমার হৃৎপিণ্ডের গতি বেড়ে গেল ছুটে গিয়ে দরজার কড়া নাড়লাম। আমাকে অবাক করে দরজা খুললো একজন কালো মোটাসোটা দক্ষিণী মহিলা, কোলে তার কয়েক মাসের একটা বাচ্চা । প্রথমে ভাবলাম তোমারই বৌ আর বাচ্চা যাদের জন্য হয়তো আমাকে তোমার জীবন থেকে দূরে সরিয়ে দিয়েছো। তবুও সত্যিটা আমার জানা দরকার কিন্তু সেই মহিলার সঙ্গে কথা বলতে গিয়ে আর এক বিপদ। না সে আমার কথা বোঝে না আমি তার। তোমার নাম তাকে যতবার জিগেস করছি সে কিছুই না বোঝার ভান করে নিজের ভাষায় কি সব বলে চলে। আমার তখন মরিয়া অবস্থা স্পষ্ট সব না জেনে ফিরতেও পারছি না, আমার ধৈর্যের অবসান হল কিছুক্ষন পর একজন মোটা মত দক্ষিণের

লোক আসতে, সম্ভবত সে কাজ থেকে ফিরলো। ভাঙা ইংরিজিতে ও হিন্দিতে সে জানালো আগের সপ্তাহে তারা এখানে নতুন ভাড়া এসেছে। মহিলা তারই বৌ, তোমাকে সে একেবারেই চেনে না। সব শুনে সেই মুহূর্তে আনন্দ না হলেও মনে মনে অনেকটা স্বস্তি পেয়েছিলাম। "

একটু থেমে প্রিয়া বলে, "তোমার ওই বড়োলোক বন্ধুটা । কি যেন নাম ছিল ?"

"কে প্রমোদ?"

"হ্যাঁ! এমনিতে আমার সঙ্গে সব সময় সম্পর্ক স্থাপনের চেষ্টা করত। পাত্তা দিতাম না। তুমি উধাও হলে আর ওর গতিবিধি বেড়ে গেল, সবসময় আমার পেছনে লেগে থাকত। ওর কাছে তোমার খোঁজ জানতে চাইলেই বলতো তোমাকে ভুলে যেতে, তুমি নাকি ডাকাতি কেসে ধরা পড়েছো বহু বছর হাজতবাস করতে হবে। তোমার সঙ্গে জেলে দেখা করাতে নিয়ে যাবার নাম করে আমার সঙ্গে জবরদস্তীর চেষ্টা করতেও হারামজাদাটা ছাড়ে নি। কোনো রকমে পালিয়ে নিজেকে বাঁচাই। এরপরেও আমার পিছু নিয়েছে অনেকবার।"

প্রিয়ার কথা শুনতে শুনতে জিৎ এর চোয়াল শক্ত হয়ে যায়।

জিৎ এর গম্ভীর মুখ দেখে কথা ঘোরাতে প্রিয়া বলে, "যাক ছাড় ওর কথা। তোমার কথা বলো। বিয়ে নিশ্চই করেছো? কেমন হয়েছে বৌ? ছেলেপুলে কটা?"

জিৎ ফায়ারপ্লেসের দিকে তাকিয়ে মাথা নাড়ে, খুব নিচু স্বরে বলে, "না ওগুলোর কোনটাই করা হয় নি গো ।

জীবন আমাকে ওসবের থেকে অনেক দূরে ভাসিয়ে নিয়ে গেছে।"

"তোমার কথা মনে হলেই ভাবতাম, পৃথিবীর কোনো এক কোনে হয়তো তুমি ভালোই আছ। সুখে ঘর সংসার করছো।"

"জগমোহনের অনেক ধন ও প্রতিপত্তি। নিশ্চিন্ত প্রাচুর্যের মধ্যে রেখেছে তোমাকে। নিশ্চই তুমি খুব সুখে আছ?"

প্রিয়ার স্বাস রুদ্ধ কণ্ঠে বলে "জিৎ, ঠিক যেমন নদীর এপাড়ে দাঁড়িয়ে ওপারটাকে ভীষণ সুন্দর মনে হয়। বাইরে থেকে দেখা অনেক অনুমানই ভুল হয়।"

জিৎ অনুভব করে প্রিয়া ওর হাতটা শক্ত করে চেপে ধরেছে নিজের হাতে। তাকিয়ে দেখে প্রিয়ার চোখে টলটল জল, আবেগের প্রবাহে ওর মাথা কখন রেখেছে জিৎ এর কাঁধে।

অজান্তে জিৎ এর একটা হাত প্রিয়াকে স্বান্তনা দিতে ওকে আলতো করে জড়িয়ে ধরে, "তুমি নিজের ইচ্ছাতেই তো জগকে বিয়ে করেছ?"

"ওই মুহূর্তে আর কোনো উপায় আমার সামনে খোলা ছিল না গো, বাধ্য হয়েই জীবনের সঙ্গে আপোষ করেছি।"

অবাক জিৎ, "তার মানে?"

৪. বিয়ে

আবার একটা প্রচন্ড বজ্রপাতের আওয়াজ চমকে ওঠে ওরা দুজনে। প্রিয়া নিজের অজান্তে আবেগে বশীভূত হয়ে জিতের ওপর প্রায় নিজের সমস্ত শরীরের ভারটাই রেখে ফেলেছিল সে দিকে খেয়াল হতেই তাড়াতাড়ি সে সোজা হয়ে বসে, " এত বছর এখানে আসছি এমন বজ্রবিদ্যুৎ সহ বৃষ্টি, তাও শীতকালে, আমার দেখা এই প্রথমবার,"

"এমন দুর্যোগ হবে জানলে হয়তো আজকে আসতাম না,"

"তাহলে তোমার সাথে আজকেও দেখা হত না, দুর্যোগ হল বলেই হয়তো তোমার গাড়িটা খারাপ হয়েছে। তাই তুমি আমাদের দরজায় নক করলে,"

কি উদ্দেশ্য নিয়ে এসেছে সেটা একমাত্র জিৎই জানে প্রিয়ারকথায় কি উত্তর দেবে ভেবে না পেয়ে শুধু, "হুঁ !"বলে। ঘরে কিছুক্ষন একটা থমথমে নীরবতা, বাইরে একঘেঁয়ে বৃষ্টির ঝমঝম।

প্রিয়া ফায়ারপ্লেসের দিকে তাকিয়ে চাপা আবেগ মিশ্রিত কণ্ঠে বলে, "জান জিৎ, একটা বয়সে ভবিষ্যতের অনেক রঙিন স্বপ্ন দেখতাম, যেমন সকলেই দেখে। মনে আকাঙ্খা ছিল ভালো নার্স হব, একটা সুন্দর স্বামী হবে যে আমাকে প্রাণ দিয়ে ভালোবাসবে, আমাকে বুঝবে, সর্বদা পাশে থাকবে। একটা ছোট্ট হোক সুন্দর আমাদের

নিজেদের নীড় হবে, স্বামী সন্তান কে নিয়ে সুখে থাকব সেখানে, কিন্তু....."

প্রিয়ার কথা শেষ হবার আগেই জিৎ বলে, "এসবই তো তুমি পেয়েছ প্রিয়া, তাহলে এখন অভিযোগ কিসের?"

"আগেই বলেছি দূর থেকে সবই খুব সুন্দর দেখায়। আমার বিয়েটা একটা সমঝোতা, একটা চুক্তি, বাইরের জগৎকে দেখানোর জন্য ।"

"তোমার কথা কিছুই বুঝছি না," জিৎ অবাক হয়ে বলে।

"তোমার সঙ্গে জগমোহনের বিয়ে হল কেমন করে? খুব কৌতহল হচ্ছে জানতে, তোমার পছন্দে? নাকি তোমার মামার করা সম্বন্ধ?"

আড়চোখে জিৎকে দেখে, কিছুক্ষন চুপ করে থাকে প্রিয়া, তারপর একটা দীর্ঘশ্বাস নিয়ে বলে, "তুমি হঠাৎ উধাও হলে তার ঠিক পরেই নার্সিং হোম থেকে আমাকে পাঠালো একজন বয়স্কা মহিলা, কুসুমদেবীর, দেখভাল করতে। স্ট্রোকের পর ওনার একদিক প্যারালিসিস তার সঙ্গে প্রেসার, সুগার, ইন্সুলিন তো আছেই। দুদিন যাবার পরেই আমার কর্ম্মে নিষ্টা, দক্ষতা ও মনোযোগের জন্য উনি নার্সিংহোমকে বললেন আমাকেই পাকাপাকি রাখতে চান। ওনার বাসস্থান আমার বাড়ির কিছুটা কাছে, টাকাপয়সাও বেশী তাই রাজী হয়ে গেলাম। ওনার শুশ্রুষাকারীর কাজ করে অল্পদিনেই ওদের বাড়ির একজনই হয়ে গেছিলাম। কুসুমদেবী অসুস্থ হলেও খুবই দাপুটে মহিলা, কিন্তু আমাকে খুবই স্নেহ করতেন। প্রায়ই আমার সঙ্গে নানা পারিবারিক বিষয়ে গল্প করতেন।

একদিন হঠাৎ আমার মাথা ঘুরে গেল সঙ্গে বার বার বমি। ভাবলাম বদহজম বাড়ি গিয়ে বিশ্রাম করলে ঠিক হয়ে যাবে। কুসুমদেবী আমাকে শরীর খারাপ নিয়ে কিছুতেই বাড়ি যেতে দিলেন না, ওনার হুকুমে বাড়িতে তক্ষুনি ডাক্তার এল, আমাকে পরীক্ষা করে ডাক্তার বললেন আমি গর্ভবতী। শুনে মাথায় বাজ ভাঙার মত অবস্থা আমার তখন । ওরা জানতো আমি অবিবাহিত, এখন কি ভাববে? আমি দুশ্চরিত্রা? হয়ত কাজ থেকেই তাড়িয়ে দেবে। মামাকে কি বলবো? নিজেকে ভীষণ একা মনে হচ্ছিল, অজানা ভবিষতের ভয়ে থর থর করে কাঁপছি। ডাক্তার চলে গেলে উনি আমাকে ডেকে পাঠালেন। ভাবলাম আজই আমার কাজ থেকে ছুটির ঘোষণা শোনাবেন কুসুমদেবী। দুরু দুরু বুকে গিয়ে দাঁড়ালাম ওনার সামনে, কিন্তু আমাকে অবাক করে কাছে ডেকে বসালেন । স্বস্নেহে আমার মাথায় হাত বুলিয়ে বললেন প্রেম করেছো বুঝেছি, আজকাল এমন হতেই পারে তা বাচ্চার বাবা কোথায়? ওনার কথায় মাতৃত্বের স্নেহ কোন কথা না লুকিয়ে কেঁদে বললাম কিছুই জানি না, হঠাৎ করে তুমি নিখোঁজ, রোজ সন্ধ্যেতে তোমার বাড়ি গিয়ে তালা দেখে ফিরে আসি । কিছুক্ষন ভেবে উনি জিজ্ঞেস করলেন আমার কি ইচ্ছে, আগামী মাসের মধ্যে তোমার খবর না পেলে বাচ্চাটাকে জন্ম দেব নাকি লুকিয়ে গর্ভপাত? সেই মুহূর্তে আমার মাথা কাজ করছে না, নিজের বলতে মামা-মামী, তাদেরই বা কি বলব? শুনে তারা হয়তো আমাকে বাড়ী থেকে তাড়িয়ে দেবে। কোনো উত্তর না দিয়ে চুপ করে রইলাম।"

"প্রিয়া আমি কোথাও চলে যাই নি আমাকে ফাঁসিয়ে দেওয়া হয়েছিল। সেকথা পরে শুনো। তারপর তোমার কি হলো?"

জিৎ এর প্রশ্নের কোন উত্তর না দিয়ে প্রিয়া বলে, "কুসুমদেবী সর্বদা আমার সঙ্গে ভালো ব্যবহার করেছেন। তোমাকে হন্নে হয়ে খুঁজে যখন হাল ছাড়লাম তখন অনেক দেরি হয়ে গেছে। আমার মুখ বিষন্ন চোখে জল, কুসুমদেবী আমার থেকে সব শুনে কিছুক্ষন ভেবে বললেন ভাবছো বাচ্চাটার পিতৃ পরিচয় কি দেবে দুনিয়াকে? আমি তার ব্যবস্থা করে দিতে পারি। চমকে উঠলাম ওনার কথায়। উনি বললেন আমারও কিছু শর্ত আছে, তুমি হবে আমার একমাত্র পুত্র জগমোহনের বৌ, কিন্তু ওর ব্যক্তিগত ব্যাপারে তুমি নাক গলাতে পারবে না। দুনিয়াকে বলতে হবে আমার ছেলেই তোমার বাচ্চার পিতা, এর বদলে তুমি পাবে এই পরিবারের পুত্রবধূর মর্যাদা, তোমার বাচ্চা হবে এই পরিবারের উত্তরাধিকারী। সেই মুহূর্তে এর থেকে আর ভালো কোন উপায় খুঁজে না পেয়ে ওনার শর্ত মেনে নিলাম। অল্পদিনের মধ্যে হলাম জগমোহনের স্ত্রী। পরে জানতে পারলাম জগমোহনের আগে দুবার খুব ধুম ধাম করে বিয়ে হয়েছিল কোনোটাই ছ মাসের বেশি টেঁকে নি। স্ত্রীরাই ওকে ছেড়ে চলে গেছে আর সমাজে নিজেদের মুখ বাঁচাতে অনেক টাকা ক্ষতিপূরণ দিতে হয়েছে দুজন স্ত্রীকেই। "

"কিন্তু কেন?জগমোহনের কি খারাপ কোনও নেশা আছে? মানে অন্য মহিলা..."

"ছাড়ো একদিকে আমার জন্য ভালোই হয়েছে তাই এব্যাপারে কথা বলতে চাই না।" একটু চুপ করে থেকে ম্লান হেঁসে প্রিয়া বলে, "কিন্তু জিৎ তুমি তো একবারও জানতে চাইলে না আমার ছেলের কথা? এখনো মনে সন্দেহ ওটা বুঝি জগমোহনের ছেলে, ওর কথা জেনে কি হবে? "

তথমত খেয়ে জিৎ নিজেকে সামলে নিয়ে বলে "না তা ঠিক নয়, আসলে সামনে দেখছি না তো তাই মাথায়ও আসে নি?"

চেয়ার ছেড়ে উঠে প্রিয়া বলে, "চলো গেস্ট রুমটা তোমাকে দেখিয়ে দি, রাত অনেক হল, আমার কথা তো অনেক শুনলে এখনও বললে না তুমি কি কর ? এদিকেই বা আজ এই ঝড়জলের রাতে কি করছিলে?"

প্রিয়ার হঠাৎ প্রশ্নে একটু বিভ্রান্ত হলেও মুহূর্তে সামলে জিৎ বলে, "আমি ইন্সুরেন্সের সার্ভেয়ার, জলবিদ্যুত প্রকল্পের মেশিনগুলো ইন্সপেক্ট করতে এসেছিলাম। "

প্রিয়া অবাক হয়ে বলে, "শনিবারে? জগমোহনের মুখে শুনেছি ওই প্রকল্পে শনি রবি দুদিনই ছুটি থাকে।"

৫. জগমোহন

প্রিয়ার সংগ ছাড়া এতগুলো বছরে জিৎ একরকম ভুলেই গিয়েছিল প্রিয়ার বিশুদ্ধ সৌন্দর্যের পিছনে একজন বুদ্ধিমতী মহিলাও বিরাজমান তার সঙ্গে প্রিয়ার স্মৃতিশক্তি অতুলনীয়। প্রতিনিয়ত বাড়ির বাইরে না গেলেও আশেপাশের সব খবরই ওর নখদর্পনে। প্রসঙ্গ ঘোরাতে জিৎ চট করে জিজ্ঞেস করে, "আচ্ছা জগমোহন কি বরাবরই ছড়ি নিয়ে হাঁটে?"

"না, গত এক বছরে জগমোহনের বেশ ক'বার দুর্ঘটনার শিকার হয়েছে, প্রত্যেকটাতেই ওর প্রাণ যেতে পারতো। জানি না এগুলো নিছক এক্সিডেন্ট নাকি ওকে প্রাণে মারার কোনো চক্রান্ত। মাস চারেক আগে লরির ধাক্কায় ওর গাড়ি উল্টে যায় তাতে জগমোহনের পা ভাঙে।"

অন্ধকার বাংলোয় কাঁচে ঢাকা কেরোসিনের ল্যাম্প হাতে আগে আগে প্রিয়া চলেছে জিৎকে নিয়ে গেস্টরুমের দিকে। পেছন থেকে ওকে দেখে জিৎ এর মনে হয় প্রিয়া আজও সেই একই রকম সুন্দরী মোহময়ী যেমনটা সে ছিল দশ বছর আগে। আবেকের ঢেউ বার বার আছড়ে পড়ে জিৎ এর মনের পাড়ে। নিস্তব্ধ নির্জন বাংলোতে প্রিয়াকে অনুসরণ করতে করতে বার বার ওর মনে হয় আগের মতন প্রিয়াকে পেছন থেকে নিবিড় ভাবে জড়িয়ে ধরতে। বার বার মনের কোন উঁকি দেয় ওদের মধুর সেই মুহূর্তগুলোর কথা। অনেক কষ্টে নিজেকে সংযত রেখে অনুসরণ করে চলে প্রিয়াকে।

পরিচয় গোপন রাখতে ওদের পেশায় কাজ প্রদানকারী বা নির্বাহক কেউই নিজের আসল পরিচয় জানাতে চায় না। জগমোহনকে জিৎ শুধু জানতো একটা টার্গেট হিসেবে। ওর দিল্লীর বাড়ির ঠিকানা, এই বাংলোর সন্ধান ছাড়া পেয়েছিল ওর একটা ছবি। অপরাধ জগতে কাজটার কথা চালাচালি হলেও ঝুলে ছিল বেশ কিছু সপ্তাহ। তাতেই জিৎ এর সন্দেহ হয় নিশ্চয় বেশ বড় সড়ো মাছ। একটু খোঁজ খবর নিয়েই বুঝে যায় এই কাজ করে মোটা টাকা একবারে কামিয়ে একেবারে বহু দূরে, হয়তো কোনোদিনও এদিকে আসাই যাবে না । প্লানও ছকে ফেলে জগমোহনকে মারার তখন একবারের জন্য মনে হয় নি জগমোহন এর স্ত্রীর কথা। প্রিয়াকে এখানে দেখবে কোন দুঃস্বপ্নেও ভাবে নি। জগমোহন এই মুহূর্তে ওর কাছে ব্যাতিক্রম টার্গেট, ওর ব্যাপারে জানার আগ্রহ জিৎ এর বেড়ে গেছে কারণ প্রিয়াও যুক্ত ওর জীবনের সঙ্গে। এ ব্যাপারে প্রিয়া কতটা জানে? বুঝতে জিৎ জিজ্ঞেস করে, "কে ওকে প্রাণে মারতে চাইবে? কাকে সন্দেহ কর তুমি?"

গেস্টরুমে খাট, কাঠের আলমারি, টেবিল ও দুটো চেয়ার। টেবিলে কেরোসিনের ল্যাম্পটা রেখে প্রিয়া চেয়ারে বসে বলে, "জগমোহনের প্রথম স্ত্রী অল্পদিনেই ওকে ছেড়ে চলে যায়। কুসুমদেবী তাকে মোটা টাকা দেয় যাতে ডিভোর্সের ব্যাপারে সে সমাজে নিজের মুখ বন্ধ রাখে। কুসুমদেবী বংশের উত্তরাধিকারীর আশায় জগমোহনের আবার বিয়ে দেন। তুমি ভাবছো মা বিয়ে দিচ্ছেন আর জগমোহন বাধ্য ছেলের মত বিয়ে করে যাচ্ছে, কেন? কারণ মায়ের হাতেই ছিল সমস্ত সম্পত্তির চাবি।

জগমোহনের দূরসম্পর্কের এক ভাই থাকতো ওদের দিল্লীর বাড়িতে, সে খুব চেষ্টা করতো কুসুমদেবীকে জগমোহনের নামে কান ভাঙ্গানোর। জগমোহনের দ্বিতীয় স্ত্রীকে সে বশে করে নেয় আর দুজনে মিলে জুটি বেঁধে দিব্যি মোটা টাকা সরাচ্ছিল। একদিন ওদের চুরি ধরা পরে যায়, কুসুমদেবী জগমোহনের সঙ্গে ডিভোর্স দিয়ে ওর স্ত্রীকে বিদেয় করেন, দারোয়ানদের আদেশ দেন ওই ভাইকে আর বাড়িতে ঢুকতে না দিতে।"

প্রিয়ার দিকে নিজের চেয়ারটা একটু টেনে নিয়ে মৃদু গলায় জিৎ জিজ্ঞেস করে "আচ্ছা ওরা দুজন কি পরে বিয়ে করে?"

জিৎ এর প্রশ্নে চমকে প্রিয়া তাকায় ওর দিকে, "তুমি জানলে কেমন করে? ওদের চেনো নাকি?"

"না! তোমার কথায় আন্দাজ করলাম, এক্ষুনি বললে না দুজনে একসঙ্গে চুরি করতো।"

"তুমি জান না ওদের। দুজনেই সাংঘাতিক! সব করতে পারে। লক্ষ্য করতাম একটা ফোন এলে জাগমোহন ভীষণ নার্ভাস হয়ে পড়ে, নিজের ঘরে ঢুকে দরজা বন্ধ করে গলা নামিয়ে কথা বলে। প্রথমে ভাবতাম জগমোহনের নিশ্চয়ই কোন লুকোনো সম্পর্ক আছে যা কুসুম দেবীর অসম্মতিতে লুকিয়ে রাখতে হয়েছে। আকার ইঙ্গিতে অনেকবার জানার চেষ্টা করেছি, কিন্তু প্রতিবারে যে কারণেই হোক জগমোহন এড়িয়ে গেছে। কুসুমদেবী এবং তার পরিবারের কাছে আমি ভীষণ ভাবে ঋণী। উনি সেই সময় সাহায্যের হাত বাড়িয়ে দিয়েছিলেন, যেসময়ে ওনার শক্ত হাত না থাকলে হয়তো

আমাকে আত্মহত্যাই করতে হত, আমার ছেলেও এই পৃথিবীর আলো দেখতে পেত না। আমি মাতৃহারা, ওনার মধ্যে সবসময় আমি মাতৃসুলভ ব্যক্তিত্বকে দেখতে পেতাম, ওনাকে ভালবাসতাম, প্রচন্ড বিশ্বাস করতাম উনিও আমাকে প্রাণ ভরে ভালবাসতেন। অনেক ভেবে ঠিক করলাম ওনাকে সরাসরি সবকিছু জানাবো। আমার সন্দেহর কথা বলতেই উনি আমাকে আশ্বস্ত করে বললেন জগমোহনের মহিলাতে কোনই আকর্ষণ নেই, তোমার ছেলের ভবিষ্যৎ নিয়ে তুমি নিশ্চিত থাকতে পারো। তবে জগমোহনের এত গোপনীয়তার কারণ কি উনি আমাকেই দায়িত্ব দিলেন খুঁজে বার করতে। ব্যাস আর কি? একদিন প্যারালাল ফোনে আড়ি পেতে সমস্ত কথাবার্তা শুনে ফেললাম। জগমোহনের কিছু আপত্তিজনক অবস্থায় তোলা ছবি ছিল ওদের কাছে। যেগুলো কাগজের অপিসে পাঠিয়ে দেবে বলে ওকে ওরা ব্ল্যাকমেল করে যাচ্ছিল দীর্ঘ দিন ধরে। সমাজ ও নিজের রাজনৈতিক জীবনে যাতে আঁচ না পড়ে তাই জগমোহন কাউকে না জানিয়ে চুপচাপ ওদের টাকা দিয়ে যাচ্ছিলো। আমি সমস্ত ব্যাপারটা জানার পর শ্বাশুড়ীকে জানাই, তখনকার পুলিশ কমিশনার ছিলেন ওনার খুবই পরিচিত, কারণ স্বশুর ছিলেন বড় ব্যাবসায়ী, তার সঙ্গে রাজনীতিও করতেন। কমিশনারের তৎপরতায় সব ছবি নেগেটিভ দু দিনের মধ্যে আমাদের কাছে চলে আসে। অবশ্য শ্বাশুড়িও পরে আর কোন মোকদ্দমা করেন নি।"

"তারপর?"

জিৎ এর প্রশ্নে একটু থেমে প্রিয়া বলে, "কাঠের ব্যবসা ওদের ঠাকুরদাদুর আমল থেকে, অনেক বিশ্বস্ত পুরোনো লোকজন আছে দেখার জন্য। জগমোহনকে ওটা নিয়ে বিশেষ মাথা ঘামাতে হয় না। সম্প্রতি জগমোহন পাথরের খাদানের কাজ শুরু করে দুটো কারণে, কাঠগোলার কাজ যদি পরিবেশগত ভারসাম্য রক্ষার্থে বা অরণ্যবিনাশ রুখতে সরকারী কোন নিয়মে বন্ধ হয়ে যায় তাহলে দ্বিতীয় একটা ভিন্ন চালু ব্যবসা থাকবে। দ্বিতীয় কারণ জগমোহনের ইচ্ছা তার একমাত্র উত্তরাধিকারীকে সে বিদেশে পড়তে পাঠাবে। বিদেশে পড়াশুনার খরচ অনেক, যত দিন যাবে আরও বাড়বে, তাই এখন থেকে একটা দ্বিতীয় ব্যবসা শুরু করা যাতে কিছু বছরে ব্যবসাটা দাঁড়িয়ে যেতে পারে। পাথরের খাদানের কাজে কাঁচা টাকার লেনদেন। একজন বিশ্বস্ত লোকের খুবই দরকার নাহলে জগমোহনকেই ৮-৯ মাস এখানে খাদান কামড়ে থাকতে হবে । শাশুড়ি মারা যাবার পর দিল্লির বাড়িতে একদিন ওর ভাই এলো জগমোহনের পা ধরে অনেক ক্ষমা কান্না 'একটা কাজ দাও দাদা নাহলে না খেয়ে মরবো' সে এক তামাশার দৃশ্য। পুরোনো সব ভুলে সমবেদনা দেখিয়ে জগমোহন ওকে খাদানের ম্যানেজার পদে নিযুক্ত করল। জানতো জিৎ কুকুরের লেজ আর মানুষের স্বভাব......, বছর ঘুরতেই ও নিজের পরিচয় দিতে শুরু করে দিল, এক্কেবারে পুকুর চুরি। বছর খানেক আগে জগমোহন ওকে হাতে নাতে ধরে ফেলে তাড়িয়ে দেয় খাদান থেকে। আন্দাজ কয়েক কোটি চুরি করেছে ক'বছরে , দিল্লীতে নিজের বিশাল বাড়ি, গাজিয়াবাদে ফার্মহাউস, বেশ কটা দামী গাড়ী সবই করেছে । ওকে

তাড়ানোর পর থেকেই জগমোহনের ওপর একটার পর একটা ফাঁড়া চলেছে।"

জিৎ এর জানা থাকলেও প্রিয়াকে জিজ্ঞেস করে "ওর ভাইয়ের নাম কি ?"

"সুকদেব আর ওর স্ত্রীর নাম বিন্দিয়া।"

"তাহলে বিন্দিয়াই জগমোহনের দ্বিতীয় স্ত্রী?"

"ঠিক"

"আচ্ছা আমাদের কথাবাত্রায় জগমোহনের ঘুমের ব্যাঘাত হবে না তো?"

হেঁসে প্রিয়া বলে, "ঘুমের ওষুধ খেলে জগমোহন একেবারে কুম্ভকর্ণ, কাল সকাল ৮টার আগে ভূমিকম্প হলেও ওর ঘুম ভাঙবে না।"

"কি এমন ছবি ওদের কাছে ছিল যা দিয়ে জগকে ব্ল্যাকমেল করত?"

একটা দীর্ঘ-নিঃশ্বাস নিয়ে প্রিয়া বলে, "জগমোহনের মহিলাতে কোনো আকর্ষণই নেই, ও সমকামী। দিল্লীর বাড়িতে একটা ১৬-১৭ বছরের চাকরের সঙ্গে জগমোহনের সম্পর্ক ছিল। সুকদেব আর বিন্দিয়া সবই জানতো কখন জগমোহনের অজান্তে ওর ছবি লুকিয়ে তুলে রেখেছিল। ভাবলেই আমার গা ঘিন ঘিন করে।"

"তাহলে তোমার সঙ্গে?"

"আমাদের মধ্যে কোনও শারীরিক সম্পর্কই নেই। আমাদের দুজনের বেডরুমও আলাদা।"

৬. প্রীত

টেবিলে রাখা কম্পমান কেরোসিন ল্যাম্পটার দিকে তাকিয়ে প্রিয়া চাপা স্বরে বলে, "জগমোহনকে বিয়ে করার সিদ্ধান্তটা এত সোজা ছিল না। কতটা চিনতাম জগমোহনকে? একমাত্র কুসুম দেবীর ভরসাতেই আমি বিয়ে করি তাও আমার সন্তানের কথা ভেবে। জানোই তো পিতৃ পরিচয় হীন সন্তান ও তার অবিবাহিত মাকে সমাজ কি চোখে দেখে তা নিশ্চই তোমাকে বলে দিতে হবে না? কুসুমদেবী জগমোহনের দোষ গুন কোন কিচ্ছু না লুকিয়ে সবই আমাকে খুলে বলেছিলেন। সে সময় আমার সামনে আর কোনো পথও খোলা নেই তাই এই সমঝোতার বিয়েতে রাজি হয়ে গেলাম । যথা সময়ে আমার ছেলে হল, ছোট্ট থেকেই সে অবশ্য পরিবারের সকলের অবিভক্ত মনোযোগ এবং স্নেহ ভালোবাসা পেয়ে এসেছে, আমিও সম্মানের সঙ্গে এ বাড়িতে আছি, সমাজের কাছে মিথ্যে জগমোহনের স্ত্রী সেজে, ব্যাস।"

প্রিয়ার চেয়ার থেকে উঠে গেস্ট রুমের কাঠের আলমারিটা খুলতে খুলতে বলে, "এই বাংলোতে একটাই মাত্র ফায়ার প্লেস অবশ্য সব ঘরেই ইলেকট্রিকের রুম হিটার আছে, কিন্তু আজকে ইলেকট্রিকই তো নেই, সকালের আগে আসছেও না নিশ্চিন্ত থাকতে পারো । দুর্ভাগ্যবশত ঘর গরম রাখার অন্য কোন ব্যবস্থাও নেই। এই দুর্যোগের রাত যত বাড়বে তত ঠান্ডাও বাড়বে। তোমার জন্য দুটো কম্বল বের করে রেখে দিচ্ছি পরে যদি

আরো লাগে এই আলমারির মধ্যে কম্বল আছে, বের করে নিও।"

"ঠিক আছে," বলে জিৎ হাত নাড়াতেই হঠাৎ লোহার ধাতুটা জ্যাকেটের মধ্যে থেকে তার হাতে খোঁচা মারে, জিৎ এর খেয়াল হল ভারি আগ্নেঅস্ত্রটা সাইলেন্সার লাগানো অবস্থায় এখনও তার জ্যাকেটের মধ্যেই রয়েছে। তাও সেফটি ক্লাচ খোলা অবস্থায়, অন্যমনস্কতায় যে কোনো সময় একটা বিপদ ঘটে যেতে পারে।

প্রিয়াকে আলমারি থেকে কম্বল বের করে রাখতে দেখে জিৎ সেই ফাঁকে চট করে বৃষ্টির তীব্রতা দেখার ভান করে উঠে গিয়ে প্রিয়া যেখানে বসে ছিল তার পিছনের জানলাটা খোলে। একঝলক তীব্র ঠান্ডা হাওয়া তার সারা মুখময় ঝাপটা দেয়। জানলাটা বাংলোর পিছন দিকে যেখানে ঘন অন্ধকার ও বড় বড় গাছের জঙ্গল, জানলার বাইরে চওড়া একটা তাক জিৎ হাত বুলিয়ে দেখে নেয় বৃষ্টির জল সেখানে পৌঁছয় নি। চোখের পলকে পিস্তলটা জ্যাকেট থেকে বের করে ওই তাকে রাখে।

জানলা দিয়ে হু হু করে ঠান্ডা হাওয়া ঘরের মধ্যে ঢুকে পড়ে সেদিকে তাকিয়ে কিছুটা আশ্চর্য প্রিয়া জিজ্ঞেস করে, "এই ঠান্ডার মধ্যে জানলা খুলছো কেন?"

জিৎ বলে, "দেখছিলাম বাইরে আবহওয়া এখন কেমন, বৃষ্টি সামান্য কমলেও দমকা হাওয়া আর বিদ্যুতের চমক এখনও একই রকম।"

জানলাটা জিৎ সবে বন্ধ করেছে হঠাৎ পিঠে আলতো হাতের স্পর্শে জিৎ চমকে ওঠে। ঘুরে দেখে প্রিয়া কখন

এসে দাঁড়িয়েছে ওর ঠিক পিছনে। তাহলে কি প্রিয়া দেখে ফেলেছে ওর পিস্তলটা? দুরুদুরু বুকে জিৎ অপেক্ষা করে প্রিয়ার প্রতিক্রিয়ার।

জিৎকে অবাক করে প্রিয়ার প্রশ্ন, "আচ্ছা জিৎ সত্যি করে বলবে তুমি বিয়ে করোনি কেন? নাকি করেছ আমাকে বলতে চাইছো না?"

"সত্যি কথাই বলছি প্রিয়া, তোমাকে নিয়ে সংসার করার একদিন অনেক স্বপ্ন দেখেছিলাম, তারপর কারোর কুচক্র হঠাৎ তোমার থেকে আমাকে বহু দূরের এক দুর্গম স্থানে আটকে রাখে যেখান থেকে ইচ্ছে থাকলেও কিছুতেই ফিরে আসতে পারছিলাম। অনেক কষ্টে বেশ কিছু মাস পরে যেদিন ফিরে তোমার খোঁজে গেলাম, সেদিন শুনলাম তোমার বিয়ে হয়ে গেছে। ঐদিন আমার সব সমস্ত সাজানো স্বপ্ন খান হয়ে ভেঙে গেল। বাঁচারও ইচ্ছে নষ্ট হয়ে গিয়েছিলো। জানি না কেমন করে আজও বেঁচে আছি। নিজের মনের মধ্যে তোমার জায়গায় কাউকে বসাতেও পারলাম না।"

ওর কথা শুনতে শুনতে প্রিয়ার চোখ ছল ছল, "জিৎ জানো আমাদের ছেলের নাম কি রেখেছি?"

"কি করে জানবো বলো তুমি তো এতক্ষণ বলনি,"

"ওর নাম প্রীত। তুমি আমার জীবনে প্রথম ও শেষ পুরুষ জিৎ, আমি আর কারো সাথে জীবনেও সম্পর্ক করতে পারব না। তোমার আর আমার নামের অক্ষর মিটিয়ে ওর নাম নামকরণ। আমাদের সন্তানই আমাদের প্রেমের

প্রতীক, ভেবেছিলাম ওকে নিয়েই সারা জীবন কাটিয়ে দেব।"

"সত্যি বলছো প্রিয়া? আমার নিজের কানকেই বিশ্বাস হচ্ছে না, আমার একটা সন্তান আছে, কেমন দেখতে হয়েছে ওকে নিশ্চই তোমার মত সুন্দর?"

আবেগে উত্তেজিত জিৎ দু হাতের তালুতে প্রিয়ার মুখটা ধরে গভীর দৃষ্টিতে তাকায় ওর দু চোখে, "সত্যি! আমি প্রীতের বাবা?"

"এটাই সত্যি সত্যি সত্যি," প্রিয়া একপা এগিয়ে জিৎ এর চোখে চোখ রেখে দুহাতে আবেগে জড়িয়ে ধরে জিৎ এর কোমড়।

প্রিয়ার এই আবেগ ভরা মুখটা জিৎ এর ভীষণ চেনা, যেমন গ্রীষ্মের তপ্ত ভূমি দুহাতে স্বাগত জানায় বর্ষাকে। আবেগের জোয়ারে ভাসমান জিৎ আর নিজেকে ধরে রাখতে পারে না। ধীরে ধীরে ওর মুখ নেমে আসে প্রিয়ার দিকে। একাত্ম হতে প্রিয়াও নিজের চিবুক সামান্য তুলে চোখ বোজে যাতে আকাঙ্খিত এই মিলনের প্রতিটা বিন্দুর তৃপ্তি সে সম্পূর্ণ অনুভব করতে পারে । মুহূর্ত্তের চুম্বকের মতো আটকে যায় ওদের দুজনের ঠোঁট। উত্তাল প্রেমের ঢেউয়ে ভেসে যায় দুজনে। একে একে ঝরে পরে ওদের বস্ত্র, অন্তর্বাস। এই রাতে একটা সুতোও ওদের মাঝে বাধা হয়ে দাঁড়াতে পারবে না। দুটো দেহ আজ বিছানায় একাত্ম, মেতে ওঠে অপ্রতিরোদ্ধ প্রকৃতির চরম খেলার নেশায়, একই ছন্দে একই তালে।

বাইরে ঝড় বৃষ্টি থেমে গেছে। জিৎ বিছানায় আধশোয়া অবস্থায় একটা সিগারেট ধরায়। প্রিয়া ওর বুকে মাথা রেখে শুয়ে, অলস হাত বুলোয় জিৎ এর সারা শরীরে, "জিৎ তুমি কোথায় থাকো, কি কর. এখনো কিছুই বললে না, তোমার কি আবার আমার কাছ থেকে হারিয়ে যাবার ইচ্ছা?" কথাগুলো খুব চাপা স্বরে বললেও জিৎ জানে কতটা আবেগ নিয়ে প্রিয়া কথাগুলো বলছে

জিতের নিজেরও ইচ্ছা তার সব কিছু সে প্রিয়াকে খুলে বলে, চোরের মত লুকিয়ে পালিয়ে থাকতে থাকতে এখন তার অসহ্য লাগছে। কিন্তু যে পরিস্থিতিতে রয়েছে প্রকাশ্যে লোকসমাজে ঘুরে বেড়ানো তার জন্য প্রচন্ড বিপদজনক। কথা ঘোরাতে সে বলে, "আমার কিছুতেই বিশ্বাস হচ্ছে না আমি পিতা। আমার কাছে এটা চরম আনন্দের চমক, তোমাকে অনেক ধন্যবাদ প্রিয়া, জানো আমার প্রীতকে খুব দেখতে ইচ্ছে করছে।"

"বাংলোতে প্রীতের প্রচুর ছবি আছে কাল সকালে মন ভরে দেখো তাছাড়া আমি চাই তুমি আমাদের কাছাকাছিই থাকো, এতদিন পরে তোমাকে পেয়েছি আর হারাতে চাই না," জিৎ এর একটা হাত নিজের দুহাতে শক্ত করে ধরে প্রিয়া বলে, "আমি তোমাকে সব সময় আমার পাশে চাই, জগমোহনের অনেক ব্যবসা, সামনে নির্বাচন আছে ও কি তখন ব্যবসা দেখবার সময় পাবে? বিশ্বস্ত লোকের ভীষণ অভাব তাই আমি একবার বললেই যে কোন একটা ব্যবসার তোমাকে সম্পূর্ণ দায়িত্ব দিয়ে দেবে, তখন তুমিও সব সময় প্রীতকে দেখতে পাবে। সময় সুযোগ মতো আমি জগমোহনকে আমাদের

জীবনের সব সত্যি কাহিনী বলে দিতে চাই। আমি চাই ও জানুক আমাদের আসল পরিচয়।"

জিৎ এর মনের মধ্যে চিন্তার ঝড় বহে চলেছে, যা চাইলেও প্রিয়াকে কিছুতেই বলতে পারবে না। ও জানে জগমোহনের সঙ্গে প্রিয়া এবং প্রীতের জীবনও অত্যন্ত বিপদের মধ্যে। সে ব্যর্থ হলে জগমোহনকে যে খুন করতে চাইছে সে মোটেও বসে থাকবে না, আর একজনকে কাজে লাগাবে, আর এদেশে টাকার জন্য এইসব করার লোকেরও অভাব নেই। কিন্তু কে জগমোহনকে খতম করতে চায়? তার কোন রাজনৈতিক প্রতিদ্বন্দ্বী,   নাকি শুকদেব ও বিন্দিয়া বা অন্য কেউ? এখন ওর জীবনের একটাই লক্ষ্য, খুঁজে বার করা কে আসলে জগমোহনের শত্রু এবং প্রিয়া ও তার পুত্রকে সম্পূর্ণ বিপদমুক্ত করা। তার ততক্ষণ স্বস্তি নেই যতক্ষণ না প্রিয়া ও প্রীতের এর জীবন সুরক্ষিত করতে পারছে সে গম্ভীর ভাবে বলে, "প্রিয়া, এই মুহূর্তে অনেকগুলো অসমাপ্ত কাজ রয়েছে যেগুলো না করে.... "

"তারপর তুমি আমার কাছে চলে আসবে? কথা দিচ্ছ?"

"আসবো অবশ্যই। কতদিনে অসমাপ্ত কাজগুলোকে শেষ করতে পারবো এখনই বলতে পারছি না।"

"আবার এখন কি এতো ভাবছো?"

"না কিছু নয়,"

"আমাকে অনেক বছর অপেক্ষা করিয়েছো, অনেক আদর পাওনা আছে," বলে প্রিয়া দুহাত দিয়ে জিৎকে জড়িয়ে ধরে।

উদ্যাম আবেগের সাগরে বার বার ডুব দিয়ে দুজনেই ক্লান্ত। ওদের অলস দেহ একে ওপরকে জড়িয়ে অনেক্ষন চুপ করে শুয়ে থাকে। হঠাৎ প্রিয়া লাফ দিয়ে খাট থেকে নামে।

"কি হল?" অবাক জিৎ এর প্রশ্ন।

নিজের জামা কাপড় পড়তে পড়তে প্রিয়া বলে, "আমি থাকলে তোমার একটুও বিশ্রাম হবে না যে সোনা,"

"তুমি পাশে থাকলে বেশী ভালো হবে,"

শুনে প্রিয়া মিচকে হাঁসে, "খুব জানি,"

জিৎকে আঁকড়ে একটা গভীর চুমু দিয়েই জিতের আলিঙ্গন থেকে নিজেকে মুক্ত করে, "আমি কোত্থাও হারিয়ে যাবো না, কাল সকালে দেখা হবে," বলে সোজা হাঁটা দেয় নিজের ঘরের দিকে।

জিৎ জানে প্রিয়ার কাছে, খুব শিগগির যে কিছুতেই ফিরে আসতে পারবে না। এক সময় অনেক এমন কাজ করেছে, যার ফলস্বরূপ তারও সঠিক জানা নেই আশপাশের ক'রাজ্যের পুলিশ ওকে এখনও খুঁজছে।

৭, ছোটবেলা

প্রিয়া নিজের ঘরে চলে গেছে। নিস্তব্ধ গভীর রাতে একা বাংলোর বিছানায় শুয়ে জিৎ ছটফট করতে থাকে, চোখে ঘুম কিছুতেই আসতে চায় না। সংবাদ বাহক আগেই জানিয়েছিল জগমোহন বেশী দিনের জন্য এবারে পাহাড়ের বাংলোতে থাকবে না। পাহাড়ে দুর্যোগ জিৎ এর অজানা নয়, সীমিত সময়টাই গুরুত্বপূর্ণ ছিল। আজকের দুর্যোগের তীব্রতা দেখে একবার জিৎ ভেবেছিল কাজ স্থগিত রেখে ফিরে যাবে। সমস্যা পরের দিনের জন্য আবার নতুন করে সমস্ত যোগাড় যন্ত্র করতে হবে। যার মধ্যে একটা বিরাট অঙ্গ এই পাহাড়ি কাঁচা রাস্তায় চলার উপযোগী একটা শক্তপোক্ত গাড়ির । আজকের পরিকল্পনা ভেস্তে গেলে কাছের শহর থেকে অতি সহজে চুরি করা গাড়ি মাঝ রাস্তায় পরিত্যাগ করে গেলে কাছে পীঠের মানুষ এবং পুলিশ সচেতন হয়ে যাবে। শনিবার রাতকে বাছাই করার উদ্দেশ্য ছিল বেশ কয়েকটা। পরের দিন রবিবার সকলেই ছুটিতে ব্যস্ত থাকবে। দূরবর্তী পাহাড়ের ঘটনার খবর ছড়াতে ছড়াতে সোমবার -মঙ্গলবার হয়ে যাবে । ততক্ষণের জিৎ অনেকটা সময় পাবে দূরে নিজের সুবিধেমত নিরাপদ জায়গায় পৌঁছনোর।

তাছাড়া জিৎ এও জেনেছিল, এখানকার কারবার পুরোটাই নগদে হয়, শুক্র ও শনিবারে যত টাকা সংগ্রহ হয় সবই সোমবার পর্যন্ত মজুত থাকে জগমোহনের কাছে বাংলোতে, কারণ সব থেকে নিকটবর্তী ব্যাঙ্ক ২০-

২৫ কিলোমিটার দূরে সমস্ত টাকা সোমবার সকালেই পাঠানো হয় । সুরক্ষার বিষয়ে এতটা অনিহার কারণ স্থানীয় পাহাড়ি মানুষজন ভীষণই সরল ও বিশ্বাসী তাছাড়া মূল জনস্রোত থেকে অনেকটা দূরে এই পাহাড়ি নির্জন এলাকায় এর আগে কখনো চুরি ডাকাতিও হয়নি। জিৎ জানতো নিজের কাজ শেষ করে বাংলোতে যা টাকা-পয়সা আছে তা কুড়িয়ে বাড়িয়ে নিয়ে সারারাত গাড়ি চালিয়ে ভোরের মধ্যে এই অঞ্চলটাকে পার করে সাধারণ জনস্রোতের মধ্যে অনায়াসে সে মিলিয়ে যেতে পারবে।

একবার নিজের মনকে সান্ত্বনা দেয়, শেষমুহূর্তে যা হয়েছে ভালোর জন্যই হয়েছে। আরেকবার ভাবে যে কাজের জন্য এসেছিল সেটা তো করা হল না। এখনও এখানে কি করছে? আগামীদিনে অর্থের সংস্থান হবে কোথা থেকে ? এতদিন পর প্রিয়াকে দেখে কিছুতেই এখান থেকে যেতে ইচ্ছা করছে না। মনে মনে একথাও ভেবেছে প্রিয়ার কথামতো জগমনের কারবারে লেগে গেলে কেমন হয়? পরের মুহূর্তেই মনে হয়এখন প্রিয়া এবং প্রীত দুজনের সুরক্ষার দায়িত্বও তার কাঁধেই। অনেক চিন্তার ভিড়ে হঠাৎ অনেক বছর আগে হারিকেনের আলোতে দেখা তার কাকিমার রক্তাক্ত মুখটার কথা মনে পড়ে যায়। চমকে ওঠে জিৎ, শৈশবের দিনগুলোর কথা মনে পড়ে যায়।

জিৎ এর বাবা ছিল রেলের গেটম্যান, রোজ সকালে গ্রামের মেঠো পথ ধরে সাইকেল চালিয়ে যেত গ্রাম থেকে অনেক দূরে রেল লাইনের পাশে গুমটিতে। ছোট্ট জিৎ

একদিন বায়না ধরল বাবার সাথে সেও কাজ করতে যাবে, বাবা জিৎকে ভুলিয়ে কাজে যাবার চেষ্টা করছিল নাছোরবান্দা জিৎ কে মানাতে বাবা মায়ের সাহায্য চায়। এমনিতে চুপচাপ মা চাপাস্বরে বলে, "আমারও দেখতে ইচ্ছে করে কোথায় কি কাজ করতে যাও তুমি,"

বাবা হেসে বলে "চলো তোমাদের দুজনকেই আজ দেখিয়ে দি আমি কি কাজ করি ,"

মাকে পিছনে এবং জিৎ কে সামনের রডে বসিয়ে বাবা সেদিন নিয়ে গেছিল গ্রাম থেকে পাঁচ কিলোমিটার দূরে রেল লাইনের পাশে ঘুমটিতে। এর আগে জিৎ কোনদিনও গ্রামের বাইরেই যায়নি। বাবা প্রতিদিন এত দূরে আসে দেখে সে বলে. "বাবা তোমার কি মজা রোজ এত দূরে কাজ করতে আসো,"

এত কাছ থেকে স্টিম ইঞ্জিনের বিকট গর্জন শুনে প্রথমে ভয় পেলেও পরে জিৎ বলে, "বড় হয় আমিও ট্রেন চালাবো। অনেক দূরে দূরে যাব অনেক নতুন জায়গা দেখে এসে তোমাদের তার গল্প শোনাবো,"

তখন ওর জানা ছিল না, সুখ কখনও চিরস্থায়ী নয়, সেবার টাইফয়েডের মহামারী দেখা দিল ওদের গ্রামে। আশেপাশের অনেক লোক মারা গেল তারমধ্যে দুজন জিৎ এর অতি প্রিয়, ওর বাবা ও মা।

এক দূর সম্পর্কের কাকা যার শশুরবাড়ী পাশের গ্রামে, প্রায়ই আসতো ওদের বাড়িতে। প্রতিবারই বিদায় নেবার সময় বাবা ওই কাকার হাতে কিছু টাকা দিত। কখনো কাকার সঙ্গে খুব সেজেগুজে তার স্ত্রী রেনুও আসতো।

রেনু কাকিমাকে জিৎ এর বাবা মা তেমন পছন্দ না করলেও, রেনুকাকিমা এলে জিৎ-এর খুব আনন্দ হতো, কারণ সঙ্গে ওদের জিৎ এর থেকে ছোট দুটো বাচ্চাও আসতো। জিৎ ভাই আর বোনের সাথে খেলতে পেত। বাবা মা মারা যাবার কয়েক দিনের মধ্যেই ওই কাকা-কাকীমা তাদের দুই বাচ্চাকে নিয়ে হাজির জিৎ এর বাড়িতে। গ্রাম শুদ্ধ লোকের সামনে তাদের বুক চাপড়ে কি কান্না। তখন জিৎ নিতান্তই বালক গ্রামের প্রধানরা সব কিছু বিচার করে সিদ্ধান্ত নেয় তার কাকা-কাকিমা জিৎ এর অভিভাবক হয়ে ওই বাড়িতে থাকবে। কিন্তু জিৎ বড় হয়ে যদি তাদের রাখতে না চায় তাহলে তাদের পত্রপাঠ বাড়ি ছেড়ে চলে যেতে হবে।

নিতান্তই বালক তখন জিৎ সে বুঝতে পারত না যে রেনুকাকিমা ছিল অত্যন্ত ধূর্ত কাকাকে সম্পূর্ণ তার নিজের নিয়ন্ত্রণের মধ্যে রেখেছিল। বাড়ির বেশিরভাগ কাজ কাকিমা তার বেকার স্বামীকে দিয়েই করিয়ে নিত। আর নিজে সারাদিন পরিপাটি সেজেগুজে এদিক সেদিক ঘুরে বেড়াতো। গ্রামের পুরুষরা যেমন সকলেই রেনুর সাথে যেচে কথা বলতে চাইতো তেমনি গ্রামের মহিলারা তাকে দেখতে পারত না। জিৎকে মানুষ করবে, তাকে লেখাপড়া শেখাবে, এরকম নানা প্রতিশ্রুতি দিয়ে জিতের বাবার চাকরিটা কাকা অল্প দিনে জোগাড় করে ফেললেও এর পিছনে মূল কলকাঠি নেড়েছিল রেনু কাকিমা। নিজের লেখাপড়া না জানলেও নিজের বশীকরণ ক্ষমতা দিয়ে জিৎ এর স্কুলের জীবন মাস্টারকে দিয়ে সব দরখাস্ত লেখাতো। কিন্তু ওদের প্রতিশ্রুতিতে বিশ্বাস না করে অভিজ্ঞ আঞ্চলিক রেলের

বড়কর্তা শর্ত রাখেন চাকরি পেতে গেলে সদ্য অনাথ জিৎ এর ভালোভাবে লালন পালন করতে হবে। ওকে ভালোভাবে পড়াশুনা করাতে হবে। তবে জিৎ এর বাবার সঞ্চিত টাকা জিৎই পাবে যখন সে প্রাপ্তবয়স্ক হবে। জিতের অল্প বয়স সে এত সংসারের মার প্যাঁচ বুঝত না কাকার ছেলে, মেয়েও জিৎ এর সঙ্গে স্কুলে যেত ওরা একসঙ্গে বাড়ি ফিরে খেলতো। এটাতেই সে মহা খুশি ছিল। কিছু মাস পরেই হঠাৎ দেখল ভাই বোন ওর সঙ্গে স্কুল থেকে আর বাড়ি ফেরে না। কারণ জিৎ এর সঙ্গে ফিরলে ওরা শুধু নাকি খেলে আর ওদের স্কুলের পড়া করা হয় না। স্কুলের পরে ওরা চলে যেত এক পাতানো মাসির বাড়ি, রাতে কাকা কাজ থেকে ফেরার পথে ওদের সঙ্গে নিয়ে বাড়ী ফিরতো। জিৎ এর খারাপ লাগলেও কিছুই করার ছিল না।

কাকিমা মিষ্টি সুরে জিৎকে বলতো, "তাড়াতাড়ি বড় হতে গেলে বড়দের কাজগুলো শিখতে হয়, বড়দের কথা শুনতে হয়,"

বড় হয়ে গেলে তাকে আর স্কুলে যেতে হবে না। জীবন মাস্টারের হাতে বিনা কারণে মার খেতে হবে না। তাড়াতাড়ি বড় হবার লোভে জিৎ কাকিমাকে কোন প্রশ্ন করে না, কাকিমার কোন কথাও অবহেলা করে না। রেনু কাকিমা তাকে মিষ্টি কথা বলে ঘরের নানা কাজ যেমন, ঘর ঝাড় দেওয়া, বালতি করে জল তোলা, কাপড় জামা কাচা সবই করিয়ে নিত।

জিৎদের গ্রামে তখনও ইলেকট্রিকের সংযোগ ছিল না, সন্ধ্যে হলে সারা গ্রাম অন্ধকারে ডুবে যেত। টিমটিমে

হারিকেনের আলোই রাতে ভরসা। প্রায়ই স্কুল থেকে ফেরার পরে রেনুকাকিমা ওকে জিনিসপত্র আনতে পাঠাতো পাশের গ্রামে, যা প্রায় তিন চার কিলোমিটার দূরে। নিজেদের গ্রামের পথটুকু পেরোলেই হাঁটতে হতো ফাঁকা খেত ও মাঠের মধ্যে দিয়ে তারপরে কিছুটা অংশ ছিল জঙ্গলের মধ্যে দিয়ে। শীতের ছোট বেলাতে ফেরার সময় রাত হয়ে যেত, অন্ধকারে একটা টর্চের আলোতে রাস্তায় গা ছমছম করতো জিৎ এর। একদিন জিৎ জিজ্ঞেস করেছিল, "আমাদের গ্রামের দোকানেও এগুলো সবই পাওয়া যায় কাকিমা?"

"আমাদের গ্রামের দোকানের জিনিসপত্র একদমই ভালো নয়, তাই পাশের গ্রামে যেতে বলছি,"

সেদিন স্কুল থেকে ফেরার পরেই কাকিমা জিৎকে পাঠায় পাশের গ্রামে । অনিচ্ছা সত্ত্বেও জিৎ দ্রুত একা হেঁটে চলেছে জিনিসপত্র কিনতে হঠাৎ রাস্তায় হরিদার সঙ্গে দেখা, "কিরে জিৎ কোথায় চললি থলি হাতে?"

"পাশের গ্রামে যাচ্ছি বাড়ির জিনিস কিনতে,"

"কি এমন মহামূল্যবান জিনিস কিনতে যাচ্ছিস যা এখানে পাওয়া যায় না?"

"এ গ্রামে দোকানের জিনিসপত্র যে ভালো নয়,"

"কে বলেছে?"

" কেন রেনু কাকিমা,"

"বুঝেছি ! দূর্ঘক্ষনের জন্য বাড়ির বাইরে পাঠিয়ে একা বাড়িতে তার মানে জীবন মাস্টারের সঙ্গে রাসলীলা করে,"

রেনুকাকিমার যেমন গ্রামে অনেক পুরুষ অনুগামী ছিল, তেমনই যাদের পাত্তা দিত না তার মধ্যে একজন হরিদা।

হরিদা আগে প্রায়ই আসতো জিৎ দের বাড়িতে, এখন আর কেন আসে না জিৎ জানে না, হরি ছোট থেকে তার দাদার মতো তার কথায় অবাক জিৎ বলে, "তুমি কি বলছো হরিদা? দুষ্টু জীবন মাস্টার আমাদের বাড়িতে আসতে যাবে কেন?"

"জীবন মাস্টার প্রায়ই তোদের বাড়িতে চুপিচুপি আসে, আমি নিজে দেখেছি। তার আগে যে তোকে কায়দা করে বাইরে পাঠিয়ে দেয় তোর কাকিমা সেটা আজকে জানলাম। তোকে আজ প্রমাণ করে দেখাচ্ছি,"

"কিন্তু পাশের গ্রাম থেকে জিনিসপত্র গুলো আনতে অনেক দেরি হয়ে যাবে যে,"

"দূর বোকা! এই গ্রামে আর পাশের গ্রামে একই জিনিস পাওয়া যায়, চুপচাপ এবার থেকে এখানেই কিনবি, কাকিমা কিছুই বুঝবে না,"

হরিদার সঙ্গে দুরু দুরু বুকে চুপি চুপি নিজের বাড়ি পৌঁছে দেখে জীবন মাস্টারের সাইকেলটা রয়েছে তাদেরই উঠানে অন্ধকারে একটা ঝোপের পিছনে লুকানো। জীবন মাস্টারের সাইকেলটা জিৎ এর খুব চেনা। ফিসফিস করে হরিদা বলে, "দেখেছিস? মনে পাপ না থাকলে লুকিয়ে, তোকে পাশের গ্রামে পাঠিয়ে,

মাস্টারের সঙ্গে কি দরকার থাকতে পারে তোর কাকিমার?"

কাকিমার ঘরের বন্ধ জানলাটার বাইরে লতানে গাছের জঙ্গল, তার ওপরে মাটি থেকে বেশ খানিকটা উঁচুতে থাকায় সেদিন চেষ্টা করেও ভেতরে কি হচ্ছে? আর ঝিঁঝির আওয়াজ ছাপিয়ে ওদের কথাবার্তা কিছুই বুঝতে পারে না জিৎ। দেখা ও সোনার আশা ত্যাগ করে সে অন্ধকারে গাঢাকা দিয়ে মাস্টারের সাইকেলটার উপরে নজর রাখে। প্রায় এক ঘন্টা পরে মাস্টার বাইরে আসে। এদিক ওদিক দেখে চুপি চুপি সাইকেল নিয়ে অন্ধকারের মধ্যে মিলিয়ে যায়।কাকিমার কাছে ধরা পরে যাবে মনে এমন শঙ্কা নিয়ে হরিদার কথা মত নিজেদের গ্রাম থেকে জিনিসপত্র কিনে নিয়ে আসে, কিন্তু অবাক কান্ড কাকিমা কিছুই বুঝতে পারেনা।।

ওই সন্ধ্যের কথা যতই জিৎ ভাবে ততই মনে হয় রেনু কাকিমা কত বড় নাটকবাজ ও মিথ্যেবাদী। ওকে আর বিশ্বাস করা যাবে না। ওর স্কুলের যে মাস্টার এত নির্যাতন করে তার সঙ্গে লুকিয়ে রেনু কাকিমা মেশে কেন? হরিদা ওকে সতর্ক করে দিয়েছিল কাউকে এ ব্যাপারে এখন কিছু না বলতে।

জিৎ এর কৌতুহল মাস্টার আর কাকিমা বন্ধ ঘরে লুকিয়ে কি নিয়ে আলোচনা করে করে? কাকিমার ঘরের জানলাটা ওদের বাড়ির পিছন দিকে ওদিকটা নির্জন বুনো কাঁটা ঝোপে ভর্তি, কেউ যায় না। কাকিমার জানলা আট নয় ফুট উঁচুতে তার ওপরে ভেতর থেকে ছিটকিনি দেওয়া। তবে গ্রামে যাদের বাড়ি, বাঁশঝাড়

থেকে বাঁশ নিয়ে একটা ছোট মই করা, আর কাকিমার অলক্ষ্যে জানলার ছিটকিনি খুলে রাখা কি এমন বিশাল ব্যাপার?

পরের সপ্তাহতেই এর সুযোগ এসে গেল, স্কুল থেকে ফিরতেই রেনু কাকিমা ওর হাতে যখন বাজারের থলি দিল। জিৎ নিজের মনে মুচকি হাঁসে। অন্ধকারে বাড়ির কাছে ঝোপঝাড়ে লুকিয়ে অপেক্ষা করতে থাকে। কিছুক্ষণ পরেই জীবন মাস্টার এসে এদিক-ওদিক থেকে কেউ দেখছে না দেখে সাইকেলটা লুকিয়ে ভেজানো দরজা ঠেলে ঢুকে পড়ে। অল্পক্ষণ অপেক্ষা করে জিৎ ও বাড়ির পিছনে গিয়ে মইয়ে উঠে জানালার ফাঁক দিয়ে উঁকি মারে। প্রথমে নিজের চোখকেই বিশ্বাস করতে পারে না যখন আবিষ্কার করে মাস্টারের সঙ্গে রেনু কাকিমার দৈহিক সম্পর্ক। হারিকেনের মৃদু আলোতে স্পষ্ট দেখে ওদের দুটো নগ্ন শরীর একসাথে খাটে নড়ছে শুনতে পায় ওদের দুজনের গোঙানির শব্দ।

মাষ্টারের সাথে কাকিমার ওই দৃশ্য দেখার পর জিৎ এর সারা শরীর রাগে টগবগ করে ফুটতে থাকে, প্রথমে ভাবে হরিদাকে যা দেখেছে সব কিছু বলবে। পরের মুহূর্তে ভাবে হরিদাকে বলে লাভ কি ? বরং ওরা তাকে নিয়ে কি আলোচনা করে, সেটা বেশী জানা দরকার। এরপরে কয়েক দিন জিৎ ওদের সহবাস পরবর্তী আলোচনা শুনে বুঝতে পারে তার জীবন মোটেই সুরক্ষিত নয়। রেনুকাকিমা যতই মিষ্টি করে ওর সাথে কথা বলুক আসলে সে একটা কালসাপ।

একদিন কাকিমাকে বলতে শোনে, "পেটাতে পারো না এমন যাতে হারামজাদাটা আর স্কুলেই যেতে না চায়? বাড়িতে থাকলে অন্তত আমার কিছু কাজ করে দিতে পারবে, কাজ করে করেই আমি শেষ হয়ে গেলাম,আর এটা বুকের ওপর বসে রাক্ষসের মত খেয়ে অন্ন ধ্বংস করছে।"

মাস্টার বলে, "ওকে রোজই অকারণে তোমার কথা মত মারি, শাস্তিও দি ।"

"থাক আর তোমাকে দয়া দেখাতে হবে না,"

সেদিনই রাগে জিৎ এর সারা শরীর কেঁপে ওঠে, এতদিনে বোঝে অকারণে কেন ওই মাস্টার ওকে পেটায় । একবার ভাবলো কাকাকে সব জানিয়ে দেবে, মাস্টার আর কাকিমার গোপন কীর্তিকলাপ। পরমুহূর্তে চিন্তা করল কাকা তো ওঠে-বসেই কাকিমার কথায়। কাকিমা বলবে জিৎ মিথ্যুক, কাকাও তাই মেনে নেবে, তারপর যেটুকু বাড়িতে খাবার জোটে তও বন্ধ হবে, আর মাস্টার আরো বেত পেটা করবে।

কাকিমা আর মাস্টারের ওপরে আক্রোশে জিৎ এর সারা শরীরে কদিন থেকেই আগুন জ্বলছে । সেদিন থলি একটা ঝোপে লুকিয়ে সন্ধ্যার অন্ধকারে লুকিয়ে অপেক্ষা করে। মাস্টার তার সাইকেল নিয়ে নিশ্চিন্তে নিজের বাড়ির দিকে রওনা দেয়। জিৎ চুপিসারে বাড়ীতে ঢুকে রান্নাঘর থেকে বড়ো ছুরিটা নিয়ে কাকিমার ঘরের দরজা সামান্য ফাঁক করে দেখে কাকিমা বিবস্ত্র অবস্থায় তখনও খাটে শুয়ে আছে, দরজা খোলার শব্দে সেদিকে তাকিয়ে জিৎ কে হঠাৎ তার ঘরে ঢুকতে দেখে হতবাক কাকিমা।

কিন্তু সে কিছু বলার আগেই জিৎ ছুরির ফলাটা সজোরে কাকিমার গলায় চালিয়ে দেয়।

কাকিমার শরীর থেকে ফিনকি দিয়ে তাজা রক্ত ছিটকে এসে লাগে ওর মুখে জামাতে। ঠান্ডা মাথায় মুখ ধুয়ে জামা পাল্টে নিজের রক্ত মাখা জামা কাপড় গুলো একটা ভারী পাথরে বেঁধে পাশের পুকুরে ফেলে দেয় আর রক্তাক্ত ছুরিটা মাস্টারের বাড়ির পেছনের বাগানে। তার পরে মুদিখানায় গিয়ে সওদা নিয়ে বাড়ি ফিরে কাকিমার মৃতদেহ হঠাৎ দেখার ভান করে চিৎকার করে কাঁদতে থাকে, "নিশ্চই ওই রমেশ মাস্টার কাকিমাকে খুন করেছে,"

কান্নার আওয়াজ শুনে গ্রামের লোকজন জড়ো হয়, কাকাকে খবর দেওয়া হয়, গ্রামে সে রাতে আসে পুলিশও । জিৎ পুলিশকে বলে মাস্টার আসার একটু পরই কাকিমা ওকে মুদিখানায় পাঠায়। পুলিশ পৌঁছয় মাস্টারের বাড়ী, মাস্টারেরও নিজের পরিবার আছে, প্রথমে সে কাকিমার সঙ্গে তার সম্পর্কের কথা অস্বীকার করে। মাস্টারের বাড়ির পিছনে পাওয়া যায় রক্তমাখা ছুরিটাও । গ্রামের লোকেরা, বিশেষ করে হরিদা সাক্ষী দেয় তারা মাস্টার কে অনেকবারই দেখেছে অন্ধকারে লুকিয়ে জিৎ দের বাড়িতে যেতে । অগত্যা মাস্টার স্বীকার করে সে সেদিন গিয়েছিলো জিৎ দের বাড়ী, কিন্তু সে কাউকে খুন করেনি। পুলিশ মাস্টারকে গ্রেফতার করে, জেলা আদালতে অল্পবয়স্ক জিৎ এর সাক্ষীকে জজসাহেব যথেষ্ট গুরুত্ব দেন। মাস্টার দৃঢ় ভাবে খুন ওস্বীকার করলেও প্রত্যক্ষদর্শী ও জিৎ এর সাক্ষী সম্পূর্ণ

মাস্টারের বিপক্ষে যায়। সব শুনে জজসাহেব তার রায়ে রমেশ মাস্টারকে খুনি সাব্যস্ত করে তাকে যাবজ্জীবন কারাদণ্ড দেন।

আসামির কাঠগোড়ায় কান্নায় ভেঙে পড়া মাস্টারকে দেখে জিৎ মনে মনে বলে এখন জেলে বসে গুনবেন আমাকে অকারণে ক'ঘা দিয়েছেন।

৮. প্রথম পরিচয়

সযত্নে পরিকল্পিত প্রকল্প হঠাৎ মাঝপথে খারিজ করে অপ্রত্যাশিত তড়িৎ গতিতে নতুন করে একটা নতুন স্ট্রাটেজিকে রূপ দেওয়ার মানসিক উৎপিরনে বাংলোর বিছানায় ক্লান্ত শরীরেও শুয়েও কিছুতেই ঘুম আসে না জিৎএর কেবল সে এপাশ--পাশ করতে থাকে। এলোমেলো নানা চিন্তার ভিড়ের মাঝে মনে পড়ে যায় জানুয়ারি মাসের প্রথম দিকের প্রচণ্ড শীতের সেই ভোরের কথা।

ভোর পাঁচটায় সবে তখন পুবের আকাশ ফর্সা হতে শুরু করেছে, দিল্লির শীতকালীন ঘন কুয়াশার চাদরের ঘেরাটোপে তা কিছুই বোঝার উপায় নেই। সারারাত অন্ধকার দূর করার চেষ্টায় রাস্তার ক্লান্ত ভেপার লাম্পগুলো তখনও জ্বলছে। সাধারণতঃ দিনে ব্যস্ত রাজধানীর পথ একেবারে জনহীন, যান চলাচলও যৎসামান্য। চায়ের দোকানগুলো খুলতে শুরু করেছে, শীতে সকালের দিকে গরম চায়ের প্রাণবন্ত ব্যবসার লোভে। হাড়কাঁপানো ঠান্ডায় একটু উষ্ণতার আশায় পথের পাশে আগুন জ্বালিয়ে শ্রমিক শ্রেণীর মানুষগুলো চাদরে মুড়িসুড়ি দিয়ে জবুথবু হয়ে তাপ সেঁকছে । শীতের ভোরে দিল্লীর এই দৃশ্য জিৎ এর পরিচিত, বিছানায় কম্বল ছেড়ে অপ্রয়োজনে কেউ এ সময় পথে বাইর হয় না। কিন্তু এসময় রোজই প্রথম বাস ধরে জিৎকে হোটেলে কাজে যেতে হয় । এই দিনটাই যে তার

জীবনের এক চিরস্মরণীয় দিন হয়ে থেকে যাবে তা সে বাসে উঠার আগে পর্যন্ত কিছুই জানতো না।

সকালের বাস আসার একটা নির্দিষ্ট সময় থাকলেও বাস অনেক সময় পাঁচ-দশ মিনিট আগে পরে আসে, তাই জিৎ কোনোরকম ঝুঁকি না নিয়ে সব সময় কিছুক্ষন আগেই বাসটপে পৌঁছতো। সকালের প্রথম বাস ফসকালে পরের বাস আরো ৩০ মিনিট পরে। রোজকার মতো সেদিনও কিছুক্ষণ বাস স্টপে দাঁড়াবার পরে বাস এলো।

কনকনে শীতে ভোরের বাসে সাধারণঃ খালিই থাকে, প্রতিদিনের মতো জিৎ দেখে কন্ডাক্টার সমেত বাসে হাতে গোনা ছয় সাত জন মাত্র। কোট, মাঙ্কি ক্যাপ, মাফলার জড়িয়ে কন্ডাক্টর একবারে সামনের সিটে বসে আছে। জিৎ নিজের টিকিট কেটে মাঝের সারির একটা সিটে গিয়ে বসে। বাসের পেছনদিকে কয়েকজন শ্রমিক শ্রেণীর মানুষ একেবারে মাথা থেকে চাদরে মুড়ি দিয়ে ঘুমোচ্ছে। বাস চলতে শুরু করতেই বাসের ঝাঁকানির সাথে জানালার কাঁচের প্রচন্ড আওয়াজে কান ঝালাপালা হবার যোগার। জিৎ জানলার বাইরে তাকিয়ে ছিল হঠাৎ একটা চাপা প্রতিবাদী চিৎকারে তার মনোযোগ গেল সামনের সারিতে। বাসের জানলার কাঁচের শব্দে কিছুই বুঝতে পারেনি জিৎ। লক্ষ্য করে মাথা থেকে মেরুন রঙের সালে ঢাকা জানালার পাশে বসা একটি মেয়ে তার পাশের লাল জ্যাকেট পরা মোটাসোটা লোকটিকে বলছে সরে বসতে আর লোকটি না শোনার ভান করে মেয়েটির দিকে আরো গা এলিয়ে দিয়ে বসছে । দিল্লীতে

পথে, ঘাটে, বাসে, নারী নির্যাতনের ঘটনা আকছার হয়ে থাকে, আশপাশের লোকেরা দেখেও 'আমার সমস্যা নয়,' ভেবে না দেখার ভান করে থাকে। প্রথমত জিৎ বুঝতে পারেনি ওরা একসাথে না আলাদা। এরই মধ্যে মেয়েটির উঠে দাঁড়িয়ে লোকটাকে পাস কাটিয়ে কন্ডাক্টরের কাছাকাছি অন্য একটা খালি সিটে গিয়ে বসে । জিৎকে অবাক করে লোকটাও মেয়েটির পিছুপিছু তারই পাশে গিয়ে বসেই একটা হাত সোজা মেয়েটির কাঁধে রাখে। মেয়েটি চিৎকার লোকটার হাত সরাবার ব্যর্থ চেষ্টা করতে করতে বলে, "অসভ্য লোক! খালি বাসে সিট্ খুঁজে পাচ্ছেন না? কন্ডাক্টর দাদা আপনি দেখতে পারছেন না এই লোকটাকে?"

কন্ডাক্টর লোকটিকে কিছু বলতে যাচ্ছিলো ষন্ডা মার্কা লোকটার এক ধমকে লিকপিকে কন্ডাক্টর চুপসে যাওয়া বেলুনের মত চুপ করে বসে রইল । কন্ডাক্টরকে অমন ধমকাতে দেখে ভীত বাসের পেছন দিকে বসা শ্রমিক শ্রেণীর বাকি দু-তিনজন যাত্রী, একেবারে নির্বাক শ্রোতা। চোখের সামনে একটি মেয়ের শ্লীলতা হানী দেখতে না পেরে জিৎ বললো, "ম্যাডাম লোকটি কি আপনার সঙ্গে?"

"একদম না! বাসস্টপ থেকে মদ্যপ অসভ্যটা আমার পিছু নিয়েছে।" বলে বিরক্ত মেয়েটি উঠে অন্য সিটে বসতে যায়।

লোকটি সোজা মেয়েটির হাত ধরে হ্যাঁচকা টান দেয়, তাতে টাল সামলাতে না পেরে মেয়েটি প্রায় ওর কোলেই

বসে পড়ে। তাতে জানোয়ারটা গা জ্বালানো পৈশাচিক খিল খিল করে হেঁসে ওঠে।

"ও দাদা বাসে এটা কি করছেন? ছাড়ুন ওনাকে," প্রতিবাদে জিৎ উঠে যায় ওদের সিটের কাছে।

জিৎ এর কথায়, গুটকা খাওয়া খয়েরী ছোপ ধরা দাঁত বের করে হেঁসে লোকটা বলে, "নাহলে কি করবি রে শালা? যেখান থেকে এসেছিস ওখানে ফেরৎ পাঠিয়ে দেব এক্ষুনি, শুয়ারের বাচ্ছা ! যা নিজের চরকায় তেল দে।"

তার বাবা-মা তুলে গালাগাল অসহ্য লাগে জিৎ এর, রক্ত ফুটে ওঠে, লোকটার কথা শেষ হবার আগেই জিৎ এর অপ্রত্যাশিত বজ্রমুষ্টি আচমকা আছড়ে পড়ে লোকটার চোখ আর কানের মাঝে। হঠাৎ আঘাতে হতবাক লোকটা চোখে তখন তারা দেখছে, এক মূহুর্ত্ত সময় নষ্ট না করে পরের আঘাতটা জিৎ করে তার নাকে। গলগল করে রক্ত ঝরে পড়ে লোকটার মুখ থেকে। কন্ডাকটর বাস দাঁড় করায়, টলতে টলতে অপমানিত লোকটা অশ্রব্য গালিগালাজ করতে করতে বাস থেকে নামার আগে জিৎ কে শাসিয়ে যায়, "তোকে দেখে নেব রে শালা, "

আবার বাস চলতে শুরু করে মেয়েটি বলে, "ওঃ কি বলে যে আপনাকে ধন্যবাদ দেব? আরে! আপনার হাত দিয়ে যে রক্ত বেরোচ্ছে, "

জিৎ দেখে সত্যি তার হাত কেটে গিয়েছে, "চিন্তা করবেন না, ঠিক হয়ে যাবে।"

"না না, আমার সঙ্গে চলুন ব্যাণ্ডেজ করতে হবে, টিটেনাস ইনজেকশনও দরকার।"

মেয়েটি তার স্টপেজ আসতে একেবারে নাছোড়বান্দা, একরকম জোর করে তার সঙ্গে নিয়ে গেলো জিৎকে। বাস থেকে নেমে সামান্য হেঁটে তারা মেয়েটির কর্মস্থলের সামনে পৌঁছয়।

"এখানে?" অবাক জিৎ জিজ্ঞেস করে

" হ্যাঁ, এখানেই আমি আপাততঃ ট্রেনিং নিচ্ছি, কাজও করি ।"

"এ তো দেখছি নার্সিংহোম, আপনি কি...."

"নার্সিং পড়ছি, পড়া প্রায় শেষ, আপনি একটু এখানে বসুন আমি এখনই আসছি,"

জিৎকে অপেক্ষার জায়গায় বসিয়ে মেয়েটি ভিতরে ঢুকে যায়, একটু পরে ফিরে আসে একেবারে নার্সের বেশে। এখন তার মাথা মুখ সালে ঢাকা নেই, এই প্রথম জিৎ তার মুখ দেখতে পায় এবং প্রথম দেখাতেই তার আকর্ষণে মোহিত হয়ে পড়ে। ফর্সা, টানা টানা চোখ, টিকালো নাক, ঘন কালো চুল। এক কথায় লাবণ্যময়ী, সুন্দরী।

অল্পক্ষনের মধ্যে জিৎ এর প্রাথমিক চিকিৎসা হল। মেয়েটি যত্ন করে ব্যান্ডেজ করতে করতে মিচকি হেঁসে বলে, "গুন্ডাটাকে যখন পেটাচ্ছিলেন তখন আপনাকে হিন্দী সিনেমার হিরো মনে হচ্ছিল।" মেয়েটির কথায় জিৎ শুধু হাঁসে। জিৎ এর মনে মনে খুব ইচ্ছা মেয়েটির

সঙ্গে আবার দেখা করতে, কিন্তু কি বলবে ঠিক কথাও খুঁজে পাচ্ছিল না।

বিদায় নেবার সময় জিৎ এর হাত ধরে সে বলে, "সরি আপনার নামই জানা হলো না, আমার নাম প্রিয়া।"

"জিৎ"

"আপনাকে ধন্যবাদ দেবার কোন ভাষা জানা নেই আমার,"

"ভাষার দরকার নেই, আমরা কি একসাথে এক কাপ কফি?" জিৎ সাহস করে মুচকি হেঁসে বলে।

"অবশ্যই, আজ বিকেলেই সেটা হতে পারে?" প্রিয়া মজা করে বলে।

সেদিন কাজে কিছুক্ষন দেরিতে পৌছোলেও জিৎ এর সারাদিনই কাজে একেবারেই মন ছিল না। শুধু সকাল থেকেই অপেক্ষা কখন বিকেল হয়, কখন প্রিয়ার সাথে দেখা হবে। বিকেলে হোটেল থেকে তাড়াতাড়ি বেরিয়ে আগেই নির্দিষ্ট স্থানে পৌঁছে গিয়েছিল জিৎ। বারবার নিজের হাতঘড়ির দিকে তাকাতে থাকে নির্ধারিত সময় যতই এগিয়ে আসে ততই মনে মনে উত্তেজনায় ছটফট করে সে । মোবাইল ফোন আসার অনেক আগেকার এই ঘটনা, তখন চটজলদি একটা ফোন করে হালনাগাদ জানার সুবিধে ছিল না। দেখতে দেখতে নির্ধারিত সময় অতিক্রান্ত, প্রিয়ার তখনও দেখা নেই, মনে মনে অস্থির লাগতে থাকে জিৎ এর। একবার ভাবে খুব ভুল হয়ে গেছে সাক্ষাতের জায়গা নির্বাচনে, প্রিয়ার নার্সিংহোমের সামনেই তার অপেক্ষা করা উচিত ছিল, প্রিয়া বেরোলেই

তাকে সে দেখতে পেত। আবার ভাবে প্রিয়ার কি জায়গাটার অবস্থান বুঝতে অসুবিধা হয়েছে? জীবনে এই প্রথমবার কোন মহিলার জন্য তার অপেক্ষা করা, তাও শীতের বিকেলের, একটা জনবহুল পথে। পথ চলতি মেরুন রঙের সালে আবৃত কোন মহিলাকে দূরে থেকে আসতে দেখলেই উৎসুক হয়ে জিৎ সেই দিকে তাকিয়ে থাকে। ক্রমে দিনের আলো নিভে আসছে, পথ চলতি সকলকে মনে হয় যেন তার দিকে উপহাসের দৃষ্টিতে এক ঝলক তাকিয়ে যাচ্ছে। রাস্তার পাশে একটা সিগারেটের দোকান থেকে উত্তেজনায় এর মধ্যে দুবার সিগারেট কিনে খাওয়া হয়ে গেছে। প্রিয়ার আসতে দেরি দেখে জিৎ এর মনের হতাশা থেকে নানা নেতিবাচক চিন্তাও উঁকি দিতে শুরু করেছে, যেমন প্রিয়ার মত সুন্দরী মেয়ের একজন প্রেমিক থাকা অসম্ভব নয়, সে শুধু সাময়িক কৃতজ্ঞতাবোধ থেকে জিৎ এর কফির আমন্ত্রণে সায় দিয়েছে। নানা চিন্তায় জিৎ অন্যমনস্ক।

"এই যে, আপনি এখানে দাঁড়িয়ে আছেন? আর আমি খুঁজছি আপনাকে," তার অলক্ষে এসে প্রিয়া তাকে চমকে দেয়। প্রিয়াকে দেখে সেই মুহূর্তে জিৎ এর মনে হয় তার হাতে আকাশ থেকে চাঁদ নেমে এসে ধরা দিয়েছে।

শীতের বিকেল থেকে সন্ধ্যে ঘনিয়ে রাত হতে বেশিক্ষন লাগে না। প্রথম দিন ইচ্ছা থাকলেও বেশিক্ষন ওরা একসাথে কাটাতে পারে না, প্রধানতঃ প্রিয়ার বাড়ি ফেরার তারা থাকায় । অল্প সময়ে কোথা থেকে কথা শুরু করবে, আরও বেশি করে একে ওপরকে জানবে, উত্তেজনার সঙ্গে স্নায়ুবিক জড়তায় প্রথম দিনে দুজনেই ব্যর্থ ।

একরাশ অপূর্নতা নিয়ে সেই রাতে বিদায় নেবার আগে ওরা ঠিক করে আবার মিলিত হবে। ক্রমে সময়ের সাথে দুজনেই অনুভব করে প্রতিদিন একে অপরকে না দেখলে ওদের অসনীয় লাগে। সেই থেকে শুরু প্রতিদিন দেখা করা, গল্প আড্ডা, প্রতিদিন একসাথে কিছু পথ হাঁটা, ছুটির দিনে একসাথে সিনেমা দেখা, পার্কে বসা, একে অপরকে প্রতিদিন না দেখে থাকতে পারে না দুজনের কেউই।

সময়ের সাথে তাদের বন্ধনের গভীরত্বের সঙ্গে একটি আনন্দময় পরিবার তিল তিল করে গড়ে তোলার পরিকল্পনা আরো দৃঢ় হয়। ওরা ঐকান্তিকভাবে অর্থ সঞ্চয় করে, ধীরে ধীরে তাদের প্রয়োজনীয় জিনিসপত্র সংগ্রহ করে এবং তাদের স্বপ্ন পূরণের দিকে স্থিরভাবে এগোতে থাকে। ভবিষ্যতের অসংখ্য প্রাণবন্ত আকাঙ্খা তাদের মনকে সর্বদা পরিপূর্ন করে রাখে। বড় বা ছোট যাই হোক না কেন, তাদের স্বপ্ন নিজস্ব একটা বাড়ি, বাচ্ছা, একসাথে দুঃসাহসিক কাজ করা, নতুন জায়গা অন্বেষণ করা, আনন্দের বিশেষ মুহূর্তগুলোকে নিজেদের মধ্যে ভাগ করে নেয়া, জীবনের প্রতি পদে একে অপরকে সমর্থন করা।

৯. সূত্রপাত

স্বপ্ন দেখা আর তা স্বার্থক হওয়ার মধ্যে সবথেকে বড় অন্তরাল রুঢ় বাস্তব। স্বপ্ন কে না দেখতে ভালোবাসে? মানুষ অনেক আশায় বুক বেঁধে উজ্জ্বল ভবিষ্যতের দিকে তাকিয়ে থাকে, কিন্তু নানা কারণে সব সময় স্বপ্ন সত্যি হয় না। জিৎ ও প্রিয়া তাদের ভবিষ্যতের দাম্পত্য জীবন নিয়ে নানা রঙ্গিন স্বপ্ন তখন দেখছে, তারা কল্পনাতেও ভাবেনি তাদের স্বপ্ন কারুর ষড়যন্ত্রে এক নিমেষে ভেঙে চুর চুর হয়ে যাবে।

হোটেলে বছর খানেক কাজ করে তখন জিৎ হোটেলের সব কাজই প্রায় শিখে ফেললেও সে তখনও হোটেলের এক নিম্ন পদস্থ কর্মচারী। তার ঊর্ধ্বতনের নাম প্রমদ, বলতে গেলে সেই একরকম মালিকদের অনুপস্থিতিতে অকথিত হোটেলের ম্যানেজার। মালিক পক্ষের সুনজরে থাকার জন্য হোটেলে তার খুবই হাঁকডাক। হোটেলের বাদবাকি যারা কাজ করতো, সকলের উপরেই সে ছড়ি ঘোরাতো। হোটেলের রিসেপশনে যখন সে বসে থাকতো প্রথম দেখাতে অপরিচিত অনেকে ভাবতো সেই বুঝি হোটেলের মালিক। গলায় মোটা সোনার চেন সেটাকে দেখাবার জন্য জামার ওপরের দুটো বোতাম খুলে রাখতে। প্রায় প্রতি আঙ্গুলেই একটা করে সোনার আংটি, কব্জিতে সোনার চওড়া রিস্টলেট, দামি ঘড়ি, তার গায়ে দামী সুগন্ধি পারফিউমের গন্ধ, মুখে সবসময় গুটকা, একদিকে যেমন মুখ লাল অন্যদিকে হাসলে বিশ্রি খয়রি দাঁতগুলো বেরিয়ে পড়তো। দাম্ভিক স্বভাবের প্রমোদ

জনসমুক্ষে নিজেকে জাহির করতেও খুব ভালোবাসে। তবে জ্ঞানীদের থেকে নিজেকে সবসময় দূরে রাখে, জিৎ এর ধারণা প্রমোদ স্কুলের গন্ডিও পার করে নি। রাত হলেই তার একটু ঢুক ঢুক চাইই। পথে ঘাটে মহিলাদের দিকে লোলুপ্ত দৃষ্টিতে তাকানোর বাতিক আছে, সুন্দরী হলে তো কথাই নেই। জিৎ মাঝে মাঝে ভাবে হোটেলে চাকরি করে কি ভাবে এত্ত দামি বাইক, অঙ্গে এতো সোনা, দামি ব্র্যান্ডের জামাকাপড়, প্রতি রাতে বিদেশী মদ। এত্ত খরজ করে কি করে? নিশ্চই ওর বাবার অনেক আছে অথবা মালিকের ছেলেকে প্রমোদ খুব তোষামোদ করে হয়তো সেই । হোটেলের বাইরে ওর ব্যক্তিগত জীবন সম্পর্কে জিৎ তেমন কিছু জানে না। হোটেলের কোন কর্মচারীই প্রমোদকে পছন্দ করে না, একমাত্র বুড়ো ওয়াটার যাদব ছাড়া। যাদব লোকটাকে জিৎ একদমই বিশ্বাস করে না, ব্যাটা থাকে ভিজে বেড়ালের মত, কিন্তু একটা পাক্কা শয়তান। প্রমোদের সঙ্গে কোন কারণে ওর একটা বিশেষ বোঝাপড়া আছে। জিৎ লক্ষ্য করেছে, প্রায়ই প্রমোদ ও যাদব সকলের অলক্ষ্যে নিচু স্বরে ফিস ফিস করে কি যেন বলে।

সেদিনটা ছিল ছুটির দিন, জিৎ আর প্রিয়া সিনেমা দেখার পর বিকেলে প্রিয়ার কিছু দরকারী সামগ্রী কেনার জন্য গেছে বাজারে।

পুরনো দিল্লির এই সরু সরু গলিওলা বাজার এলাকাটা যেমন ঘিঞ্জি বিকেলের দিকে তেমনই লোকের ভিড়।

, "আরে জিৎ তুমি এখানে কি করছ?" হঠাৎ তার নাম ধরে ভীড়ের মধ্যে থেকে কেউ ডাকাতে অবাক জিৎ

সেই দিকে তাকিয়ে দেখে একটা পানের দোকানে সামনে প্রমোদ দাঁড়িয়ে তারই দিকে হাঁসি মুখে তাকিয়ে আছে।

এমনিতেই প্রমদকে জিতের মোটেই পছন্দ নয়। ও থাকবে জানলে হয়তো জিৎ প্রিয়া কে নিয়ে এই বাজারে আসতো না. কিন্তু কর্মক্ষেত্রে তার থেকে উচ্চ পদস্থ প্রমোদকে চোখাচুখি হবার পর উপেক্ষাও করা যায় না। জিৎ এগিয়ে গিয়ে তার সঙ্গে কথা বলে।

"আরে ওনাকে রাস্তার ও পারে দাঁড় করিয়ে রেখেছো কেন? কে হন?"

"আমার বান্ধবী,"

"দারুন! আরে আমার সঙ্গে আলাপ করিয়ে দেবে না ?" বলেই একবারে জিৎ এর হাত ধরে টেনে প্রিয়ার কাছে নিয়ে আসে।

ভদ্রতার খাতির জিৎ প্রিয়ার সঙ্গে তার পরিচয় করিয়ে দেয়।

জিৎ লক্ষ্য করলো এর পর থেকে তাকে ছেড়ে প্রমোদ শুধুই প্রিয়ার সঙ্গে প্রানপন কথা বলার চেষ্টা করে যাচ্ছে আর প্রিয়া ওকে তেমন গুরুত্ব না দিয়ে এক দু শব্দে অনিচ্ছা সত্ত্বেও উত্তর দিচ্ছে। যতবারই জিৎ বলে "এবার আমাদের যেতে হবে," ততবারই প্রমোদ বলে, "এতো তাড়া কিসের? এখন তো সবে সন্ধ্যে হয়েছে,"

ঠিক এমন সময় রাস্তার ওপারে পানের দোকানের কাছ থেকে একজন মোটা মতন লোক প্রমোদের নাম ধরে চিৎকার করে ডাকে। অগত্যা অনিচ্ছা সত্ত্বেও প্রমোদ যাবার আগে বলে, "প্রিয়া তোমার সাথে আবার দেখা হবে,"

প্রমোদ বিদেয় হতেই প্রিয়া বিরক্তির সুরে বলে, "তোমার বন্ধুটি নেহাতই চালবাজ আর ওর স্বভাব চরিত্রও তেমন ভালো নয়। প্রথম আলাপেই একজন মহিলাকে অসভ্যের মত নিরীক্ষণ করা, যেন জীবনে মেয়ে দেখে নি! "

জিৎ বলে " প্রমোদ আমার বন্ধু নয়, হোটেলে আমার সিনিয়র, আমরা একসঙ্গে কাজ করি। হঠাৎ এখানে দেখা হয়ে গেল তাই।"

পরের দিন হোটেলে জিৎ কে দেখেই প্রমোদ প্রিয়ার প্রশংসায় পঞ্চমুখ, "জিৎ তুমি ভেরি লাকী। তোমার গার্লফ্রেন্ড ওঃ কি ভীষণ সুন্দরী, ওহ কি ফিগার, কোথা থেকে কালেকশন করলে?" তার উচ্ছাসে হতবাক জিৎকে অবাক হয়ে তাকিয়ে থাকতে দেখে বলে, " মানে আমি বলছি কোথায় তোমাদের আলাপ? উফঃ প্রিয়ার মত যদি আমার একটা বান্ধবী থাকতো,"

প্রিয়াকে নিয়ে প্রমোদের এতো উত্তেজনা জিৎ এর মোটেই পছন্দ নয় । মনে মনে সে বলে 'তোকে বলতে যাব কেন?' কিন্তু প্রমোদের কথাগুলো তার শুনতে ভালো না লাগলেও সে চুপ করে থাকে।

নতুন দিল্লি রেল স্টেশনের পাশে পাহাড়গঞ্জ এলাকাটাকে অনায়াসে দিল্লির হোটেল পাড়া বলা যায়। দূরপাল্লার রেল, মেট্রোরেল, অটো, বাস, রিক্সা, ডালার খাবার, রেস্টুরেন্ট, চায়ের দোকান, সবকিছু মিলিয়ে পর্যটকদের স্বর্গ। নানা দাম ও মানের হোটেলের উপস্থিতির জন্য দেশী ও বিদেশী টুরিস্টরা পাহাড়গঞ্জে এলাকাটাকে পছন্দ করে। জিৎ ও প্রমোদ পাহাড়গঞ্জেরই একটা বেশ নামি হোটেলে কাজ করে।

ওদের হোটেলের মালিক, কাপুর, নিয়ম করে সকাল বেলা কয়েক ঘণ্টার জন্য আসে হোটেলে। ওর আরো অনেক ব্যবসা আছে সেগুলো সামলাতে একটু বেলা হলে নিজের কোনোট প্লেসের অপিসে চলে যায় । কাগজে কলমে হোটেলের ম্যানেজার কাপুরের বড় ছেলে, সেও সকালে আসে সব দেখে-শুনে চলে যায়, কাপুর বেরোনোর কিছুক্ষনের মধ্যে। সারাদিন প্রমোদই এক রকম অকথিত হোটেল ম্যানেজার।

কাপুর একজন পাকা ব্যবসায়ী ও বুদ্ধিমান উদ্যোগপতি। সে জানে বর্তমান ব্যবসায়ে যা হাড্ডাহাড্ডি প্রতিদ্বন্দ্বিতার তার মধ্যে টিকে থাকতে গেলে খরচ কমাতে হবে। খরচ কমাতে লাগে কম বেতনে দক্ষ কর্মচারী যার গুটিকয়েককে দিয়ে অনায়াসে পুরো হোটেল পরিচালনা করা যাবে।

যে কোন বেসরকারি উদ্যোগে দক্ষ কর্মচারীরা অভিজ্ঞতার সঞ্চয়ের সাথে তাদের বেতনও বৃদ্ধি আশা করে। কাপুর জানে তার মত তিন-চার শতাংশ বেতন বৃদ্ধি কারুর মনঃপুত হবে না। তারা গোপনে বেশী

মাইনের চাকরী খুঁজে একদিন উড়ে যাবেই। কোনও কর্মচারী বেশিদিন হোটেলে টেঁকেও না। তাতে কাপুরের কিছু যায় আসে না, ব্যবসাটা সে ভালো বোঝে। ট্রাভেল এজেন্টরা তার কাছ থেকে ভালো কমিশন পায়, হোটেলও ভর্তি থাকে সারা বছর। তাই হোটেলে বেশী দক্ষ কেউ হলেই তার সঙ্গে কম মাইনের একজন নতুনকে রেখে দেন যাতে দক্ষ ব্যক্তি হঠাৎ হোটেল ছেড়ে দিলেও যেন নতুনকে দিয়ে অনায়াসে হোটেল চালাতে বিশেষ বেগ না পেতে হয়। ভারতের বিশাল জনসংখ্যাকে সে তাদের মত ক্ষুদ্র উদ্যোক্তাদের জন্য ওপর ওলার আশীর্বাদ বলেই মনে করে।

একমাত্র প্রমোদ এর ব্যতিক্রম যে জানতো তার মত খুবই স্বল্প শিক্ষিতের চাকরি পরিবর্তন করে তেমন বিশেষ লাভ নেই। দুনিয়াতে সব মালিক চায় সস্তার কর্মচারীর কাছ থেকে রোবোটের মত বেশী কাজ বার করিয়ে নিতে। মোটকথা তাদের উদ্দেশ্য ব্যবসায়ে বেশি মুনাফা। সোজা আঙুলে তাই প্রমাদের ঘি উঠবে না কখনও, তাই ও শিখে নিয়েছিল প্রয়োজনে কি করে আঙ্গুলকে বেঁকাতে হয়।

কয়েক বছরের হোটেল অভিজ্ঞতায় প্রমোদ জানতো আমেরিকা, ইউরোপ থেকে প্লেনে টুরিস্ট এসে পৌঁছয় প্রায় মাঝ রাতে। হোটেলের রেজিস্টারে অবশ্য তাদের ঘর বুক থাকে পৌঁছনোর দিন দুপুর থেকেই। দুপুর থেকে সন্ধ্যে পর্যন্ত, কাপুর ও তার ছেলের অনুপস্থিতিতে, তিন তারা হোটেলে প্রায় অর্ধেক খরচে স্থানীয় বড়ো লোকেরা মহিলা নিয়ে ফুর্তি করে যায়। অবৈধ নারীর

সঙ্গে অর্ধেক পয়সায় গোপনীয়তার গ্যারান্টি সহ ফুর্তি করার সুযোগ কে ছাড়ে? প্রমোদের এরকম অনেক খদ্দের আছে যাদের সে ফোনে আগেভাগে জানিয়ে দেয় অমুক দিন ঘর পাওয়া যাবে। চুপি চুপি তারা আসে নগদে প্রমোদকে টাকা দেয়, বুড়ো যাদব তাদের ঘরে পৌঁছে দেয়, তারা কয়েকঘন্টার ফুর্তি শেষ করে একে একে চুপচাপ বেরিয়ে যায়। হঠাৎ কেউ দেখলে মনে হবে যেন ওরা হোটেলে ওদের পরিচিত কারুর সঙ্গে দেখা করতে এসেছে। টাকা ভাগ হয় প্রমোদ ও যাদবের মধ্যে। প্রমোদ যেমন খদ্দের জোগাড় করে, ওদের ঘরে পৌঁছনো, দরকারে বাইরে থেকে খাবার আনা, ওরা চলে গেলে তাড়াতাড়ি ঘর সাফ করার দ্বায়িত্ত যাদবের। প্রমোদ ও যাদব কৌশলে এতো সুন্দর গোপন ব্যবসাকে লুকিয়ে রেখেছিল যে এতদিনে জিৎ কিছুই বুঝতে পারে নি। কায়দা করে জিৎকে সারাক্ষন প্রমোদ রিসেপশনে থাকতে দেয় না, কাজ দিয়ে হোটেলের এদিক সেদিকে বা বাইরে পাঠিয়ে দেয়। যাদবও অন্যান্য ওয়েটারদের বিশেষ দিনে কিছুক্ষনের জন্য অন্যত্র পাঠিয়ে দেয়। সেদিন প্রত্যাশিতভাবে ওই অঘটন না ঘটলে ঘুনাক্ষরেও কেউ জানতে পারতো না ওদের সযত্নে লুকিয়ে রাখা এই ব্যবসার কথা।

জিৎ রেজিস্টার খুঁজে দেখতে লাগলো চারতলা কোন ঘরে লোকটি উঠেছে। কিন্তু সে দেখে চারতলা আটটা ঘরই বিদেশিদের নামে বুক করা যারা সকলেই এসে পৌঁছবে গভীর রাতে। কোন ভারতীয়র নামেই সেদিন চারতলার কোনও রুমের বুকিং নেই। অথচ ও স্পষ্ট দেখেছে যাদবকে ওদের চার তলায় নিয়ে যেতে। সে যখন

রেজিস্ট্রার হাতড়াচ্ছে তখনই ওর ওলক্ষ্যে দুজন মহিলা লিফটে চড়ে ওপরে উঠে যায় । কিছুক্ষণ পরে ওপর থেকে প্রচন্ড চেঁচামিচির আওয়াজ। একজন বেয়ারা এসে হেঁসে বলে, "জিৎ ভাই ওপরে তো আগুন লেগে গেছে।"

আগুন লেগেছে শুনে জিৎ তাড়াতাড়ি দমকলে ফোন করতে যাচ্ছিল। তাই দেখে ওয়েটারটা বলে, "আরে ওই আগুন নয়, এটা স্বামী স্ত্রীর পরিবারের আগুন,"

কিছুক্ষন পরে ব্যাপারটা জিৎ এর কাছে পরিস্কার হলো, লোকটি তার স্ত্রীকে লুকিয়ে, এই হোটেলে, অন্য মহিলাদের নিয়ে দিনের পর দিন মৌজ করে যাচ্ছিল। তার স্ত্রীর সন্দেহ হওয়াতে একজন প্রাইভেট গোয়েন্দাকে লাগিয়েছিল স্বামীর পেছনে। সেই গোয়েন্দা বন্ধু সেজে জিৎ কে ছবি দেখিয়ে নিশ্চিত করে গেছে ওই লোকটি এই মুহূর্তে হোটেলের চতুর্থ তলে আছে। বউ আর তার বান্ধবী বাইরে গাড়িতে অপেক্ষা করছিল। সবুজ সংকেত পেতেই চারতলায় গিয়ে ওরা তাকে হাতে নাতে ধরেছে। লোকটির প্রত্যাগমন অতি লজ্জাজনক, ওঃ হোটেলের লবিতে নিজের বৌয়ের চটি পেটা খেতে খেতে ।

ঘটনার খবর পেয়ে কিছুক্ষনের মধ্যে কাপুরও এসে গেছে, সে তো রেগে আগুন, এসব জানাজানি হলেই হোটেলের ভীষণ বদনাম। আশেপাশের হোটেল গুলো এর সুযোগ নিয়ে তার সব ব্যবসা শেষ করে দেবে । ধুরন্দর ব্যাবসায়ী কাপুরের বুঝতে অসুবিধে হল না এগুলো তার পুরনো কর্মচারী প্রমোদ আর ওয়েটার যাদব এর কারসাজি। গালিগালাজ করে সেই দিনই সে প্রমোদ

আর যাদবকে তাড়িয়ে দিতে চায়, "এইসে চলা তো তু মেরা হোটেল বেচকে খা লেগা শালা চোর,"

কাপুর ভালোমতো জানে কম বেতনের জন্যই আজ প্রমোদ চুরি করছে, কিন্তু মালিক হিসেবে সেই যে নিয়ন্ত্রক সেটা প্রমোদ এবং যাদবকে চোখে আঙুল দিয়ে পরিষ্কার বুঝিয়ে দেবার জন্য কাপুর তার ছেলের অবর্তমানে হোটেলের সমস্ত দায়িত্ব জিৎকে দিয়ে দেয়। জিৎ এর রাতারাতি পাঁচশো টাকা মাইনেও বাড়ে। প্রমোদ এবং যাদব তার পুরনো কর্মচারী, হোটেলের নানা গোপন তথ্য তারা জানে তাই ওরা দুজনে কাপুরের পায়ে লুটিয়ে পড়তেই কাপুর তাদের পদ ও ক্ষমতার অবনতির শর্তে চাকরিতে রেখে দেয়।

রোজকার এবং পদ দুটোর এক নিমেষে অবনতিতে, প্রমোদের মনের মধ্যে প্রতিহিংসার আগুন দাউ দাউ করে জ্বলছে এবং সেই আগুনে হাওয়া দিচ্ছে দুষ্টু যাদব। যাদবের যুক্তিতে প্রমোদ নিশ্চিত জিৎ নিজের পদমর্যাদা ও মাইনে বাড়ানর জন্য গোপনে ওই লোকটির স্ত্রী ও কাপুরকে খবর দিয়েছে। এরপর থেকে সে ও যাদব চুপচাপ কাজ করে গেলেও ফন্দি আঁটতে থাকে কিভাবে জিৎ কে ফাঁদে ফেলবে।

এদিকে মাইনে ও পদোন্নতিতে সরল মনের জিৎ একেবারে অভিভূত, ভাবে কতক্ষনে সেই আনন্দ সংবাদ প্রিয়াকে দেবে। হায় তখন কি জিৎ জানতো কোন কালবৈশাখীর ঝড় আছড়ে পড়তে চলেছে তার ওপর?

১০. অপ্রত্যাশিত

নিস্তব্ধ বাংলোর অন্ধকার গেস্ট রুমের বিছানায় হঠাৎ জিৎ এর ঘুম ভাঙে। কেরোসিনের ল্যাম্পটা তার শেষ আলো দিয়ে কখন নিভে গেছে কে জানে? শুধু রেখে গেছে ঘরে জমাট অন্ধকার। সে যেন এক মহাশূন্যে শুয়ে আছে। কিছুক্ষন সময় লাগে জিৎ এর উপলব্ধি করতে সে কোথায়? বড় গাছগুলোর ফাঁক দিয়ে কাঁচের জানলায় দূরে কোথাও এক ঝলক বিদ্যুৎ চমকাতে দেখে ক্রমে তার মনে পড়তে থাকে সেই রাতের একের পরে এক সব ঘটনাগুলো। আজ আশ্চর্য রকম মহেন্দ্রক্ষণে বিদ্যুৎ চমকে তাকে ঘোর বিপর্যয় ঘটে যাওয়া থেকে বাঁচিয়েছে। একটু দেরি হলেই উউফঃ কি যে হতো। অনেক বছর পরে অপ্রত্যাশিত ভাবে প্রিয়াকে কাছে পেয়ে সে অত্যন্ত পুলকিত, অথচ এক সময় হন্যে হয়ে তাকে কতই না খুঁজেছে। সঙ্গী বিচ্ছেদের গ্লানি সময় তাকে আসতে আসতে ভুলিয়ে দিয়েছিলো আজ সময়ই আবার তাদের মিলিত করিয়েছে। প্রিয়ার সঙ্গে সদ্য অতিবাহিত অন্তরঙ্গ মূহুর্ত্ত গুলো কেমন অবিস্বাশ্য কল্পনার মত লাগে। আরও অবাক লাগে সে এতদিন জানতই না সে একজন পিতা। মনের অন্তর থেকে এইমুহূর্তে ভীষণ প্রীতকে দেখতে ইচ্ছে করে।

এলোমেলো নানা চিন্তার মধ্যেই বিছানায় বসে একটা সিগারেট ধরিয়ে এক কুন্ডলী ধোঁয়া ছাড়তেই তার খেয়াল হল এখন কটা বাজে ভোর হতেই বা কতক্ষন বাকি? ঘড়ির দিকে তাকাতেই সে চমকে ওঠে, অনেক সময়

নষ্ট করে ফেলেছে। দিনের আলোতে কেউ দেখার আগেই তাকে ওই চুরি করা গাড়িকে নিস্পত্তি করতে হবে। কেউ যেন না ঘুণাক্ষরেও ওই গাড়ীর সঙ্গে প্রিয়াকে কোনরকমে পরে জড়াতে পারে। পূর্বের প্ল্যান মতো তার এতক্ষনে অনেকটা দূরে পৌঁছে গাড়িটাকে ধ্বংস করে, ট্রেনে বাসে পৌঁছে যাবার কথা আজই রাতের অন্ধকারে সেই নির্জন রাস্তায়। প্রিয়াকে দেখার পর থেকে সে অজান্তে এতটা দুর্বল হয়ে পড়েছে যে কাজে এখানে এসেছিল সেটা থেকেই পথভ্রষ্ট হয়ে গেছে। একটা কথা বার বার নিজেকে জিজ্ঞেস করে এখনও কোন সদউত্তর পায়নি, যে ব্যক্তি আড়ালে থেকে তাকে এই ভয়ঙ্কর কাজের ফরমাস দিয়ে এখানে পাঠিয়েছে সে দিল্লিতে বসে কি করে জানবে জিৎ কাজটা করেছে না করেনি? সহজে অনুমেয় যে কাজটা করতে পাঠিয়েছে সে জগমোহনের খুব কাছের একজন।

জিৎ সাবধানে বিছানা থেকে নেমে নিজের লাইটারের আলোয় পৌঁছয় জানালাটার কাছে। জানলাটা খুলতেই একরাশ বাইরের কনকনে স্যাঁতস্যাতে হাওয়া এসে ওর চোখ মুখ সিক্ত করে। বৃষ্টি থেমে গেছে কিন্তু রেখে গেছে তীব্র কনকনে হাওয়া। অন্ধকারে জানলার ধাপটা হাতড়ে ঠান্ডা কনকনে লোহার যন্ত্রটাকে অনুভব করতেই তার মধ্যে বিদ্যুতের মত কার্যসিদ্ধির অদম্য উদ্দীপনা জেগে ওঠে। জানলাটা বন্ধ করে সে নিজের বেশ ভূসা ঠিক করে নেয়। অন্ধকারেই সে যন্ত্রটাকে পরীক্ষা করে জ্যাকেটের ভিতরে লুকিয়ে প্রায় আওয়াজ না করে গেস্টরুমের দরজাটা ফাঁক করে।

গেস্ট রুমের বাইরে পুরো বাংলোর একতলাটা জমাট অন্ধকারে ডুবে আছে। প্রিয়ার কাছে শুনেছে এরকম ঝড় বৃষ্টি হলে এই পাহাড়ি অঞ্চলে বিদ্যুতের লাইন কেটে দেওয়া হয়। ঝড় বৃষ্টি থামলে পরের দিন সকালে আবার বিদ্যুৎ পুনঃসংযোগ হয়। বর্তমানে ঝড় বৃষ্টি থেমে গেছে কিন্তু থেকে থেকে বিদ্যুৎ চমকাচ্ছে। এতক্ষন জিৎ এর মনেই পরে নি তার জ্যাকেটের পকেটে রাখা পেন্সিল টর্চটার কথা। ছোট টর্চের আলো অল্প হলেও তার পথ চলা অনেকটা সহজ হল।

ওপরে বেডরুমে যাওয়ার সিঁড়িটা বসার ঘর লাগুয়া ডাইনিং হলটা পেরিয়ে। বাংলোর একতলাটায় কনকনে ঠান্ডা। হয়তো ফায়ারপ্লেসে এখনও আগুনের কিছু অঙ্গার অবশিষ্ট আছে একটু খুঁচিয়ে দিলেই এক্ষুনি ওই জায়গাটা তেতে উঠবে কিন্তু এখন ইচ্ছে থাকলেও তাপ সেঁকার সময় নেই। এখন মুখ্য উদ্দেশ্য, কাজ সেরে তাড়াতাড়ি পারি দিতে হবে নিজের পরিকল্পনা মত পথে।

রবার সোলের জুতোয় নিঃস্বন্ধে পা টিপে টিপে জিৎ পৌঁছয় দোতলায় যাবার সিঁড়ির কাছে। প্রিয়ার কাছে শুনেছে জগমোহন ঘুমের ওষুধ খেলে মড়ার মত ঘুমোয়, কিন্তু প্রিয়া? সে তো কোনো ঘুমের ওষুধ খায় না। যদি সেও জিৎ এর মত পুরনো দিনের নানা স্মৃতিচারণে অনিদ্রায় জেগে থাকে এখনও ? সামান্য আওয়াজে সে উঠে পড়তে পারে। জিৎ একদমই চায় না তাকে কোনো রকম ঘটনার সাক্ষী রাখতে। একধাপ একধাপ করে যেমন সে ওপরে উঠতে থাকে তার বুকের ধড়ফড়ানি ততই যেন বাড়তে থাকে। এমন স্নায়ুবিক দুর্বলতা

অনেক বছর আগে তার প্রথমবার গুলি চালানোর সময় হয়েছিল। তারপর থেকে প্রত্যেকবার সে যন্ত্রের মত কাজ করেছে, কারুর সাথে তার কোনও ব্যক্তিগত সম্পর্ক ছিল না। কিন্তু এবারে যে ব্যক্তিগত সম্পর্ক আষ্টেপৃষ্টে আঁকড়ে ধরে আছে তাকে। কাজটা করার পর আর কি কোনোদিনও প্রিয়ার সামনে সে দাঁড়াতে পারবে? তার ছেলে প্রীতকে এই জীবনে হয়তো কোনোদিন দেখতেই পাবে না। তাহলে কি সে মাঝ সিঁড়ি থেকে ফিরে যাবে ? প্রতি মুহূর্তে নানা চিন্তার ঝড় বহে চলে তার মাথায়, সেই সব মায়াকে কাটিয়ে সে এগিয়ে চলে।

সিঁড়িটা সোজা গিয়ে একটা চৌকো চাতালে পৌঁছে আবার বাঁ দিকে বেঁকে উঠেছে দোতলায়। পা টিপে টিপে চাতালটায় পৌঁছে নিজের অতি দ্রুত বুকের হাতুড়ি পেটাকে খানিক শান্ত করতে ওখানেই দাঁড়িয়ে কিছুক্ষন লম্বা লম্বা শ্বাস নেয়। দোতলায় পৌঁছে আর এক নতুন সমস্যা দেখা দেয়। পেন্সিল টর্চের ক্ষীণ আলোয় সে দেখে দোতলায় লম্বা বারান্দায় পর পর চারটে দরজা, কোনটা কার? এ এক ধাঁধা সমাধানের মত।

জিৎ সবকটা দরজার পিতলের হাতল টর্চের ক্ষীণ আলোয় পরীক্ষা করে দেখে। যে দুটো হাতল বেশি ব্যবহারে চকচকে তার একটা জগমোহনের অন্যটা প্রিয়ার ঘর হবে, কিন্তু কোনটা কার? যদি জগমোহন দরজায় ভেতর থেকে ছিটকিনি আটকে ঘুমোয় তাহলে কি করে দরজা খুলবে? এই নিস্তব্ধ রাতে দরজা ভাঙতে গেলে মারাত্মক আওয়াজ হবে।

পরীক্ষার পর চকচকে হাতলওলা প্রথম দরজাটা একটু ফাঁক করতেই ক্যাচ করে আওয়াজ হয়। নিঃশব্দে কিছুক্ষন অপেক্ষা করে জিৎ ভিতরে টর্চের আলো ফেলতেই দেখে পরিষ্কার বিছানা কিন্তু তা এক্কেবারে খালি। বিছানার পাশে ছোট টেবিলটায় একটা ফটোফ্রেম আছে। একটু এগিয়ে গিয়ে টর্চের আলোয় ভালো করে দেখে, ফ্রেমে একটা বাচ্চা ছেলের হাসি মুখের ছবি। ওর নিজের অজান্তে মুখ দিয়ে বেরিয়ে যায় 'প্রীত'! ফ্রামটা হাতে নিয়ে ভালো করে দেখে ছবিটা, মনে পরে যায় নিজের ছোটবেলার চেহারার কথা, কত্ত মিল ছবির সঙ্গে। ফোটোটাকে জড়িয়ে ধরে বুকে কিছুক্ষন তারপরে আলতো চুমু দিয়ে রাখে যথাস্থানে।

হাতে সময় কম, ছবিটা রেখে বাইরে এসে অন্য আরেকটা ঘরের দরজার হাতল খুব আস্তে আস্তে ঘোরায়। দরজা খুলে যায়, সামান্য ফাঁক করে অন্ধকার ঘরে টর্চের আলোয় দেখে বিশাল খাট, বিছানার মাঝখানে মোটা কম্বল চাপা দিয়ে জগমোহন নাক ডাকিয়ে ঘুমোচ্ছে। জিৎ জ্যাকেটের থেকে আগ্নেঅস্ত্রটা বার করে তাক করে জগমোহনের মাথা লক্ষ্য করে। ঘোড়া টিপতে যাবে ঠিক সেই সময় আচমকা কে যেন খপ করে ওর ডান হাতের কনুইটা সাঁড়াশির মত চেপে ধরে। জিৎ এর চমক ভাঙার আগেই সে জিৎকে টানতে টানতে ঘরের বাইরে নিয়ে আসে।"আমার ঘেন্না করছে ভাবতে তোমাকেই একদিন ভালো বেসেছিলাম। তুমি আজ সন্ধ্যে থেকে যা যা বলেছ সবই তাহলে মিথ্যে? আসলে তুমি মিথ্যেবাদী... একটা ক্রিমিনাল..... খুনী!" প্রিয়ার চাপা ক্রূদ্ধ গর্জন।

আকস্মিৎ প্রিয়া জেগে গিয়ে জিৎকে হাতে নাতে ধরে ফেলাতে বিভ্রান্ত জিৎ, "প্রিয়া না মানে যা করছিলাম আমাদের দু জনের .."

"চুপ কর কাপুরুষ! নিরলজ্জের মত একজন ঘুমন্ত ব্যক্তিকে.....আগে আমাকে মারো তারপর জগমোহনকে মারতে পারবে। এর থেকে বেশি আর কি পারবে তুমি? এতদিন তোমার কোনই পাত্তা ছিল না, এসেই এবারে প্রীতকে অনাথ করে দাও," বলে প্রিয়া জিৎ এর হাত থেকে পিস্তল ছিনিয়ে নিতে যায়। দুজনের টানাটানি ধস্তাধস্তির মধ্যে জিৎ এর হাত থেকে পেন্সিল টর্চটা ছিটকে পড়ে যায়। অজ্ঞাতে কখন অন্ধকারে পিস্তল কাড়ার লড়াইয়ে পৌঁছে গেছে দুজনে একেবারে সিঁড়ির কাছে। আচমকা 'ফট' করে পিস্তল থেকে গুলি চলার আওয়াজ হয়। সঙ্গে জিৎ শোনে, "আহঃ" প্রিয়ার কন্ঠে কাতর আর্তনাদ, হঠাৎ প্রিয়ার শক্ত হাতে আঁকড়ে ধরা থেকে সে মুক্ত অনুভব করে। পরমহূর্তে কাঠের সিঁড়ি দিয়ে ভারী কিছু গড়িয়ে পড়ার প্রচন্ড আওয়াজ পুরো বাংলোর ভিতরে প্রতিধ্বনিত হয়। চাপা অন্ধকারে কিছুই দেখতে পায় না, শুধু সিঁড়ির নিচ থেকে একটা যন্ত্রণাদায়ক গঙ্গানির আওয়াজ ছাড়া। জিত বুঝতে পারে একটা মারাত্মক কিছু ঘটে গেছে। দোতলার দালানে তার পেন্সিল টর্চটা জ্বলা অবস্থায় গড়াগড়ি খাচ্ছে, দেখে কোনরকমে সেটা নিয়ে, "হা ভগবান! এ কি হয়ে গেল? প্রিয়া প্রিয়া" বলে জিৎ সিঁড়ি দিয়ে দ্রুত নামে।

পেন্সিল টর্চের ক্ষীণ আলোতে কোনো রকমে দ্রুত নামতে নামতে একেবারে সিঁড়ি যেখানে শুরু হয়েছে

সেখানে দেখে প্রিয়া পড়ে আছে .জিৎ তাড়াতাড়ি কাঠের সিঁড়ি দিয়ে নামাতে প্রচন্ড শব্দ হচ্ছে। হয়তো জগমোহনের ঘুম ভেঙ্গে যেতে পারে, সেদিকে কোন পরোয়া নেই জিৎ এর। প্রিয়ার শরীর রক্তে ভেসে যাচ্ছে, যা কয়েকবার কেঁপে একদম নিথর হয়ে গেল ।

১১. বিপদ

নীচে সিঁড়ির প্রথম ধাপে প্রিয়ার নিথর দেহটা চিৎ হয়ে পড়ে আছে, চকিতে হঠাৎ ঘটে যাওয়া দুর্ঘটনায় জিৎ একেবারে বিস্মিত। এই হলুস্থুল এর মধ্যে জগমোহনের ঘুম ভেঙে গেল কিনা সেদিকে দেখার কথা তার মনে আসেনি। প্রচন্ড ভারাক্রান্ত হৃদয়ে জিৎ উবু হয়ে পেন্সিল টর্চের আলোয় দেখে গুলিটা হৃৎপিণ্ড ভেদ করে গেছে। রক্তে ভেসে যাচ্ছে মেঝে, অল্পক্ষণে এতটাই রক্তপাত হয়েছে যে রক্তের একটা সরু নদী প্রিয়ার শরীর হয়ে বয়ে চলেছে। প্রিয়ার সঙ্গে এত বছর পরে দেখা, তার সঙ্গে অন্তরঙ্গ সান্নিধ্য অনুভবের পরই জিৎ এর মনের কোনে আবার জীবনের রঙ্গিন স্বপ্নগুলো নতুন করে উঁকিঝুঁকি মারতে শুরু করেছিল। ক্ষনিকের আশার আলো কিছু বোঝার আগেই নিমেষের মধ্যে অন্ধকারে ডুবে গেল। হতাশ জিৎ একবার ভাবে তার জীবনের আর কি প্রয়োজন আছে? একটা গুলি করে সে নিজেকেই এক্ষুনি শেষ করে দেবে। পিস্তলটা নিজের দিকে তাক করে পরমুহূর্তে ভাবে প্রীতের কথা। দুনিয়া জানে সে জগমোহনের ছেলে। কিন্তু জগমোহনের পরে তারও মাথার ওপরে নিশ্চিৎ বিপদের খাঁড়া ঝুলছে। প্রীতের নিরাপত্তার দ্বায়িত্ব এখন তাকেই নিতে হবে, অজান্তে আসা চোখের জল মুছে সে নিজের মনকে শক্ত করার চেষ্টা করে। মন প্রচন্ড অস্থির তবুও ভাবতে চেষ্টা করে পরবর্তী পদক্ষেপে এখন তার কি করা দরকার ?

হঠাৎ এই অবাঞ্ছিত বিপর্যয়ের ঝড় কাটিয়ে উঠতে জিৎ এর কিছুক্ষন সময় লাগে। খানিকটা সম্বিৎ ফিরতেই সে পড়ে এক অন্য সঙ্কটে। প্রিয়ার সিঁড়ি থেকে পড়ে যাবার আওয়াজে জগমোহন জেগে যায় নি তো? কান খাড়া করে ওপর থেকে কোনো রকম সাড়াশব্দ না পেয়ে সেদিকে নিশ্চিত হয় জিৎ। এদিকে জগমোহনকে বাঁচিয়ে রাখলে সেই এখন পুলিশকে সাক্ষী দেবে বাংলোয় সে রাতে জিৎ উপস্থিত ছিল, দেবে তার চেহারার হুবহু বিবরণ যাতে সহজেই পুলিশ তাকে খুঁজে বার করতে পারে, আদালতেও তাকে সনাক্ত করবে প্রিয়ার খুনি বলে। জগকে বাঁচিয়ে রাখার ঝুঁকি, সে কি করবে? নিজেকে বাঁচাতে, প্রমান লোপাট করতে জগমোহনের প্রাণ নেবে? অন্যদিকে জগমোহনকে মারলে প্রীত একেবারে অনাথ হয়ে যাবে। তাহলে কি প্রীতের কথা ভেবে, একজন সাক্ষীকে জীবিত রেখে, নিজে ধরা পড়ার ঝুঁকি নিয়েও নিঃশ্বব্দে বাংলোর বাইরে রাতের অন্ধকারে মিলিয়ে যাবে? প্রীত তার সন্তান এটা না জানলে অনেক সহজ হত সিদ্ধান্ত নিতে। এই মুহুর্তে পিতৃস্নেহ, মমতা তার প্রভাব বিস্তার করেছে, এখন মগজ নয় হৃদয় তাকে নির্দেশ দিচ্ছে প্রমান থাকুক প্রীতের জীবন অনেক বেশী গুরুত্বপূর্ণ। জগমোহনকে না মেরেই পালাও।

সিক্ত নয়নে শোকার্ত হৃদয়ে প্রিয়াকে শেষবার বিদায় জানিয়ে জিৎ সবে উঠতে যাচ্ছে ঠিক সেই সময় অনুভব করে তার মাথায় পিছনে একটা শক্ত মতো বস্তুর স্পর্শ। পরক্ষনে পেছন থেকে তীব্র টর্চের রশ্মি তার সামনে বাংলোর ভিতরটা আলোকিত করে। আচমকা ঘটা এই নতুন সংঘাতে তার শিরদাঁড়া দিয়ে একটা ঠান্ডা

শৈতপ্রবাহ বহে যায়। বিপদে এর আগে অনেকবার পড়েছে, জানে এর অর্থ, পরিস্থিতি মারাত্মক! পেছন থেকে চাপা কণ্ঠস্বরে কে যেন বলে, "একদম নড়বি না শালা।"

আচমকা ওই চাপা কর্কশ কণ্ঠস্বর শুনে প্রথমেই জিৎ অনুমান করার চেষ্টা করে কে হতে পারে? জগমোহন কি ঘুম থেকে উঠে পড়েছে? বাংলোর ভেতরে কি আরেকটা সিরিয়া আছে যেটার কথা সে জানে না? পরমুহূর্তে জিৎ এর মনে হয়, আজ রাতে শোনা জগমোহনের গলার সঙ্গে এর কোন মিল নেই। তবুও কণ্ঠস্বর যেন তার খানিক চেনা লাগে। তাহলে কি পুলিশের কোনো টিকটিকি? তাকে গোপনে অনুসরণ করে এখানে পৌঁছেছে? পরমুহূর্তে বিদ্যুতের মত তার মনে পড়ে পুলিশ হলে তো হাত ভাঁজ করে তার কাঁধের ওপর টর্চটা থাকত, ওপর থেকে আলোর রশ্মিতে তার ছায়াটা পড়তো সামনের মেঝেতে। কিন্তু তার ছায়াটা পড়েছে লম্বা হয়ে প্রায় দূরের দেয়ালে। এ তো প্রশিক্ষিত ব্যক্তির হাতে ধরা টর্চ নয়, তাহলে এ কোন গুপ্ত প্রতিদ্বন্দ্বী?

তার মাথায় যখন অতি দ্রুত এসব চিন্তার ঘূর্ণি চলছে, পিছন থেকে আবার সেই চাপা কর্কশ কণ্ঠস্বর, "বন্দুকটা পাশে মাটিতে রেখে দু হাত মাথার ওপরে তোল, এক্ষুনি! কোনও চালাকি নয়, নাহলে মাথার খুলি উড়িয়ে দেব।"

অতি দ্রুত পরিস্থিতি বিশ্লেষণ করে জিৎ বোঝে এই মুহূর্তে তার পিছনের লোকটি অনেক বেশী সুবিধেজনক অবস্থায় রয়েছে। এক, সে জিৎ এর গতিবিধির ওপর পুরোপুরি নজর রাখতে পারছে, দুই, হাতে তার অস্ত্র

রয়েছে। তাই তার কথার কোনোরকম অবজ্ঞা না করে পিস্তলটাকে তার পাশে মেঝেতে রাখতে রাখতে জিৎ বলে, "আপনি কে?"

"তোর যম শুয়ার।"

জিৎ ভালোই জানে এরকম যুদ্ধে সেই জেতে যে সঠিক পরিস্থিতি বিশ্লেষণ করে যথাযথ রণকৌশল উপযুক্ত মুহূর্তে প্রয়োগ করতে পারে। এই মুহূর্তে জিৎ এর কাজ পিছনের লোকটিকে কথায় ব্যস্ত রেখে তার সামান্য ভুল ত্রূটির জন্য অপেক্ষা করা। জিৎ এর অসুবিধে সে তার প্রতিদ্বন্দ্বীকে দেখতেই পারছে না। জানেও না তার সঙ্গে আরও কেউ আছে কিনা।

"এবার উঠে দাঁড়া, "

জিৎ উঠে দাঁড়াতে দাঁড়াতে জিজ্ঞেস করে, "আপনি এখানে কি করতে এসেছেন?"

"এইই! পিছনে তাকাবার চেষ্টা করবি না। আমি এসেছি তোকে তোর আসল ঠিকানায় পৌঁছে দিতে। "

"এত বছরে আমি নিজেই জানি না কোনটা আমার আসল ঠিকানা। আপনি জানলেন কেমন করে?"

"চুপ কর শালা, যা বলছি তাই কর, দরজার দিকে এগিয়ে চল।"

দরজার দিকে দু পা এগোতেই মেঝেতে ধাতু ঘষার মৃদু আওয়াজে জিৎ বোঝে লোকটা মেঝে থেকে তার পিস্তলটা কুড়িয়ে নিয়েছে। এখন তার হাতে দুটো

হাতিয়ার। এক পা এক পা করে হেঁটে জিৎ পৌঁছয় বাংলোর বাইরে যাবার দরজার সামনে।

"দরজা খোল !"

"দরজা খুলে কি আমি তাহলে চলে যেতে পারি ?"

"শালা শুয়োর তোকে শুধু দরজা খুলতে বলেছি, পালাবার চেষ্টা করলেই মরবি।"

জিৎ সুযোগের সন্ধানে থাকলেও পিছনের লোকটি তাকে প্রতি আক্রমণের কোনো সুযোগ দিচ্ছে না। নিরস্ত্র জিতের সম্বল আচমকা হাতাহাতি যুদ্ধে তাকে কাবু করা কিন্তু জিৎ দাড়াবার পর থেকে সে পিস্তলের নলটাও জিৎ এর পিঠে জ্ঞাত বা অজ্ঞাত কোনও অবস্থায় একবারের জন্যও ঠেকায় নি। ফলে পিছনে সে তার থেকে কতটা দূরে শুধু তার গলার আওয়াজ শুনে সঠিক আন্দাজ করতে পারে না জিৎ।

জিৎ দরজা খুলতেই একরাশ স্নিগ্ধ ঠান্ডা হাওয়া লাগে তার মুখে। বাইরে তখন সবে ভোরের আকাশ সামান্য পরিষ্কার হচ্ছে। বাংলোর দরজা থেকে বেরিয়ে ডান দিকে বারান্দাটা ধরে গজ চার-পাঁচ গিয়ে সিঁড়ি, যা কয়েক ধাপ নেমে মিশেছে রাস্তায়। বারান্দার টালির ছাদটার ভার বহন করে আছে কটা লোহার পিলার।

"সিঁড়ির দিকে হাঁটতে থাক,"

জিৎ বারান্দায় বেড়িয়ে দ্রুত কয়েক ধাপ হেঁটেই আচমকা থেমে যায় বারান্দার শেষ লোহার পিলারটার কাছে। পেছনের লোকটা ওর সঙ্গে তাল মিলিয়ে হাঁটতে গিয়ে

আচমকা জিৎ থামতে যাওয়াতে ওর হাতে বন্দুকের নল জিৎ এর পিঠে মৃদু ঠেকে। যাচ্ছে সে বলতে যাচ্ছিল, "এই শালা থামলি কেন?" তার কথা শেষ হবার আগেই, চোখের পলকে বাঁ হাতে পিলারটাকে ধরে চরকির মত তার শরীরটাকে শুন্যে ঘুরিয়ে তার সর্ব্ব শক্তি দিয়ে লাথি মারে লোকটার ঘাড়ে। আচমকা অপ্রত্যাশিত এই আঘাতে লোকটা টাল সামলাতে না পেরে মুখ থুবড়ে পড়ে সিঁড়ি দিয়ে। ছিটকে যায় তার হাতে ধরা পিস্তল ও টর্চ। জিৎ বাঘের মত ঝাঁপিয়ে পড়ে, ক্ষিপ্ত হাতে পড়ে যাওয়া পিস্তলটা তুলে সজোরে তার ভারী ইস্পাতের বাঁটটা দিয়ে আঘাত করে লোকটার মাথায়। এমন সজোরে এক আঘাতে লোকটা তখনই সংজ্ঞা হারিয়ে ফেলে তার মাথা ফেটে রক্ত বেরোতে থাকে। লোকটাকে সোজা করে শোয়াতেই প্রথম ভোরের অস্পষ্ট আলোতে তার মুখ দেখেই চমকে ওঠে জিৎ, এই অল্পবয়স্ক ছেলেটাই তো তাকে টাকা দিয়ে পাঠিয়েছিল জগমোহনকে হত্যা করতে।

১২. সূচনা

অজ্ঞান অবস্থায় আহত অল্পবয়স্ক ছেলেটা বারান্দায় পড়ে আছে। জিৎ ভাবে ওকে টেনে পাহাড় থেকে নদীর খাদে ফেলে দেবে কারণ ওকে বাঁচিয়ে রাখার অর্থ জগমোহন ও প্রীতের জীবনের ঝুঁকিকে জিইয়ে রাখা। অবিশ্বাশ্য তার দেহটা টানতে গিয়ে জিৎ অনুভব করে তাকে কিছুতেই সে টানতে পারছে না উল্টে তার স্বাস নিতে কষ্ট হচ্ছে যেন দম আটকে যাচ্ছে। কারণটা বুঝতে এক পলক সময় লাগে তার অজান্তে কখন ছেলেটার জ্ঞান ফিরেছে, সাঁড়াশির মত তার দু হাত দিয়ে চেপে ধরেছে ওর গলা। জিৎকে বিস্মিত করে এত গাঢ় চোট আর এতো রক্ত ক্ষয়ের পরেও ওই একরত্তি ছেলেটার শরীরে এত বল এল কোথা থেকে? তার মস্তিস্ক তাকে বলছে বন্দুকটা ওর দিকে তাক করে গুলি করতে, কিন্তু বন্দুক ওর দিকে তাক করার মত শরীরের শক্তি তার ক্রমশ লোপ পাচ্ছে। একটু একটু করে তার শরীর অবশ হয়ে যেতে থাকে। মুখ দিয়ে কথা বের হয় না শুধু একটা গোঁ গোঁ আওয়াজ। ছেলেটার মুখে এক পৈশাচিক হাঁসি। ওর চোখের দিকে নজর যেতেই জিতের পিলে চমকে ওঠে। ছেলেটার চোখ দুটো এক্কেবারে সাদা তাতে কোন মনি নেই। ক্রমে জিৎ চোখে আবছা দেখতে শুরু করে। তার শরীরের ভার যেন ক্রমে কমে যাচ্ছে, একসময় ওর মনে হয় যেন ওজন হীন হয়ে সে এক মহাশুন্যে ভেসে যাচ্ছে।

আতঙ্কে শিউরে জিৎ এর ঘুম ভেঙে যায়, চোখ খুলে তার অবিশ্বাস লাগে দেখে সে তখনও জীবিত বাংলোর গেস্ট রুমের বিছানায় শুয়ে আছে। কেরোসিনের ল্যাম্পটা টিম টিম করে তখনও জ্বলছে, সারা রাতে কালি জমে কাঁচের চিমনিটা কালো হয়ে গেছে। একে একে জিৎ এর মনে পড়ে আগের রাতের সব ঘটনাগুলো । দুঃস্বপ্ন তার গলা শুকিয়ে কাঠ করে দিয়েছে, একটা বিরাট স্বস্তি তার দ্বারা প্রিয়ার কোনো ক্ষতি হয় নি। অজান্তে হাত ঘড়ির দিকে তাকিয়েই তার টনক নড়ে, চটপট এখান থেকে বেরোতে হবে কেউ ঘুম থেকে ওঠার আগেই। কাঁচের জানলা গুলোর পিছনে সামান্য আলোর আভাস, সবে ভোর হব হব করছে।সে চায় না তার চুরি করা গাড়ি আশে পাশের কেউ দেখুক জগমোহনের বাংলোর কাছে দাঁড়িয়ে থাকতে। প্রিয়া বা জগমোহনও যেন না দেখে ফেলে গাড়িটা। একবার সে ভাবে চোরের মত অদৃশ্য হবার আগে প্রিয়াকে একটা চিঠি লিখে যাবে, পরমুহূর্তে ভাবে সেটা জগমোহনের হাতে পড়লে? দরকার নেই, কোনও বিদায় বার্তা না রেখেই নিজের আগ্নেয়াস্ত্রটা শুধু নিয়ে নিঃস্বন্দে সে বাংলোর বাইরে এসে দাঁড়ায়।

বৃষ্টি থেমেছে কিন্তু রেখে গেছে ভোরের কনকনে উত্তুরে হাওয়া। তাপমাত্রা সম্ভবত শূন্যের আশেপাশে বা তারও কম হতে পারে, পথের পাশে কয়েক জায়গায় জমে থাকা জল বরফে পরিণত হয়েছে। এত দিন পরে প্রিয়াকে কাছে পেয়ে আবার তাকে ছেড়ে যেতে মন চায় না, কিন্তু সাবধানের মার নেই । জানা হয়নি কোন বোর্ডিং স্কুলে প্রীত পড়ে, সময়ই একদিন হয়তো প্রীতের সঙ্গে তার দেখা করিয়ে দেবে এই আশা নিয়ে ভারাক্রান্ত মনে

সে গাড়িতে বসে। গাড়ী স্টার্ট করে কাউকে জাগাতে সে চায় না, গড়ান রাস্তায় নিউট্রালে রেখে নিঃস্বন্ধে নেমে যেতে থাকে পাহাড়ী সর্পিল পথে এঁকেবেঁকে । এখনো তার অনেক কাজ বাকি স্টেশনে পৌঁছনোর আগেই লোক চক্ষুর আড়ালে গাড়িটার নিস্পত্তি, ছদ্মবেশে নিজের পরিচয় গোপন করা, আরো কত কি। পথ চলতে চলতে একটা চিন্তা বারবার তাকে গ্রাস করতে থাকে, সত্যি কে যোগবহনকে এই পৃথিবী থেকে সরিয়ে দিতে চায়? এই রহস্য তাকে ভেদ করতে হবে।

প্রায় অন্ধকার রাস্তায় বিনা হেডলাইতে গাড়ী চালাতে অনেক বেশি মনোযোগ লাগলেও নিজের অজান্তেই পুরনো দিনের অনেক কথা মনে পড়ে যায় তার । তখন হোটেলের চাকরি বেশ চলছিল, সে তখন ভারপ্রাপ্ত হোটেলের ম্যানেজার স্বভাবতঃ হোটেলের কর্মীবৃন্দের সম্মান, সমীহ রাতারাতি অনেক বেড়ে গেছে । তাকে সকলে 'জিৎ সাব' বলে সম্মোধন করে। তার মাইনে ও সুবিধে বৃদ্ধির সঙ্গে কাজের দায়িত্বও অনেকটাই বেড়েছে। কাজে এমন ব্যস্ত হয়ে পড়ে যে সন্ধ্যায় প্রিয়ার সাথে অনেকসময় দেখাই করতে পারে না। তখন এত ফোন, মোবাইলের ছড়াছড়ি ছিল না যে প্রতি মুহুর্ত্তে যোগাযোগ রাখা যায় । হোটেলের ফোনও মাঝে সাঝেই বিগড়াত। কিন্তু ওদের একে ওপরের প্রতি নিষ্ঠা ও ভালোবাসা পুরোপুরি অটুট ছিল।

অবশ্য ছুটির পুরো দিনগুলো জিৎ এর ভাড়া বাড়িতে সে ও প্রিয়া একসঙ্গে কাটাতো । একসঙ্গে দুজনে রান্না, খাওয়া, ভবিষ্যতের নানা পরিকল্পনা করা, গল্প, আড্ডা,

খুনসুটি ও অনেক অনেক নিভৃত অন্তরঙ্গ মুহূর্ত একে ওপরের সঙ্গে কাটাতো। একদিন রাতে প্রিয়াকে বাড়ি পৌছে দেবার সময় জিৎ বলে, "তোমাকে ছেড়ে আর থাকতে পারছি না, চল তাড়াতাড়ি বিয়েটা সেরে ফেলি, তাহলে আর রাতে তোমাকে বাড়ি ফিরে যেতে হবে না, "

জিৎ এর হাতটা নিজের গালে আলতো বুলিয়ে প্রিয়া বলে, "আমি রাজি, চলো এক্ষুনি সেরে ফেলি," দুজনে হেঁসে ওঠে।

খুব শিগগিরই ওরা পরিণয় আবদ্ধ হবে ঠিক করল। দুজনেরই মনে ভীষণ আনন্দ, সময়-সুযোগ পেলেই একসঙ্গে নিজেদের সংসার গোছানোর জিনিসপত্র কেনে।

সেদিন হোটেল থেকে বিকেলে একটু তাড়াতাড়ি বেরিয়ে সারা সন্ধ্যেটা খুব আনন্দে প্রিয়ার সঙ্গে কাটানোর পর ওকে বাড়ী পৌঁছে জিৎ সবে নিজের আস্তানায় ফিরেছে। হঠাৎ দরজা ধাক্কানোর আওয়াজ, জিৎ ভাবে হয়ত পাশের ঘরের মাতাল লোকটা আবার মদ খাওয়ার পয়সা চাইতে এসেছে। প্রথমে জিৎ তেমন পাত্তা দেয় না কিন্তু অনবরত দরজা ধাক্কানো কিছুতেই বন্ধ না হওয়াতে সে অনিচ্ছাসত্ত্বেও গিয়ে দরজা খোলে। দরজার সামনে যারা দাঁড়িয়ে তাদেরকে সে মোটেও ঐসময় আশা করে নি। তাই সে চমকে ওঠে। পুলিশ! তার কাছে? কি ব্যাপার? কিছু বোঝার আগেই একজন কনস্টেবল সোজা তার কলার চেপে ধরে অন্য একজন তার একটা হাত। সে কিছু বোঝার বা বলার আগেই তাকে হিড়হিড় করে

টানতে টানতে নিয়ে গিয়ে প্রায় ধাক্কা দিয়ে পুলিশের গাড়িতে বসায়।

জিৎ আকাশ থেকে পড়ে যখন গাড়ির সামনের সিটে বসা পি এস আইটি বলে "চুরির টাকা কোথায় লুকিয়ে রেখেছিস শিগগির বলে ফেল না হলে তোর কপালে আজ অনেক দুঃখ আছে,"

"চুরির টাকা!" হতভম্ব জিৎ কিছুই বুঝতে পারে না।

গাড়ি তাকে নিয়ে ছোটে থানার দিকে ।

পুলিশের ইন্টারোগেশন ঘরে ঢুকে বহু পোড়খাওয়া পাকা অপরাধীও ভয়ে সিঁটকে যায়। পুলিশের অসহ্য মারের যন্ত্রনায় প্রস্রাব বা কাপড়চোপড় হলদে করে ফেলা খুবই সাধারণ ব্যাপার। জিৎ এই প্রথমবার কোন থানার ভিতরে, তাও এক্কেবারে জিজ্ঞাসাবাদের ঘরে, স্বাভাবিক সে দুরুদুরু বুকে, ভয়ে কম্পিত । তাকে বসানো হয়েছে একটা কাঠের চেয়ারের, হাতলে সঙ্গে ওর দু হাত দড়ি দিয়ে বাঁধা, প্রায় অন্ধকার ঘরে একটাই মাত্র জোরালো আলো ঠিক ওর মাথার ওপরে ঝুলছে। ওর সামনের বসা এস আই টি হাতের মোটা লাঠিটা আলতো করে ওর হাতে ঠেকিয়ে, ঝাঁঝালো গলায় গর্জে বলে, "সবে এখন হাত বেঁধেছি, এবারে এমন পেটাবো হাড়গোড় না ভাঙ্গা অব্দি থামবো না, কেন রেহাই মিলবে না, তাই শিগগির বলে ফেল চুরির টাকা কোথায় রেখেছিস? কে কে তোর সঙ্গে চুরিতে শামিল ছিল?"

পুলিশের ধমকে ভয়ে জিতের হাত পা ঠান্ডা হয়ে যায়, মনে হয় এখনই বুঝি শরীর হালকা হয়ে যাবে, কথা

জড়িয়ে যেতে থাকে, কোনরকমে সে বলে, "স্যার খেটে খাই, সামান্য চাকরি করি, আজ অব্দি কখনও চুরি করিনি, আপনি কোন চুরির কথা বলছেন? আমি কিছুই বুঝতে পারছি না। "

"কিচ্ছু জানো না? যে হোটেলের কাজ করিস তার ৪০৮ নম্বর ঘরে জাপানি লোকটা, কি নাম যেন? হাঁ নাগামাচি, ওর ঘর থেকে পঁচিশ হাজার টাকা চুরি গেছে। তোর হোটেলেরই দুজন কর্মচারী বলেছে তারা তোকে সন্ধ্যের সময় ৪০৮ নম্বর ঘরের দিকে যেতে দেখেছে, এখন কি বলবি? "

"আজ বিকেল ৫টায় আমি হোটেল থেকে বেরিয়েছি, যদি হোটেলের হাজিরা খাতা দেখেন তাহলে বুজবেন আমি সত্যি বলছি। তাছাড়া আমি চার তলায় আজ একবারও যাই নি।" প্রায় কাঁদো কাঁদো স্বরে জিৎ বলে। অফিসারের মুখ দেখে একবারও মনে হয় না সে বিশ্বাস করছে সে কথা। কিন্তু সে আরো রূঢ়ভাবে কিছু বলার আগেই একজন কনস্টেবল এসে এস আই টির কানে ফিসফিস করে কি বলে। শুনে এস আইটি বলে, "ওঃ তাই নাকি?" বলে চেয়ার থেকে উঠে পড়ে, জিৎকে বলে "আজ রাতটা তোকে ছেড়ে দিলাম, কাল কোর্ট থেকে ঘুরে আয় তারপর দেখছি ..."

জিৎ মোক্ষম বুঝতে পারে ইন্সপেক্টরটির কথা, আগামীকাল আদালতে পেশ করে পুলিশি হেফাজতে তাকে নেবে, তারপরে পুলিশি কঠোর নির্যাতন করে জোর করে তাকে দিয়ে স্বীকার করাবে সেই চুরি করেছে। জিৎ এও জানে, ওই জাপানি নাগামাচি যদি নিজের

দূতাবাসে একবার নালিশ করে থাকে তাহলে আর রক্ষে নেই। পুলিশ সরকারের চাপে মর্ত বা পাতাল যেখান থেকে পারবে আসল হোক বা নকল, একজন বলির পাঁঠা চোরকে খাড়া করবে। ওর দুর্ভাগ্যে খাঁড়াটা এই মুহুর্তে ওর মাথার ওপরই ঝুলছে। কেন সেটা ঈশ্বরই জানেন?

১৩. ছদ্মবেশ

প্রচন্ড দুর্যোগপূর্ণ রাতের চিহ্ন পরের সকালে স্পষ্ট। কোথাও গাছ উপরে পড়েছে কোথাও গাছের ডাল ভেঙে পড়েছে। ভিজে শুকনো পাতার ডিপি পথের পাশে জড়ো হয়েছে। হঠাৎ তাপমান অনেকটা নেমে গেছে তার সঙ্গে মৃদুমন্দ হাড় কাঁপানো হাওয়া। ঠান্ডার প্রভাবে পাহাড়ী পথঘাট একেবারে জনশূন্য। পাহাড়ের সঙ্গে সমতলের যোগাযোগের জন্য ছোট রেল স্টেশন। রেল আসতে এখনও প্রায় আধা ঘন্টা বাকি আছে, মেঘলা কনকনে শীতের সকালে প্লাটফর্মে একটাও যাত্রী নেই। হিম শীতল উত্তরে হাওয়া থেকে বাঁচতে জনা পঁচিশেক স্থানীয় যাত্রী চাদর কম্বল মুড়ি দিয়ে জবুথবু হয়ে ট্রেনের অপেক্ষা করছে দ্বিতীয় শ্রেণীর দরজাহীন ওয়েটিং রুমটায় । গরমের সময় এই প্ল্যাটফর্মেই সারা দেশের সমতল থেকে হাজার হাজার যাত্রী আসে কাছের প্রখ্যাত কয়েকটা শৈল শহরে ছুটি কাটাতে। তখন প্ল্যাটফর্ম থাকে এক্কেবারে জমজমাট, যাত্রী, ফেরিওলা, ট্যাক্সি চালক, হোটেলের দালালে । আজ স্টেশনে একমাত্র ফেরিওলা বলতে ঘুরে ঘুরে একজন মাত্র চা বিক্রেতা । তার পিতলের উষ্ণ চায়ের কলস আজ ঠান্ডায় কিছুক্ষনের মধ্যেই শেষ হয়েছে । এখন সে ব্যস্ত নতুন চা তৈরী করে, ট্রেন স্টেশনে পৌঁছনোর আগেই, অপেক্ষামান যাত্রীদের পরিবেশন করে কিছু উপরি বাণিজ্য করে নিতে । সে চা বানানোয় এতই মশগুল যে খেয়ালই করে নি কখন বয়স্ক পুলিশের ওভারকোট পড়া

লোকটি ঠিক তার পেছনে এসে দাঁড়িয়েছে, "শিগগির গরম চা দে, যা ঠান্ডা পড়েছে, জমে যাচ্ছি!"

চা ওলা ঘুরে দেখে তার ঠিক পেছনে দাঁড়িয়ে একহারা চেহারার বয়স্ক লোকটা। মাথার টুপির ফাঁক দিয়ে বেরিয়ে পড়েছে তার কাঁচাপাকা চুল, চোখে মোটা কালো ফ্রামের চশমা, ঠোঁটের ওপরে মোটা গোঁফ, হাতে ছোট ব্রিফকেস, পরনে খাঁকি পুলিশের ভারী ওভারকোট, পায়ে মোটা পুলিশের চামড়ার বুট। চা ওলা ভাবে নিশ্চয়ই অবসরপ্রাপ্ত কোনও পুলিশ অফিসার, সেলাম ঠুকে বলে "সেলাম সাহেব, এক্ষুনি দিচ্ছি।"

চা দিয়ে চাওলা পয়সা নিতে চায় না, লোকটি জোর করে তার হাতে চায়ের দাম গুঁজে দিয়ে ভারী গলায় বলে, "একটায় হবে না রে আবার লাগবে, এটা রাখ।"

উর্দি পড়া লোকেরা সাধারণতঃ বিনে পয়সায় তার কাছে চা খায়, না দিলেও ওর কোনো উপায় নেই ওকে স্টেশনেই ঢুকতে দেবে না। চাওলা নিজের মনে ভাবে সবাই খারাপ নয় ওদের মধ্যেও ভালো লোক আছে যারা যেচেই পয়সা দেয়।

বয়স্ক লোকটি ততক্ষনে চায়ের ভাঁড়ে আরামের একটা চুমুক দিয়ে বসে ঠান্ডা কনকনে একটা খালি সিমেন্টের বেঞ্চে। ওয়েটিং রুমের খোলা দরজা দিয়ে হাড় কাঁপানো কনকনে ঠান্ডা হাওয়া এসেই চলেছে সে দিকে বিরক্তির দৃষ্টিতে চাইতেই সে চমকে ওঠে, ওই পথেই আগত দুজন কনস্টবল কে নিয়ে এক পুলিশ ইন্সপেক্টর। ঢুকেই তারা

ওয়েটিং রুমে চোখ ঘুরিয়ে কাকে যেন খুঁজতে থাকে। চাওলাটিকে দেখেই ইন্সপেক্টর তাকে ইশারায় কাছে ডেকে নিচু স্বরে কিছু জিজ্ঞেস করে। চাওলাটা হাত মাথা নেড়ে কি যেন বলে ইন্সপেক্টরটাকে। কথা বলতে বলতে ওয়েটিং রুমের চারিদিক পুঙ্খানুপুঙ্খ পর্যবেক্ষনের মাঝে তার দৃষ্টি যায় বয়স্ক লোকটির দিকে। অস্বস্তিতে বয়স্ক লোকটির বুক হয়তো কেঁপে ওঠে তার দিকে ইন্সপেক্টরটিকে এগিয়ে আসতে দেখে, তবুও সে সাদ্ধমত চেষ্টা করে নিজেকে সংযত রাখার।

"নমস্তে মাপ করবেন বিশেষ দরকারে আপনাকে একটু বিরক্ত করছি," ইন্সপেক্টরটি বলে।

বয়স্ক লোকটি যথাসম্ভম নিজেকে স্বাভাবিক রেখে মুখে প্রশান্তির হাঁসি নিয়ে বলে, "নির্দ্বিধায় বলুন ভাই, কোনো অসুবিধা নেই।"

"আপনি কতক্ষণ এসেছেন এখানে?"

"সঠিক সময়তো দেখি নি তবে অল্প কিছুক্ষন হবে,"

"স্টেশনের প্লাটফর্মে বা আসার পথে সন্দেহজনক কাউকে দেখেছেন?"

লোকটি অবাক হবার ভান করে বলেন, "বাইরে ঠান্ডায় রাস্তা জনশূন্য আসার পথে তেমন কিছু চোখে পরে নি আর এখানে দেখছেনই তো সকলকে, সন্দেহ করার মতো আমি কিছুই দেখছি না। আপনার প্রশ্ন শুনে আমার কৌতূহল হচ্ছে, অসুবিদা না থাকলে যদি বলেন কি হয়েছে?"

"আপনাকে বলতে বাধা নেই, এখান থেকে দু কিলোমিটার দূরে একটা একসিডেন্ট হয়েছে, নদীর খাদে একটা গাড়ি রাস্তা থেকে পড়ে গেছে। সম্ভবতঃ রাতে দুর্যোগের সময় হয়েছে, বা ভোরে কুয়াশায়। গতকাল দুপুর পর্যন্ত কোনও দুর্ঘটনার খবর ছিল না। গাড়িতে কে আছে? জীবিত না সে মৃত তা এখনও জানা যায়নি, গাড়িটা খাদ থেকে ওঠাবার কাজ চলছে, শুনছি গাড়িটার সঙ্গে পাশের শহরে দুদিন আগে একটা চুরি যাওয়া গাড়িরও নাকি হুবহু মিল আছে, ভোর বেলা খবর এসেছে ব্যাস বড়সাহেব খোঁজ নিতে পাঠিয়ে দিয়েছেন, এই ঠান্ডায় পুলিশের ডিউটি, বুজতেই পারছেন।"

"তা আর বলতে, আমাদের কাজই অন্যের ময়লা ঘাঁটা। " বলে দুজনেই হেসে ওঠে।

"আপনি কি এদিকেই থাকেন নাকি?" আচমকা ইন্সপেক্টরের প্রশ্নে বয়স্ক লোকটা হচকিকে গেলেও চকিতে নিজেকে সামলে নিয়ে বলে, "কাছেই আমার মেয়ের শশুরবাড়ি, নাতিটার জন্য কদিন থেকে মন কেমন করছিলো তাই ছুটে এলাম একবার দেখতে। "

"এখন তাহলে নিজের বাড়ি ফিরছেন?"

"হ্যাঁ! অনিচ্ছা সত্ত্বেও! মেয়ের বাড়িতে বেশিদিন থাকলে জানেন তো লোকে কত কথা বলবে?"

"একদম! যাক আপনাকে শুভযাত্রা জানাই," বলে ইন্সপেক্টরটি বিদায় নিল। বয়স্ক লোকটির ছদ্মবেশে জিৎ যেন ধড়ে প্রাণ ফিরে পেল। দূরে শোনা যায় ট্রেনের উইসেল, প্লাটফর্মে তখন সবে ট্রেন ঢুকছে।

আগের রাতে ভাল ঘুমই হয় নি স্টেশনে বসে ঠান্ডা আর ক্লান্তিতে এমনিতেই চোখ জ্বালা করছে। ফাঁকা ট্রেনে একদম সময় নষ্ট না করে একটা ওপরের বার্থে ব্রিফকেসেটা মাথার নিচে রেখে শুয়ে পড়ে জিৎ। কয়েক ঘন্টার ঘুম এই মুহূর্তে তার খুবই প্রয়োজন। ভোর রাতে প্রিয়াদের বাংলো থেকে বেরিয়ে দ্রুত গাড়ি চালিয়ে পাহাড়ের বাঁকে একটা নির্জন স্থানে পৌঁছেই, ভালো মতো ভোরের আকাশ পরিষ্কার হবার আগেই সে গাড়িটা ঠেলে ফেলে দেয় নদীর খাদে। খরস্রোতা নদীর জলের কুলকুল আওয়াজকে ছাপিয়েও গাড়ি পড়ার আওয়াজ মুহূর্তের জন্য চারিদিকে প্রতিধ্বনিত হলেও নির্জন স্থান ও ঠান্ডা থেকে বাঁচতে বদ্ধ ঘরে গভীর ঘুমে আচ্ছন্ন থাকার জন্য গ্রামের লোকেরাও কেউ তেমন টের পাই নি। কেউ তাকে ওই গাড়ির সঙ্গে দেখেনি। তার আগে অবশ্য সে পরিপাটি করে নিজের ছদ্মবেশ করে নিয়েছে, এক দেখাতেই মনে হবে কোনও প্রবীণ অবসরপ্রাপ্ত পুলিশ অফিসার। মনে মনে সে হাঁসে পুলিশও ধরতে পারে নি তার ছদ্মবেশ। এই মোক্ষম বিদ্যেটা তাকে শিখিয়েছিলো এহসান ভাই, সে বলতো, 'মেকআপ এমন হতে হবে যেন না বলে দিলে চেনা মানুষেও চিনতে না পারে'

এহসান ভাইয়ের মত শিল্পীর সঙ্গে তার পরিচয় হওয়া সেও জিৎ এর জীবনের এক বিরাট গল্প।

১৪. আদালত

জীবনে প্রথমবার জিৎ আদালতে আসামীর কাঠগড়ায় দুরু দুরু বুকে দাঁড়ায়। মাথায় নানা চিন্তা, একবার যদি জজসাহেব তাকে পুলিশ হেফাজতে পাঠায় তার ওপরে অকারণে যে পাশবিক নির্যাতন হবে ভেবেই আঁতকে ওঠে। মাথায় নানা চিন্তা জটলা পাকায়, জজসাহেব তাকে পুলিশের হাতে তুলে দিলে সে জেলে যাবার পথেই আজ আত্মহত্যা করবে। আবার ভাবে হয়তো মায়া দেখিয়ে জজসাহেব তাকে খালাস করে দেবেন, সে তো আসলে নির্দোষই । তার জন্য কোর্টে যে আরেক অভাবনীয় চমক অপেক্ষা করছিল সেটা তার তখনও জানা ছিল না ।

কিছু মাস আগেকার ঘটনাটা, দিল্লির এক অত্যন্ত বিশিষ্ট ব্যক্তির মেয়ের বিয়ে। পাত্রের নিবাস দিল্লীর বাইরে, তাই পাত্রপক্ষের আগত আত্মীয়দের ছড়িয়ে ছিটিয়ে রাখার ব্যবস্থা হল কতকগুলো কাছাকাছির হোটেলে। তিন তারা কাপুরের হোটেলেও বেশ কিছু পাত্র পক্ষের খুব বিশিষ্ট আত্মীয়ের থাকার ব্যবস্থা হল।

বিয়ের দিন প্রত্যেক বিয়েবাড়িতে আমরা যা দেখে থাকি, ছেলে-বাচ্চারা সাত তাড়াতাড়ি জামাকাপড় পড়ে তৈরী আর মেয়েদের বিয়ে শুরু হবার আগের মূহূর্ত্ত পর্যন্ত সাজগোজ শেষ আর কিছুতেই হতে চায় না। যে সব ছেলেদের সদ্য বিয়ে হয়েছে তাদের তবু কিছুটা ধৈর্য থাকে বৌয়ের সাজগোজের প্রতি স্তরকে নিবীড় ভাবে পর্যবেক্ষণ করার, কেউ আবার শাড়ীর কুঁচি ধরে, গহনা

পড়তে সাহায্যও করেন, কিন্তু যাদের বিয়ে কিছু বছর পুরোনো হয় গেছে তাদের এব্যাপারে ধৈর্যও ক্রমে ক্ষয়ে প্রায় শুন্যের কাছে গিয়ে ঠেকেছে। তারা তৈরী হয়ে সাজঘরের বাইরে অপেক্ষা করে আর প্রতি পনেরো মিনিট অন্তর হাঁক লাগিয়ে তাড়া দেবে 'তোমার হল? আর কতক্ষন লাগাবে? দেরি হয়ে যাচ্ছে, ইত্যাদি '

হোটেলের বাইরে বিয়ের অনুষ্ঠানের স্থানে নিয়ে যাবার গুটিকয়েক ভাড়ার গাড়ি অপেক্ষা করছে, সাজপোশাক করা পুরুষের দল রিসেপশনের লাগোয়া লবিতে নিজের মধ্যে গল্প গুজব করছে আর ঘন ঘন ঘড়ির দিকে তাকাচ্ছে, মহিলাদের সাজগজ শেষ হওয়ার। কুচোকাঁচার দল দৌড়ঝাঁপ করছে লবিতে। সাজগোজ শেষে একে একে মেয়েরা যখন লবিতে নামলো তখন বিয়ের লগ্ন প্রায় আগত, সময়ে বিবাহ স্থলে পৌঁছে বর যাত্রীদের বারাতে সামিল হতে তাদের তাড়াহুড়ো করে ছুটতে হল। এদিকে একটু পরে রিসেপশন থেকে খালি লবির দিকে চোখ যেতেই জিৎ দেখল একটা লাল রঙের ব্যাগ পাত্রপক্ষের কেউ ফেলে গেছেন । দৌড়ে সে হোটেলের বাইরে গিয়ে দেখে তাদের সবকটা গাড়ি আগেই রওনা হয়েছে । জিৎ ব্যাগ খুলে দেখে তাতে রয়েছে একটা বড়োসড়ো গয়নার বাক্স, সে ভাবে নিশ্চই মূল্যবান গহনা, ব্যাগের খোঁজে ওদের কেউ হয়তো এক্ষুনি ফিরে আসবে ।

ওদিকে বিয়ের হৈ হট্টগোলে যার ব্যাগ হারিয়েছে সে কিছুতে মনে করতে পারে না ব্যাগটা কোথায় রেখেছিল, সারা বিয়েবাড়ি গাড়ীগুলো, তোলপাড় করে সকলে খুঁজতে থাকে মূল্যবান গহনার ব্যাগটা । এদিকে

কিছুক্ষনের ভিতরে ওদের কাউকে ফিরতে না দেখে কন্যাপক্ষের বাড়ির ফোনে জিৎ যোগাযোগ করে বাক্সটার কথা জানায় । কিছুক্ষনের মধ্যে পঞ্চাশ উর্ধে পরনে দামী শেরওয়ানী মাথায় পাগড়ী, সম্ভ্রান্ত দর্শনের যে ব্যক্তিটি উপস্থিত হন তিনি ব্যাগের ভিতরের বাক্সটা খুলে সন্তুষ্ট হয়ে বলেন, "আপনি জানতেন ব্যাগে কি আছে?"

"বিয়ে বাড়ির লোকে ফেলে গেছেন, গয়নার বাক্সো, নিশ্চয় দামি কোন গহনা হবে, আমি খুলে দেখি নি," জিৎ বলে।

ভদ্রলোক বলেন, "এটা লক্ষাধিক মূল্যের একটা কুন্দন, হয়তো অনেকে পেয়ে চেপেই যেত, আপনাকে কি বলে ধন্যবাদ দেব তার ভাষা খুঁজে পাচ্ছি না।"

ভদ্রলোক জিৎকে একগোছ একশো টাকার নোট বকশিশ দিতে যায়, জিৎ বিনীত ভাবে তা প্রত্যাখ্যান করে বলেছিলো, "স্যার আমি আমার কর্ত্তব্য করেছি মাত্র।"

হঠাৎ চেনা মানুষের সাথে রাস্তায় দেখা হয়ে গেলে যেভাবে লোকে তাকায় ঠিক সেভাবে জজসাহেব তার দিকে তাকান । জিৎও চিনতে পারে, জজসাহেবই সেদিন গয়নার বাক্সটা নিতে এসেছিলেন।

জিৎ এর কেসের কাগজ অনেক্ষন মন দিয়ে চোখ বুলিয়ে তিনি সরকারী পক্ষের উকিলকে উল্টে সওয়াল করেন, "আসামির বিরুদ্ধে কোন প্রমাণ তো দিতে পারেন নি, আসামির ক্রিমিনাল কোনও রেকর্ড নেই, তার কাছ থেকে টাকাও উদ্ধার হয় নি, তাহলে কেন পুলিশি হেফাজত চাইছেন?"

সরকারি পক্ষের উকিল কিছু বলতে যাচ্ছিলো তাকে থামিয়ে জজ সাহেব ঝাঁজালো সুরে বলেন, "তিন সপ্তাহ সময় দিলাম পুলিশকে, ন্যূনতম প্রমান জোগাড় করে আনার জন্য, ততদিন আসামী জেল হাজতে থাকবে।"

পুলিশ হেফাজতে যেতে হচ্ছে না জেনে জিৎ সেদিন খুব আনন্দিত হয়েছিল, মনে মনে জজসাহেবকে ধন্যবাদ জানায়। কিন্তু জেল হাজতে গিয়ে সে সম্মুখীন অন্য এক সমস্যার, যার সম্বন্ধে তার কিছুই জানা ছিল না। কুখ্যাত দাগী পোড়খাওয়া জেলের কিছু কয়েদিদের অত্যাচার। তার কোন ধারণাই আগে ছিল না জেলে কয়েদীদের প্রত্যেকের নিজের ভাগের কিছু কাজ থাকে প্রতিদিন, কিছু পুরনো কুখ্যাত কয়েদি নিজেদের ভাগের কাজ অন্যদের, যেমন জিৎ এর মত নতুনদের দিয়ে, জোর করে করিয়ে নেয়। না করলেই সে ও তার সাঙ্গপাঙ্গ এক সাথে চালায় পাশবিক অত্যাচার। উপায় না দেখে জিৎ মুখ বুঝে সব সহ্য করে যায়, গুনতে থাকে তার জেলের মেয়াদ শেষ হওয়ার।

জেলে এর মধ্যে আর একটা ঘটনা ঘটে যায়, মাঝবয়সী রমন নামে এক কয়েদিকে হঠাৎ দুজন সদ্য জেলে আসা কয়েদি ছুরি নিয়ে একদিন আচমকা আক্রমণ করে। জিৎ সেদিন তৎপর না হলে ওদের দুজনের আচমকা আক্রমণের থেকে রমনের প্রাণে বাঁচার কোন সুযোগই ছিল না। ওদের মধ্যে একজনকে রমন সহজেই চিনে ফেলে, নাম তার জগ্গা। ওদের দুজনকে কাহিল করে জেল পুলিশের হাতে তুলে দেবার পর কৃতজ্ঞ রমন

জিৎ এর দু হাত ধরে বলে "আমার প্রাণ বাঁচানোর ঋণ আমি কোনোদিন শোধ করতে পারব না, আজ থেকে তুমি আমার বন্ধু, কখনও কিছু দরকার হলে আমাকে বলবে, "

সাধারণ গড়নের সাড়ে পাঁচ ফুটের একগাল কাঁচা পাকা দাড়ি ওলা মাঝবয়েসী রমন যে কে তা না জানলেও জিৎ বুঝতে পারে তাকে সব কয়েদি অত্যন্ত সমীহ করে চলে। সেদিন রমনের ছত্রছায়ায় আসার পর থেকে তার ওপর আর অত্যাচার বা তাকে দিয়ে জোর করে কোন কাজ করানো আপনি বন্ধ হয়ে যায়। কয়েদি হলেও জেলের মধ্যে রমনের একটা অদ্‌ভুত নিয়ন্ত্রণ রয়েছে।

এর পরের আদালতে যাবার দিন সকালে রমন তাকে শুভেচ্ছা জানালো, যেন জিৎ সেদিন সুখবর পায়, জিৎও বুক ভরা আশা নিয়ে কোর্টে গেল । সেদিন সন্ধ্যায় জিৎ ফিরলো বিষন্ন, বিমর্ষ এক্কেবারে যেন ভেঙে পড়েছে, শুধু ফুঁপিয়ে কাঁদতে থাকে। তার অবস্থা দেখে রমন স্বান্তনা দিতে এগিয়ে আসে, বড় ভাইয়ের মত জিৎ এর মাথায় পিঠে হাত বুলিয়ে জানতে চায় কোর্টে কি হয়েছে? সেই প্রথম সে জানতে চায় কেনই বা জিৎ জেলে?

আজ অবধি জিৎ জেলে কাউকে বলে নি তার জীবনের, চাকরির বা প্রিয়ার কথা। তার অন্তর আত্মা বলে রমনকে বিশ্বাস করে সব বলা যায়। সে তার হোটেলে চাকরি ও পদোন্নতি, প্রিয়ার সঙ্গে আলাপ, প্রেম, অকারণে চুরির দায়ে আজ সে জেলে সব বলে রমনকে । আদালতে সেদিন যাকে সব থেকে বেশি দেখবে আশা করেছিল তার জীবন সঙ্গী, তার ভালোবাসা, 'প্রিয়া' সে তো

আসেইনি, প্রমোদ মারফৎ জানিয়েছে সে জিৎ এর মত একজন চোরের সঙ্গে আর কোন সম্পর্ক রাখবে না। প্রমোদ এর সঙ্গে যাদবকে দেখে তার অবশ্য একটু অবাকই লেগেছিল। । জিৎ এর দুর্ভাগ্য তার চেনা জজ সাহেবর থেকে কেসটা অন্য একজন জজের ঘরে চলে গেছে। পুলিশের অনুরোধে, অনুসন্ধানে যাতে বাধা সৃষ্টি না হয় ও জিৎ যাতে বেরিয়ে প্রমান লোপাট না করতে পারে, তাকে আগামী শুনানি পর্যন্ত জেলে ফেরত পাঠায় নতুন বিচারক।

মন দিয়ে জিৎ এর কাহিনী শুনে রমন বলে, "ভাই তোমার গল্প শুনে মনে হচ্ছে তুমি অজান্তে এক চক্রান্তের শিকার হয়েছ। এমনও হতে পারে প্রিয়া এব্যাপারে কিচ্ছু জানেই না, আচ্ছা আমি খবর নিচ্ছি। "

জিৎ অবাক হয়ে বলে, "রমন ভাই আপনিতো আমার সঙ্গে জেলে, কি ভাবে আপনি খবর নেবেন?"

রমন হেঁসে জিতের পিঠ চাপড়ে বলে, "ঘাবড়ে যেও না ভাই, জেলে থাকলেও বাইরের সাথে আমার ভালোই যোগাযোগ আছে, তাছাড়া আমি এখন স্বেচ্ছায় জেলে বসে আছি,"

"মানে? একটু বুঝিয়ে বলবে কেন?"

"এই মুহূর্তে জেলের বাইরে থাকলে আমার প্রাণের ভয় আছে, আমার কিছু শুভাকাঙ্ক্ষীর পরামর্শে আমি অনিচ্ছা সত্ত্বেও জেলে রয়েছি, তাও দেখলে জেলের মধ্যেও আমাকে খতম করে দেবার চেষ্টা করেছিল, তুমি ঠিক সময়ে না এলে কি যে হত ? " জিৎকে বিস্ময়ে তার

দিকে তাকিয়ে থাকতে দেখে রমন বলে, "ছাড়ো আমাদের জগতের এসব জটিল বিষয় তুমি বুঝবে না, শুধু মনে রেখো তোমার একজন বন্ধু আছে যাকে যে কোন দরকারে পাশে পাবে।"

১৫. আশা

জীবনের প্রথমবার কিছুদিন জেলে থেকেই জিৎ বুঝতে পারে কেন সাধারণ মানুষ থানা আর কোর্টের পথ সহজে মাড়াতে চায় না। আমাদের দেশে সর্বস্তরেই অসৎ মানুষের অভাব নেই। একদিকে একশ্রেণীর অসাধু পুলিশ কর্তা তাদের স্রেফ উর্দির জোরে সাধারণ নিরপরাধ মানুষকে সহজেই আসামী সাজাতে পারে, অনায়াসে অকারণে আটক করে রাখতে পারে এবং নিরপরাধ ব্যক্তিকে হাজতবাস পর্যন্ত করিয়ে দিতে পারে। অন্যদিকে কিছু অসৎ আইনের ব্যবসায়ী সাধারণের কাছে দুর্ভেদ্য আইনের ভাষা ও জটিল প্রক্রিয়ার অন্তরালে মানুষকে অনায়াসে বোকা বানিয়ে নিজের স্বার্থে গোল গোল একই বৃত্তে ঘোরাতে পারে।

একেই অনেকদিন পরে তার মামলার শুনানি হয় এবং প্রতিবারই কোন অজানা কারনে তার শুনানি হয় না। অনেক উৎসাহ নিয়ে সে কোর্টে যায়, ভাবে বোধহয় এবার নিশ্চই ছাড়া পেয়ে যাবে, কিন্তু ওই সকালে পুলিশি পাহারায় যাওয়া আর বিকেলে ওদের সাথেই ফিরে আসে জেলে ভিন্ন আর কিছুই হয় না। আইনের প্রক্রিয়ায় কি চলছে কিছুই সে কিছুই বোঝে না। আদৌ তার মামলা এগুচ্ছে না পিছোচ্ছে কেউ তাকে কিছুই বুঝিয়েও বলে না। তার সরকারি পক্ষের উকিলতো তার সাথে কথাই বলে না কিছু জিজ্ঞেস করলেও না সোনার ভান করে থাকে। মানুষ একবার আদালতের ঘূর্ণিতে পড়লে সে খালি পাক খেয়েই যায় অসৎ আইনের কারবারিদের

হাতের পুতুল হয়ে। প্রতিবারই আদালত থেকে ফিরে তার কান্না পেয়ে যায়, নিজেকে অসহায় লাগে। এদিকে প্রিয়াকে না দেখার যন্ত্রনাও তাকে প্রতি মুহূর্ত্তে কুড়ে কুড়ে খায়। প্রিয়া কি সত্যি তার সাথে কোনই সম্পর্ক রাখতে চায় না? যাই হোক সে প্রিয়ার মুখ থেকে স্পষ্ট তা শুনতে চায়। রমন অবশ্য প্রতিনিহত জিৎকে স্বান্তনা দিয়ে তার মনোবল বাড়াবার চেষ্টা করে। হয়তো ও না থাকলে জিৎ এতদিনে মানুষিক ভাবে এক্কেবারেই ভেঙেই পড়তো।

সেদিন জিৎকে দেখে রমন বলে, "আরে জিৎ তোমাকে খুজছিলাম, ইটা জানাতে যে আগামীকাল আমি এখন থেকে চলে যাচ্ছি। "

একটা দীর্ঘশ্বাস ফেলে জিৎ বলে, "আমি বোধহয় কোনোদিনও এখন থেকে বেরোতে পারবো না। এখানেই পচে মরতে হবে আমাকে।"

রমন জিতের দুহাত ধরে খুব নারাম শুরে বলে, "এত অল্পতে ভেঙে পড়লে চলবে না ভাই। নিজেকে শক্ত কর, অনেক প্রতিকূল পরিবেশের সাথে সাধারণ মানুষকে লড়ে বাঁচতে হয়, দেশের আইন, প্রশাসন সবই ক্ষমতাবান আর বিত্তবানদের মুঠোর মধ্যে চিরকাল আটকে আছে, সাধারণ মানুষকে তাদের হাতের পুতুল, অত্যন্ত সহজ শিকার ওদের কাছে," একটু থেমে সে বলে, "সরকারি উকিল কারোর স্বার্থে তোমার মামলাটা শিকেয় তুলে রেখেছে। এবার থেকে আমার উকিল তোমার মামলা দেখবে এবং তুমি খুবই শিগগিরি ছাড়া পেয়ে যাচ্ছ।"

"তুমি কি আমাকে মিথ্যে স্বান্তনা দিচ্ছ?"

"সত্যি বলছি ভায়া আমার কথা বিশ্বাস করতে পারো। আমাদের গুরুকেও তোমার কথা বলেছি, তোমার মত স্মার্ট, সাহসী, অনর্গল ইংরিজি ভাষী একজনকে আমাদের দলে খুব দরকার।"

"গুরু আবার কে?"

"আমরা সকলে ওকে গুরু বলি, উনি আমাদের আমাদের পথ পদর্শক, পরিচালক ও উপদেষ্টা।"

জিৎ বলে, "রমন ভাই আমার গুরু দীক্ষা নেবার বা সন্ন্যাসী হওয়ার এইবয়সে কোনো বাসনা নেই।"

হাঃ হাঃ করে হেঁসে রমন বলে, "কে তোমাকে সন্ন্যাস নিতে বলেছে? আমাদেরটা একটা দল মাত্র, পরিচালক বা আমাদের অধিনায়ককে আমরা গুরু বলি।"

মনে মনে জিৎ ভাবে জেল থেকে ছাড়া পেয়ে সর্বপ্রথম সে প্রিয়ার মুখোমুখি হবে, তার মুখ থেকে সরাসরি শুনতে চায় তার ভবিষ্যতের পরিকল্পনা। সে কি সত্যি জিৎ এর সঙ্গে সম্পর্ক রাখতে চায় না? সে ব্যাপারে কিছু না বলে সে জিজ্ঞেস করে "কিসের দল তোমাদের? রাজনৈতিক? জনগণের কাছে ভোট ভিক্ষে চাওয়া?"

"আরে না না! রাজনৈতিক দল নয়, আমরা একদল স্বাধীন ব্যবসায়ী, নিজেদের মত করে আমরা খানিক সমাজের সেবাও করি, প্রভাবশালী ক্ষমতাবান ও ধনীরা জনসাধারণকে ঠকিয়ে, শোষণ করে নিজেদের সম্পদ ও শক্তি বৃদ্ধি করে, নিজেদের স্বযত্নে রাখে আইন ও ক্ষমতার দুর্ভেদ্য দুর্গে আমরা সেই দুর্গ ভেদ করে ওদের শোষণের ধনভান্ডারের ভার খানিক হালকা করি।

নিজেদের প্রয়োজন অতিরিক্ত গরীবদের সেবার কাজে লেগে যায়। "

"তার মানে ধনীদের লুঠ কর?"

"হাঃ হাঃ লুঠ করবো কেন? ক্ষমতাবান ধনীরা সাধারণ মানুষকে ঠকিয়ে সিন্দুক ভর্তি করে, আমরা ওদের সিন্দুকের চাবি খুঁজে সিন্দুক খুলে সাধারণের মধ্যে আবার তারই কিছুটা ফিরিয়ে দিই। এটা বহু প্রাচীন একটা সমাজের চক্র।"

"না না রমনভাই এসব আদপে অপরাধ, আমার দ্বারা হবে না।"

"কোই বাত নেহি দলে যোগ না দিলেও তুমি আমার দোস্ত। কাল আমি এখান থেকে চলে যাচ্ছি, খুব শিগগিরই তুমিও এখান থেকে বেরিয়ে যাবে। আমার প্রাণ বাঁচানোর ঋণ আমি কোনদিন শোধ করতে পারবো না যখনই দরকার হবে নির্দ্বিধায় আমাকে জানাবে। আমার মন বলছে তুমি আমার সঙ্গে যোগাযোগ ঠিকই করবে। আমাকে যোগাযোগ করতে হলে 'এহসানভাই ড্রেসওয়ালার' কাছে যাবে। ওকে শুধু গিয়ে তোমার নাম বোলো তাহলেই ও তোমায় চিনতে পারবে। তুমি এহসানের সাথে যোগাযোগ করলেই আমি যেখানেই থাকি ঠিক খবর পেয়ে যাব।" এরপরে দিল্লিতে এহসান ভাইয়ের দোকানের ঠিকানা রমন জিৎকে বুঝিয়ে বলে।

জিৎ অবাক হয়ে জিজ্ঞেস করে, "তোমার নিজের ঠিকানা দেবে না আমাকে?"

"ভাই এইমূহুর্ত্তে আমার নির্দিষ্ট কোনো ঠিকানা নেই,"

এরপরে রমন খোঁজখবর নিয়ে যা জেনেছে তা জিৎকে বলে, যে হোটেলে ও কাজ করত সেখানকার সম্বন্ধে, প্রমোদের সম্পর্কে সে সব শুনে জিৎ এর মাথা ভোঁ ভোঁ করতে থাকে। প্রিয়ার অবশ্য কোনো খবর জোগাড় করতে পারে নি কারণ ও যে নার্সিংহোমে কাজ করতো সেখানকার চাকরি সে ছেড়ে দিয়েছে অনেকদিন । রমন জেলে বসে বাইরের এতো সংবাদ কিভাবে জোগাড় করল তা ভেবে জিৎ এর বেশ আশ্চর্য লাগে।

রমন যে মিথ্যে আশ্বাস দিয়ে যায় নি তা জিৎ দুদিনের মধ্যেই বুঝতে পারে। একজন গম্ভীর প্রকৃতির কালো কোট পড়া উকিলবাবু আসেন জিৎ এর সঙ্গে জেলে দেখা করতে

"রমন ভাই আমাকে পাঠিয়েছে আপনার মামলাটা দেখার জন্য," সে জিৎ কে কিছু কাগজ দেয় সই করার জন্য

সই করতে করতে নার্ভাস জিৎ ভয়ে ভয়ে জিজ্ঞেস করে, "আমি কবে ছাড়া পাব?"

"খুব সম্ভবত আগামী সপ্তাহে,"

" সত্যি বলছেন?"

"আপনি রমন ভাইয়ের বন্ধু, আপনাকে মিথ্যে বলে আমার লাভ?"

পরের দিন কোর্টে গিয়ে জিৎ নিজের কানকে বিশ্বাস করতে পারে না যখন সে শোনে 'তথ্য-প্রমাণের অভাবে জজ সাহেব তাকে বেকসুর খালাস করে দিয়েছেন।

কোন প্রমাণ ছাড়া জিৎ কে অকারনে আটকে রাখার জন্য পুলিশকেও তীব্র ভৎসনা করতে ছাড়েন নি জজ সাহেব।'

এতদিন পরে জেলের বাইরে এসে জিৎ প্রথমে ঠিক করে উঠতে পারে না কি করবে তারপরেই মনে হয় তার ডেরার কথা, যেখানে সে এতদিন ভাড়া থাকতো। প্রিয়ার সঙ্গে অসংখ্য দিন কাটিয়েছে এখানে, কত মধুর স্মৃতি লুকিয়ে রয়েছে দিল্লীর ঘিঞ্জি বস্তির ওই চার দেয়ালের ভিতরে। তার ঘরের দরজা বন্ধ দেখে জিৎ পাশেই বাড়িওলার দরজার কড়া নাড়ে। বয়স্ক উত্তর ভারতীয় বাড়িওলা দরজা খুলে জিৎকে দেখে এমন ভাব করে যেন ভূত দেখছে, অল্পক্ষনে নিজেকে সামলে নিয়ে বিরক্তির সুরে এক নিঃশ্বাসে বলে চলে, "ওহ তুমি! দেখ ভাই আমি চোর ডাকাত কে ঘর ভাড়া দিই না, তোমার জন্য পুলিশ পঞ্চাশ বার এখানে ঘুরে গেছে, একশো বার আমাকে থানায় ডেকে জিজ্ঞাসাবাদ করেছে, সিল করে দিয়ে গেছিল আমার ঘর, কতবার থানায় চক্কর কেটে তবে নিজের ঘর ফেরত পেয়েছি, উফ আমার কত গুলো মাসের ভাড়া নষ্ট হলো তোমার জন্য। অনেক কষ্টে ছমাস পরে কোন রকমে একজন নতুন ভাড়াটে পেরেছি। তাছাড়া তোমাকে এমনিতেও রাখতামও না। তোমার জিনিসপত্র বাইরে রাখা আছে, যত তাড়াতাড়ি পারো আমার ছমাসের ভাড়া দিয়ে নিয়ে যেও।"

জিৎ আমতা আমতা করে বলতে যাচ্ছিলো, "দয়া করে যদি আজকের রাতটা ...."

"তুমি মহা অপয়া, বেশতো গেছিলে আবার ঘুরে এলে কেন ?" বলতে বলতে বাড়িওলা তার কথায় কর্ণপাত না করে তার মুখের ওপরই দরজা বন্ধ করে দেয়।

বিকেল হয়ে এসেছে রাতটা কোথায় কাটাবে জিৎ বিষন্ন মনে চিন্তা করতে থাকে। একবার ভাবে তার পুরনো হোটেলে? ঠিক সেই সময় দেখে বেঁটে মোটা মত একজন লোক তারই ঘরের দরজার কড়া নাড়ছে ।

জিৎ আন্দাজ করে হয়তো এই তার ঘরের নতুন ভাড়াটিয়া, লোকটার হাতের টিফিনবক্সের থলি দেখে মনে হয় সে কাজ থেকে ফিরছে। এগিয়ে গিয়ে জিৎ বলে, "নমস্তে, আমি জিৎ, আগে এই ঘরটায় আমি থাকতাম।"

অবাক হলেও দক্ষিণী লোকটি ভাঙা হিন্দিতে বলে, "ওহ আচ্ছা, নমস্তে, আপনি এখন কোথায় থাকেন?"

"এই মুহূর্ত্তে গৃহহীন, আপনি কত দিন এখানে ভাড়া এসেছেন?" জিৎ প্রশ্নটা করে জানতে যদি প্রিয়া তার খোঁজে কখনও এখানে এসে থাকে।

"ন-দশ মাস হতে চলল, কেন বলুন তো?"

"না এমনি," জিৎ বোঝে সুবিদাবাদী বাড়িওলা তাকে মিথ্যে বলেছে যে ছমাস তার ভাড়াটে ছিল না।

সেই সময় এক মহিলা দরজা খুলে লোকটিকে জিৎ এর বোধগম্মের বাইরে তাদের নিজেদের ভাষায় কি যেন বলে, লোকটিও মাথা নেড়ে তাকে কিছু বলে। চলতে থাকে তাদের নিজেদের ভাষায় কথোপকথন কিছুক্ষন।

জিৎ ভাবে এবার তার বিদায় নেওয়া উচিত, সেরাতের মতো তাকে একটা আস্তানা জোগাড় করতে হবে। বিদায় নিতে যাবে, লোকটি জিতের দিকে ঘুরে বলে, "মাপ করবেন আমার মনেই ছিল না, আমার স্ত্রী আপনার পরিচয় জেনে এইমাত্র মনে করিয়ে দিল, তখন আমরা সবে এখানে ভাড়া এসেছি, এক বিকেলে একজন সুন্দরী তরুণী এসেছিলেন আপনার খোঁজে, আপনি এখানে থাকেন না শুনে প্রায় কাঁদো কাঁদো মুখে উনি চলে যান।
"

অতি উৎসাহে জিৎ তার পার্সে রাখা প্রিয়ার পাসপোর্ট ছবিটা বের করে ওদের দেখায়, "দেখুন তো ইনি এসেছিলেন কি?"

ওরা দুজনেই ঝুঁকে পড়ে সাদাকালো প্রিয়ার ছবিটা দেখে চিনতে পেরে সম্মতিসূচক মাথা নাড়ে, 'হ্যাঁ ইনিই এসেছিলেন'।

প্রিয়া তার খোঁজে এখান পর্যন্ত এসেছিল? সম্পর্ক রাখতে না চাইলে সে তার খোঁজ করবে কেন? তার মানে কি প্রমোদের কথা মিথ্যে? জিৎ যেন নতুন করে আশার কিরণ দেখতে পায়, আনন্দে তার মন নেচে ওঠে। কিন্তু রমনের কথায় প্রিয়া নার্সিং হোমের কাজটা নাকি ছেড়ে দিয়েছে। জিৎ ওকে খুঁজবে কোথায়? মামার ভয়ে প্রিয়া ওকে কখনও মামার বাড়িতে নিয়ে যায় নি। একবার মাত্র ওর মামার বাড়ির পাড়ায় গিয়েছিল, খুঁজে পৌঁছতে পারবে কি এখন ওর মামার বাড়িতে?

১৬. প্রিয়ার খোঁজে

জেলে থাকতে জিৎ ভাবতো একবার জেল থেকে বেরোতে পারলেই সব সমস্যার সমাধান হয়ে যাবে। সবকিছু তার জন্য আগের মতই থাকবে। কখনো একবারের জন্য মনে হয়নি জেল থেকে বেরিয়ে আবার তাকে নতুন করে শূন্য থেকে সব কিছু শুরু করতে হবে। এদিকে তখন সন্ধ্যে গড়িয়ে রাত হতে চলেছে, শারীরিক ও মানসিক ভাবে ক্লান্ত জিৎ এর এখন দরকার রাতে নিশ্চিন্তে ঘুমোনোর একটা জায়গা ।

একবার ভাবে তার হোটেলে গেলে ওখানে বাবলু থাকবে সে হয়তো ঘুমোনোর একটা ব্যবস্থা করে দেবে, পরমুহূর্তে মনে হয় চোর বদনামের জন্য তাকে হয়তো হোটেলে কেউ ঢুকতেই দেবে না। তার জন্য অযথা বাবলুকে মালিকদের কাছে অনেক অকথ্য গালমন্দ শুনতে হতে পারে। সে অনেক ভেবে ঠিক করল নতুন দিল্লী রেল স্টেশনেই কোনোরকমে রাতটা কাটিয়ে সকালে ঠিক করবে পরবর্তী গতিপথ। বড় স্টেশনের সুবিধা বিজলী, শৌচালয়, জলেরও কোন অভাব নেই, তবে আছে অপরিষ্কার, দুর্গন্ধ, অবিরত আওয়াজ, আর ঘুমন্ত অবস্থায় টাকাপয়সা চুরি হয়ে যাবার ভয়। একজন ভিকিরির কাছে যেমন সীমিত বিকল্প তেমনই স্টেশনের খুঁত ধরার সময় জিৎ এর নেই। প্লাটফর্মে একটা খালি বেঞ্চ খুঁজে তাতে শুয়ে সে ভাবে এত ঘনঘন ঘোষণা আর শব্দ দূষণের মধ্যে কি করে লোকে স্টেশনে ঘুমোয়? সবই বোধহয় পরিস্থিতির সঙ্গে অভ্যাস হয়ে যায় । এতো শব্দের মধ্যে ক্লান্ত শরীরেও সহজে ঘুম আসতে চায় না

তার ভেবে অবাক লাগে কি করে রমন জেলে বসেই বলেছিল ওর বাড়িওলা ওর জিনিসপত্র ঘর থেকে সরিয়ে নতুন ভাড়াটে বসিয়েছে। ওর স্বান্তনা ওখানে গিয়েই এটা জানতে পেরেছে প্রিয়া ওকে খুঁজছিল, অর্থাৎ প্রিয়া সম্পর্ক ছিন্ন করে নি মোটেই। প্রিয়ার কথা ও ভবিষ্যতের নানা চিন্তার মধ্যে কখন ক্লান্ত জিৎ প্লাটফর্মের শোরগোলের মধ্যেই গভীর ঘুমে ঢলে পড়েছে জানে না। মাঝরাতে এক ঝাঁকানিতে তার ঘুম ভেঙে যায়। তার সামনে দাঁড়িয়ে কাঁচা পাকা দাড়িওলা বছর পঞ্চাশেকের একজন হাতে একটা মোটা লাঠি, পরনে নীল চেক লুঙ্গি ও শার্ট, পায়ে রবারের চটি, "এই শালা! রাতের বেঞ্চভাড়া ১০ টাকা দে তাড়াতাড়ি, "

আচমকা ঘুম থেকে জেগে জিৎ যতটা না অবাক তার থেকেও বেশী রুষ্ঠ, "স্টেশনে কিসের বেঞ্চ ভাড়া? জুলুমবাজি নাকি? পুলিশ ডাকবো?"

জিৎ এর কথায় লোকটা পান খাওয়া খয়েরী দাঁত বের করে খিলখিল করে হেঁসে বেশ সুর কর বলে, "এ যে বলে পুলিশ ডাকবে রে!" বলে আবার হাঁসে।

পাশ থেকে আরও দুজন ষন্ডা মার্কা,প্যান্ট শার্ট পড়া আপদ উদয় হল, "কোন শালা পুলিশ ডাকবে?" ওদের দেখেই মনে হয় পাক্কা গুন্ডা, ওদেরও হাতে একই রকমের লাঠি। প্রতিকূল পরিস্থিতি দেখে জিৎ কথা না বাড়িয়ে অনিচ্ছা সত্ত্বেও ১০ টাকা লুঙ্গী পড়া লোকটার হাতে দেয়, "এই তো ভালো ছেলে," বলে তারা অন্য বেঞ্চেগুলোর দিকে চলে যায়।

দিল্লী স্টেশনে সমাজ বিরোধীদের তোলাবাজির গল্প আগে অনেক শুনেছে আজ চাক্ষুস তা উপলব্ধি করলো। বিরোধের ইচ্ছে থাকলেও আপোসে বাধ্য জিৎ, এই ক্লান্ত অবস্থায় তিন জনের সঙ্গে যোঝার ক্ষমতা ওর নেই।

কাঁচা ঘুম ভেঙে গেলে কিছুতেই আর ঘুম আসতে চায় না, বেঞ্চে চুপ করে শুয়ে ওই তোলাবাজদের কার্যকলাপ লক্ষ্য করতে থাকে। ওদিকে মাইকে ঘোষণা হয়েছে কিছুক্ষনের মধ্যে প্লাটফর্মে ট্রেন ঢুকবে। ট্রেনের ঘোষণা হতেই ওরা চাঁদা তোলা বন্ধ করে অতি উদগ্রীব হয়ে ট্রেনের অপেক্ষা করতে থাকে, মনে হয় বুঝি ওদের কোনও জিগরি য়ারকে স্টেশনে রিসিভ করতে এসেছে।

অল্পক্ষন দূর থেকে একটা তীব্র আলো ক্রমে এগিয়ে আসে তারপর ইঞ্জিনের বিকট শব্দ তুলে ধীরে ধীরে ট্রেন স্টেশনে এল, কয়েক মিনিটে যাত্রী, কুলি ও কোলাহল খানিকটা হালকা হতেই জিৎ দেখলো লুঙ্গি পড়া লোকটা ট্রেনের এক টিকিট চেকারের থেকে একটা ছোট কালো ব্যাগ নিয়ে পরিবর্তে লুঙ্গির কোঁচড় থেকে কাগজে মোড়া একটা ছোট প্যাকেট তাকে দিলো। চেকার সেটা নিজের কোটের পকেটে নিঃশ্বব্দে চালান করলো। ব্যাগটা পেয়ে মহানন্দে ওরা তিনজন হাঁটা লাগলো অবাক হয়ে জিৎ দেখলো ওরা সোজা পথে স্টেশনের বাইরে না গিয়ে প্লাটফর্ম ধরে ট্রেন যেদিক থেকে এসেছিলো সেদিকে হাঁটা লাগলো ও কিছুক্ষনের মধ্যেই দূরে অন্ধকারে প্লাটফর্মের শেষে তিনজনেই মিলিয়ে গেল।

পরদিন সকালে স্টেশনে ফ্রেশ হয়ে বাইরের চায়ের দোকানে চা হালকা জলখাবার খেয়ে জিৎ যায় প্রিয়ার খোঁজে সেই নার্সিংহোমে যেখানে প্রথম আলাপে প্রিয়া ওর হাতে ব্যান্ডেজ করে দিয়েছিল । জিৎ এর মনে প্রবল উত্তেজনা, হয়তো প্রিয়া ওখানের চাকরি ছাড়ে নি, বা ওখানে গিয়ে হয়তো জানা যাবে প্রিয়ার নতুন চাকরির ঠিকানা।

ওর সেই আশায় কে যেন নিমেষে জল ঢেলে দিল, যখন ওখানে গিয়ে জানতে পারলো প্রিয়া অনেকদিন নার্সিং হোমের চাকরি ছেড়ে দিয়েছে, কোথায় এই মুহুর্ত্তে সে কাজ করে কেউ বলতে পারল না।

নিরাশ বদনে জিৎ নার্সিংহোমের সামনে দাঁড়িয়ে ভাবে প্রিয়া এখানে কাজ ছেড়ে কোথায় যেতে পারে? এমন সময় প্রিয়ার নার্সিংহোমের এক সহকর্মীর সঙ্গে ওর দেখা। মেয়েটি জিৎকে দেখেই চিনতে পেরে বলে, "ভাইয়া কেমন আছেন? প্রিয়ার খবর কি?"

"প্রিয়ার খোঁজেই এখানে এসেছিলাম,"

"এদিকে প্রিয়া আপনাকে খুঁজে খুঁজে হয়রান। হঠাৎ কোথায় বেপাত্তা হয়েছিলেন?"

"আসলে কাজে এমন এক জায়গায় আটকে গেছিলাম......."

"এত মাস? ফোন বা চিঠি তো দিতে পারতেন"

"বড়ই দুর্গম জায়গায় ছিলাম ওসবের সুবিধে এক্কেবারে ছিল না, এখন প্রিয়া কোথায় জানেন?"

"বলছি ভাইয়া, বেশ কিছু মাস আগে আমার সঙ্গে প্রিয়ার হঠাৎ রাস্তায় দেখা, বললো নার্সিংহোম ছেড়ে ও এক ধনী ব্যক্তির বাড়িতে নার্সিং এরই কাজ করছে। আপনার কথা জিজ্ঞেস করতে কেঁদে ফেললো, জানাল হঠাৎ আপনি বেপাত্তা আপনার কোনই খোঁজখবর জানা নেই। আপনার ঘরেও তালা। আপনার হোটেলের এক বন্ধুর সঙ্গে ওর আচমকা রাস্তায় দেখা হয়েছিল, অসভ্য লোকটা আপনার সম্বন্ধে প্রিয়াকে অনেক আজেবাজে কথা বলে, সে প্রিয়াকে বিয়ের প্রস্তাবও দিয়েছিল। একদিন তো আপনার সাথে দেখা করাবার নাম করে বদমাশটা প্রিয়ার শ্লীলতাহানীরও চেষ্টা করে। এইটুকু শুনেছিলাম সেদিন তারপরে প্রিয়ার আর কোন খবর নেই, আপনি ওর মামার বাড়িটা চেনেন না?"

প্রিয়ার বান্ধবীর কথা থেকে জিৎ বুঝতে পারে প্রমোদ এর আসল উদ্দেশ্য ছিল, দুজনকেই মিথ্যের জালে জড়িয়ে ভুল বোঝাবুঝি সৃষ্টি করা, যাতে জিৎ ও প্রিয়া একে অপরকে ঘৃণার চোখে দেখে, ওদের মধ্যে তৈরী হয় বিরাট ব্যবধান । কতবারই প্রমোদ অজান্তেই জিৎ এর কাছে প্রিয়ার রূপ ও স্বভাবের ভূয়সী প্রসংশা করেছে । তখন একবারের জন্য জিৎ এর মনে হয় নি প্রিয়ার প্রতি প্রমোদের দুর্বলতার কথা। মেয়েটিকে অবশ্য কিছু বুজতে না দিয়ে সে বলে, "একবার অনেক রাতে প্রিয়াকে পৌঁছতে গেছিলাম, দেখি বাড়ীটা এখন চিনতে পারি নাকি? আসলে মামার ভয়ে ও পাড়ার লোকেদের সমালোচনার থেকে বাঁচতে বাড়ীর কাছে পৌঁছলেই প্রিয়া আমাকে চলে যেতে বলতো।"

জিৎ বিদায় নিতে উদ্যত প্রিয়ার বান্ধবী বলে, "জানেন আপনি বেপাত্তা শুনে মনে মনে ভাবতাম আপনি লোকটা সুবিধেবাদী ইচ্ছে করে প্রিয়াকে এড়িয়ে যাচ্ছেন। প্রিয়া ভুল করেছে আপনার সঙ্গে সম্পর্ক করে। আজ আপনাকে এমন ভাবে প্রিয়াকে খুঁজতে দেখে আপনার সম্বন্ধে আমার ধারণা একদম পাল্টেছে। প্রার্থনা করি আপনারা একে-অপরকে খুব শিগগিরি যাতে খুঁজে পান।"

প্রিয়ার বান্ধবীকে ধন্যবাদ জানিয়ে নিঃশব্দে নার্সিং হোম থেকে বিদায় নিলেও জিৎ এর শরীরের রক্ত রাগে টকবক করে ফুটছে। এই মুহূর্তে প্রমোদকে সামনে পেলে তাকে গলা টিপে মারবে এমনই খুন চেপেছে ওর মাথায়। প্রমোদকে উচিত শিক্ষা দিতে ও হোটেলে দিকে দ্রুত পা বাড়ায়।

১৭. তবু দূরে

চলন্ত ট্রেনের দুলুনির সঙ্গে ঘুমের একটা ব্যাপক যোগসাযোগ আছে, জিৎও এই নিয়মের ব্যাতিক্রম নয় তার ওপরে সে ক্লান্ত,পুরোনো দিনের স্মৃতি চরণের মাঝে কখন গভীর ঘুমে আচ্ছন্ন হয়ে পড়ে ওর মনে নেই। ঘুম ভাঙ্গে একসঙ্গে অনেক ছেলে মেয়ের একসাথে কথাবার্তা, চেঁচামেচি, ও হাসির মিলিত আওয়াজে। চোখ চেয়ে দেখে ট্রেন দাঁড়িয়ে কোনো একটা স্টেশনে, ওপরের বার্থ থেকে স্টেশনের নামের ফলক দেখা যায় না দেখা যায় শুধু কংক্রিটের প্লাটফর্ম। স্থানীয় ছেলে-মেয়েতে ট্রেন তখন ভরে গেছে, সঙ্গে তাদের বইপত্রের ঝোলা, বয়স দেখে মনে হয় ওরা সকলেই কলেজে পড়ে । হয়তো ওদের ছোট শহর বা গ্রামে কলেজের সুবিধে নেই তাই সকালের ট্রেনে কাছের শহরে গিয়ে উচ্চশিক্ষা নেওয়া।

"চা চা" বলে এক ফেরিওয়ালার হাঁকে উৎসাহিত জিৎ ওপরের বার্থে বসেই তাকে হাঁক দেয়।

ক্রেতার হাঁকে আনন্দিত চাওলা ছুটে এসে ছদ্দবেশী জিৎকে দেখেই তার উৎসাহ চুপসে যায়, আপদ, এযে ব্যাটা পুলিশ! বিনেপয়সার খদ্দের। চুপচাপ সে মাটির ভাঁড়ে চা ঢালতে যায়, তাকে থামিয়ে জিৎ এটাচি থেকে বের করে একটা স্টিলের গেলাস দেয়। লম্বা গ্লাসটার দিকে তাকিয়ে চাওলার আরো বিরক্ত এক্কেবারে ৮/১০ কাপের ক্ষয়! অর্ধেক ভরে সে ফেরত দিতে যায়, জিৎ তাকে থামিয়ে বলে পুরো ভরতে। অনিচ্ছা সত্ত্বেও

নিঃশব্দে চাওলা তাই করে। এরপর অপ্রত্যাশিত পুলিশের কাছে পূর্ণ দাম পেয়ে সে আনন্দে সেলাম ঠুকে নতুন উৎসাহে "চা চা" হেঁকে বিদায় নেয়।

গরম চায়ে চুমুক দিয়েই মনে পড়ে যায়, সেদিনও প্রিয়ার সঙ্গে প্রমোদের অশালীন ব্যবহারের কথা শোনার পর থেকে রাগে জিতের সারা শরীর থর থর করে কাঁপতে থাকে। সেই মুহূর্তে হোটেলে গিয়ে যদি ও প্রমোদকে সামনের পেত তাহলে আর নিজেকে কিছুতেই সংযত রাখতে পারতো না। সোজা ওর ওপর ঝাঁপিয়ে পড়তো। হোটেলের দিকে জোর কদমে হাঁটতে হাঁটতে হঠাৎ রমন ভাইয়ের কথা মনে পড়ে যায়। রমন ভাই জিৎকে একদিন কথা প্রসঙ্গে বলেছিল, "সবসময় পরিস্থিতিকে বিচার করতে হয় বুদ্ধি দিয়ে, সব সময় হৃদয়ের কথা শুনতে নেই। মনে রাখবে ঈশ্বর আমাদের মাথাকে এই জন্য হৃদয়ের ওপরে স্থান দিয়েছে।"

রাস্তার পাশে এক চায়ের দোকানে কাঁচের চায়ের গ্লাসে চুমুক দিতে দিতে একটু আবেগের রোষ সামান্য বসে এলে সে ঠান্ডা মাথায় ভেবে দেখে হোটেলে গিয়ে মারামারি করলে, গুন্ডামির জন্য আবার হাজতবাস তার অবধারীত। মনে পড়ে যায় তার পড়া একটা বইয়ের কথা, রমেন ভাই তাকে বইটা পড়তে অনুরোধ করেছিল, 'রাগে বশীভূত হয়ে মানুষ সব সময় ভুল সিদ্ধান্ত ও ভুল কাজ করে, যা পরে হাজার আফশোষ করলেও শোধরানো যায় না, ' মনে পড়ে রমনের কথা, সে প্রায়ই বলতো, 'দোস্ত, কভি দিল সে নেহি, দিমাগ সে কাম লেনা চাহিয়ে ' জিৎ সেদিন ঠিক করে প্রমোদের ওপর

প্রতিশোধ সে একদিন নেবেই, সে বিষয়ে কোনো সন্দেহ নেই, এবং তা একেবারে নিপুন পরিকল্পনা করে, কিন্তু এখন তার প্রতিশোধ নিবার সঠিক সময় নয় ।

দিল্লির রাস্তায় খানিকক্ষণ উদ্দেশ্যহীন ভাবে ঘোরাঘুরি করে যত তার প্রমোদের ওপর রাগ কমতে থাকে ততই তার মনে প্রিয়ার নানা স্মৃতিতে ছেয়ে যেতে থাকে । তার ঘরের নতুন ভাড়াটে ও প্রিয়ার বান্ধবী, দুজনেই বলেছে প্রিয়া হন্যে হয়ে তাকে খুঁজছে । প্রমোদের কথা মিথ্যে। প্রায় বছর হয়ে গেছে জেলে, অনেকটা সময় নষ্ট হয়েছে কিন্তু আর দেরি নয়, আজ প্রিয়াকে খুঁজে বের করতেই হবে। আগে প্রিয়া প্রতিবেশীদের নজরদারি ও তার মামার কানে তাদের সম্পর্কের খবর পৌঁছানোর ভয়ে তার পাড়ার কাছে পৌঁছলেই জিৎকে চলে যেতে বলতো। অনেকদিন আগে, এক রাতে, সেই একবারই, প্রিয়াকে তার মামার বাড়িতে খুব কাছে পৌঁছতে গিয়েছিলো জিৎ, অস্পষ্ট বাড়িটা মনে আছে। সন্ধ্যে হওয়ার জন্য সে অপেক্ষা করতে থাকে, ততক্ষনে নিশ্চয়ই প্রিয়া কাজ থেকে ফিরে আসবে? আচমকা গিয়ে ওকে চমকে দেবে। প্রিয়ার হয়তো অনেক অভিযোগ থাকবে হয়তো সে ভেবেছে জিৎ তাকে ফেলে বেপাত্তা হয়েছে, কিন্তু সে আশাবাদী অন্ততঃ প্রিয়া তার সমস্ত ঘটনা শুনে বুঝবে ওকে চক্রান্ত করে মিথ্যে অভিযোগে ফাঁসানো হয়েছে।

বাপ্-মা হীন প্রিয়া যখন ছোট তখন সে ছিল ওর মামার কাছে বোঝা, কাঁধ থেকে একরকম নামলেই বাঁচে। ক্রমে প্রিয়া বড় হয়ে নার্স হল রোজকার করতে লাগল তখন সে

হল সংসারের বিশেষ অবদানকারী একজন সদস্য। মামা কাজ করে সাধারণ এক প্রাইভেট কোম্পানিতে আর মামাতো ভাইটি, বাবা মায়ের নয়নের মনি হলে কি হবে, বেশ কবার স্কুলের স্পিড ব্রেকারে আটকে কোন রকমে অনেক কষ্টে ম্যাট্রিক পাস্ করেছে। তার স্বপ্ন সে বিশাল ব্যবসাদার হবে বর্তমানে প্রিয়ার দৌলতে পাওয়া মোটরবাইক নিয়ে সে সারাদিন দিল্লী তোলপাড় করে বেড়ায়।

সেদিন সন্ধ্যে জিৎ যখন প্রিয়ার মামারবাড়ি খুঁজে বেড়াচ্ছে ঠিক তখন মাস দুয়েকের প্রীতকে কোলে নিয়ে প্রিয়া ওই মামার বাড়িতেই উপস্থিত। মামা ও মামী অতিউৎসাহে প্রিয়ার কাছে অনুরোধ করছে, সে জগমোহনকে বলে যেন তার কোনো একটা ব্যবসায়ে মামাতো ভাইয়ের জন্য একটা ভাল চাকরীর ব্যবস্থা করে দেয়। ঠিক সেই সময় মধুর সুরে ডোর বেল বাজার শব্দ।

নিজের গুরুত্বপূর্ণ বিষয়ে কথার মাঝে ব্যাঘাত, বিরক্ত মামা বলে, "এই সন্ধ্যে বেলায় কোন আপদ এল? তোমরা কথা বলো আমি দেখছি।"

এদিকে জিৎএর চোখে বছরখানেক আগে দেখা প্রিয়ার মামার বাড়িটাকে আজ যেন চেনাই যায় না। রং ওঠা, প্লাস্টার খসে পড়া বাড়িটা যেন রাতারাতি ভোল পাল্টে ফেলেছে। প্রিয়ার মামা কি লটারী জিতেছে? নাকি সন্ধের অস্পষ্ট আলোতে সেদিন সে ঠিক দেখেনি? বা ইয়েসএখান আর ওরা এবাড়িতে থাকে না? নতুন রং, কোলাপ্সিবল গেট, সামনে পাঁচিল, লোহার গেট, ঝকঝকে নতুন রং সবমিলিয়ে বাড়িটা ওই মহল্লার মধ্যে

চমকাচ্ছে। ভীতি ও উত্তেজনা দুটো অনুভূতির অপ্রতিরোধ্য দোদুল্য মনে কাঁপা হাতে জিৎ সামনের গেট খুলে দরজায় পৌঁছে বেল বাজায়।

দরজার কলিং বেলের আওয়াজে খানিকক্ষনের মধ্যে বিরক্ত মুখে পঞ্চাশউর্ধের, একহারা চেহারা, মুখে খোঁচা খোঁচা কাঁচা পাকা দাড়িওলা একজন ব্যক্তি দরজা খোলে, "কাকে চাই?"

"নমস্তে! আমার নাম জিৎ, প্রিয়ার বন্ধু, আপনি নিশ্চই ওর মামা? আমি প্রিয়ার খোঁজে এসেছিলাম।"

জিৎ নামটা শুনেই অতি ধূর্ত প্রিয়ার মামা সতর্ক হয়, প্রিয়ার মুখে ওই নামটা কয়েকবার আগে শুনেছে, জিৎকে দেখে নি আজ দেখলো, বেশ সুপুরুষ চেহারা ছোকরার । তাড়াতাড়ি পিছনে দরজা বন্ধ করে জিৎকে সঙ্গে নিয়ে বাড়ির বাইরে খানিক দূরে রাস্তায় এসে দাঁড়ায়, যাতে ভিতরে ওদের কথা বলার আওয়াজ কোনোমতে কেউ শুনতে না পায়, "প্রিয়াকে তোমার কিসের দরকার? তাছাড়া প্রিয়াতো এখানে থাকেও না।"

"প্রিয়া এখানে থাকে না? আচ্ছা কোথায় থাকে দয়া করে ওর ঠিকানা দেবেন? খুব দরকার ওকে, "

"কেন? প্রিয়া ওর শশুরবাড়িতে থাকে । জানোনা বুঝি প্রিয়ার বিয়ে হয়ে গেছে? এখন নিশ্চই তুমি চাইবে না তোমার জন্য প্রিয়ার শশুরবাড়িতে কোন অশান্তি হোক। তাই ওর সঙ্গে যোগাযোগের চেষ্টা আর কোরো না। এখন এস, নমস্কার।" রূঢ় ভাবে তাড়াতাড়ি কথাগুলো বলেই সে বাড়িতে ঢুকে দরজা বন্ধ করে দেয়।

প্রিয়া অন্য একজনের স্ত্রী শুনে নির্বাক জিৎ এর মনে হয় যেন ওর পায়ের তলার জমি সরে যাচ্ছে, মাথা ঘুরতে থাকে, রাগে হতাশায় ও ভাবে চারিদিকে আগুন লাগিয়ে দেবে। সেইসময় ওর মামারবাড়ির পাশের ছোট দোকানটায় একবার জিজ্ঞেস করলেই জিৎ জানতে পারতো দামি গাড়ি চড়ে কিছুক্ষন আগেই প্রিয়া ওখানে এসেছে। বিষন্ন জিৎ এর একবারের জন্য সেকথা মনে হয় নি। ঝাপসা অশ্রু ভরা চোখে উদ্দেশ্যহীন ভাবে সে ওখান থেকে হাঁটা লাগায়। কোথায় চলেছে তার হুশ নেই।

ওদিকে ভিতরে ফিরতেই মামাকে প্রিয়া জিজ্ঞেস করে, "এখন কে এসেছিলো?"

"যত্ত সব ফালতু লোক, সন্ধ্যে বেলায় বাড়িতে ধুপ বিক্রী করতে এসেছে," অত্যন্ত বিরক্ত মামা বলে।

প্রিয়া একবারের জন্যও জানতে পারলো না এক মূহুর্ত্ত আগে তার মামা মিথ্যে বলে জিৎকে একরকম তাড়িয়ে দিয়েছে প্রিয়ার জীবন থেকে।

১৮. দুঃসংবাদ

সংবাদ যেমন আমাদের অত্যাবশ্যকীয় তথ্য, জ্ঞান ও শিক্ষা প্রদান করে তেমনই আমাদের পারিপার্শ্বিক পরিস্থিতির সম্বন্ধে আমাদের অবগত করে জীবনের বহু গুরুত্বপূর্ণ সিদ্ধান্ত নিতে সাহায্য করে। সমাজের সর্বস্তরের মানুষকে নিজেদের মতামত ভাগ করে একটা সুস্থ সমাজ গড়তে সাহায্য করে। কিন্তু ধারাবাহিক নেতিবাচক সংবাদ মানুষের মানসিক চাপ বৃদ্ধি করে, আত্মবিশ্বাসকে দুর্বল করে তাকে হতাশার অন্ধকারে ডুবিয়ে দিতে পারে। এর ক্রমবর্ধমান প্রভাবে হয় মানসিক অসুস্থতা যা একজন সুস্থ মানুষকেও বিষণ্ণ, অমনোযোগী, অসহায়, ও জীবনের প্রতি উদাসীন করে তোলে।

প্রায় এক বছর জিৎ এর জীবনে একের পর এক শুধুই দুঃসংবাদ, অকারনে চোর বদনাম, চুরি না করে দীর্ঘদিন জেলে থাকা। সবই সে সহ্য করে নিয়েছিল এই ভেবে যে অন্ধকারময় সুরঙ্গ পথের শেষে তার জন্য আশার আলো অপেক্ষা করছে। যদিও প্রমোদের কথায় প্রথমে সে কিছুটা বিচলিত হয়েছিল কিন্তু প্রিয়ার বান্ধবী ও তার পুরনো বাড়িতে গিয়ে জানতে পারে প্রিয়াও তার খোঁজ করছিল যা শুনে তার মনে একটা আশার আলোর ইঙ্গিত পাচ্ছিল। কিন্তু প্রিয়ার মামার কথা তার সমস্ত আশায় যেন জল ঢেলে দিয়েছে। প্রিয়া তার জীবন থেকে অনেক দূরে চলে গেছে শুনে প্রথমে তো নিজের কানকেই বিশ্বাস করতে পারছিল না। প্রিয়ার বিয়ে হয়ে

গেছে সে একটা সন্তানের জননী এই সংবাদ শোনার পর থেকে জিৎ আর যেন নিজের মধ্যে নেই। তার জীবনে বেঁচে থাকার সমস্ত উদ্দেশ্যই যেন শেষ হয়ে গেছে। কিংকর্তব্যবিমূঢ়, উদভ্রান্তের মত সে হাঁটতে থাকে, কখনও ফুটপাতের ওপর দিয়ে কখনো ব্যস্ত রাস্তার মাঝখান দিয়ে। লক্ষহীন কোথায় চলেছে সে কিচ্ছু জানে না।

আকাশ এমনিতেই সকাল থেকে মেঘাচ্ছন্ন ছিল, এর মধ্যে কখন বজ্র বিদ্যুৎ সহ অঝোরে বৃষ্টি নেমেছে জিৎ এর সেদিকে কোনই খেয়াল নেই। কাক ভেজা অবস্থায় সে হাঁটছে অবিরাম, উদ্দেশ্যহীন কোথায় চলেছে কিছুই সে জানে না। বৃষ্টি ও রাত বাড়ার সঙ্গে রাস্তায় যানবাহন অনেক কমে গেছে। একঘেয়ে বৃষ্টির ঝিমঝিম শব্দ উপচে হঠাৎ ক্যাঁচচ করে জোরে গাড়ীর ব্রেক মারার শব্দ। আরেকটু হলে রাস্তার মাঝখান দিয়ে হাঁটা জিৎ এক্কেবারে গাড়িটার চাকার তলায় চলে যাচ্ছিলো।

"হতভাগা আমার গাড়ির সামনেই পড়তে হবে? সালা মাতাল," পাঞ্জাবী গাড়ীর ড্রাইভারটা গাড়ির কাঁচ নামিয়ে চেঁচিয়ে বলে। আরো অশ্রব্য পাঞ্জাবি ভাষায় গালাগাল দিতে সে ছাড়ে না। জিৎ কিন্তু ভাবলেসহীন এক রোবটের মতো, সাংঘাতিক পথ দুর্ঘটনা থেকে কোন রকমে রক্ষা পেয়েছে তবুও সে দিকে তার কোন খেয়াল নেই। বৃষ্টির মধ্যে মুহূর্ত্তে গাড়িটা জিৎ কে পাস কাটিয়ে নিজের গন্তব্যের দিকে ছোটে। বৃষ্টি থেকে বাঁচতে কিছু লোক আশ্রয় নিয়েছিল একটা দোকানের ছাউনিতে, ব্রেকের প্রচন্ড ক্যাচ আওয়াজে,তারা ছুটে আসে জিৎ কে

সাহায্য করতে। জিৎ ভাবলেশহীন, মুখে কোন কথা নেই। ওকে ওরা নিয়ে ওই দোকানে একটা টুলে বসায়। ওকে ঘিরে অনেক গুলো কৌতহলী মুখ। ওদের অনেক প্রশ্ন, কথা বাত্রায় কিছুক্ষন পর নিজের সম্বিৎ ফিরে পায় জিৎ, কিন্তু কিছুতেই মনে করতে পারে না প্রিয়ার মামারবাড়ি থেকে বৃষ্টিতে ভিজে এখানে সে কেমন করে পৌঁছলো।

একজন জিজ্ঞেস করে, "কোথায় লেগেছে? কোথায় বা যাবেন?"

সামনের একটা দর্জির দোকানের বোর্ডটা দেখে জিৎ এর মুখ দিয়ে অজান্তে বেরিয়ে যায়, "এহসান ড্রেসওয়ালা,"

ভিড়ের মধ্যে একজন বলে, "দাদা আমি চিনি ওই এহসান ভাইয়ের দর্জির দোকান, এখান থেকে সামান্য দূরে, দাদা আমি আপনাকে পৌঁছে দেব এহ্সান ভাইয়ের দোকানে।"

ততক্ষণে বৃষ্টি সবে থেমেছে কিন্তু বেশ গা শিরশির করা একটা ঠান্ডা হাওয়া বইছে। কাক ভেজা জিৎ ঠান্ডায় কাঁপছে। লোকটি ওকে নিয়ে যখন এহসানের দর্জির দোকানে পৌঁছলো তখন এহসান ভাই দোকান বন্ধ করতে ব্যস্ত।

লোকটি বলে "এহসান ভাই সালাম আপনার কাছে এলাম,"

ওদের দিকে না তাকিয়ে, দোকানে তালা লাগাতে লাগাতে এহসান বলে, "ভাই সালাম কিন্তু দোকান বন্ধ করে ফেলেছি, এখন কিছু হবেনা, কাল সকালে এসো। "

"দোকানের দরকার নেই, এই লোকটা আপনাকে খুঁজছিল,"

"আমাকে খুঁজছে কে ভাই? এতো রাতে কি দরকার আমাকে?" না তাকিয়ে সে বলে।

পাঠান সুট পড়া, ছিপছিপে গড়ন, গায়ের রং চাপা, পাটেপাট আঁচড়ানো চুল, মসৃন ভাবে কামানো দাড়ি গোঁফ বছর ত্রিশ পঁয়ত্রিশের এহ্সানকে দেখে জিৎ অবাকই হয়। রমনের কাছে শুনে জিৎ মনে মনে ভেবেছিলো এহসান বুঝি হবে বছর পঞ্চাশেকের, দাড়ি ওলা মোটাসোটা পালোয়ান গোছের কেউ।

"আমার নাম জিৎ, রমন ভাই আপনার সাথে......"

শাটারের শেষ তালাটা লাগাতে ব্যস্ত এহসান রমন নামটা শুনেই চমকে জিৎ এর দিকে তাকায়, দৃষ্টিতে তার একাত্ম আন্তরিকতা, যেন বহু বছর আগে হারানো নিজের ভাইকে খুঁজে পেয়েছে। জিৎকে অবাক করে সোজা উঠে এসে জিৎকে নিজের বুকে জড়িয়ে ধরে। সঙ্গে নিয়ে আসা লোকটিকে বলে, "ঠিক হায় বহুত শুকরিয়া ভাই এনাকে এখানে পৌঁছে দেবার জন্য, এ আমার খাস দোস্ত।"

জিৎ কে পৌঁছে দেয়া ব্যক্তিটি বিদায় নিতেই এহসান বললো, "চালিয়ে জিৎ ভাই। "

জিৎ অবাক, কোথায় নিয়ে যেতে চাইছে তাকে। তার দ্বিধা দেখে এহসান বলে, "জিৎ ভাই আমাদের ভয় পাবেন না। সব দোষ উকিলবাবুর, আগেই যদি সে আপনার খালাস হবার খবর পাঠিয়ে দিত তাহলে কাল

রাতে আপনাকে নিউ দিল্লি স্টেশনে কাটাতে হতো না। আমি জানি আপনার এই মুহূর্তে থাকার জায়গা নেই। এখন বৃষ্টিতে ভিজে ঠান্ডায় কাঁপছেন, এভাবে সারা রাত থাকলে অসুখ ধরিয়ে ফেলবেন, আমার সাথে চলুন। আপনি রমন ভাইয়ের জান বাঁচিয়েছেন, মানে আপনি অজান্তে আমাদের নিজের লোক হয়ে গেছেন।।"

জিৎ আর আপত্তি করে না। ওরা একসঙ্গে হাঁটতে থাকে, জিৎ কিছুতেই বুজতে পারে না সে গতকাল রাতে সে স্টেশনে কাটিয়েছে সেটা এহসান জানলো কেমন করে। কিছুটা হেঁটে অন্ধকারে দাঁড়ানো একটা অটোতে জিৎকে ওঠার ইঙ্গিত করে, ড্রাইভারের উদ্দেশ্যে বলে, "ঘুমিয়ে পড়েছিস নাকি?"

"নেহী নেহী ভাই, বসুন,"

ওরা বসতেই অটো ছুটে চলতে থাকে। পিছনে বসে জিৎ এর মনে হয় ড্রাইভারটিকে ও কোথায় যেন দেখেছে। কোনও সময় ওর হোটেলে? নাকি দিল্লিতে যেখানে থাকতো সেই মহল্লায়? তাহলে প্রিয়ার নার্সিংহোমে বা তার আসে পাশে ? তবে কি জেলে? অনেক চেষ্টা করেও কিছুতেই সঠিক মনে করতে না পেরে মনের মধ্যে অসহ্য অপ্রকাশ্য বিরক্তি নিয়ে গুম হয়ে চুপ করে বসে থাকে।

১৯ এহসান ও ইমতিয়াজ

হঠাৎ প্রচন্ড ঝড় বৃষ্টির পরে প্রায় যানহীন রাতের দিল্লীর রাস্তা চিরে শাঁ শাঁ করে অটো ছুটতে থাকে ওদেরকে নিয়ে। কিছুক্ষণের মধ্যেই ঘেঞ্জি দিল্লীর মূল শহর অঞ্চলটা পেরিয়ে অটো যমুনা নদী পার করে ছোটে নয়ডার দিকে। দুদিক খোলা অটোতে রাতের বৃষ্টিভেজা ঠান্ডা হাওয়া হু হু করে এসে জিৎ এর কাঁপুনি আরো বাড়িয়ে দেয় । অটোর সিটের কোনে তাকে ঠান্ডায় কুঁকড়ে বসে থাকতে দেখে এহসান বলে, "বৃষ্টিতে না ভিজে কোথাও দাঁড়াতে পারলে না? আর একটু সবুর কর ভাই এক্ষুনি আমাদের আস্তানা এসে যাবে"

অটোর ড্রাইভারের উদ্দেশে বলে, "আরে ইমতিয়াজ ইয়ে জিৎ, হামারা রমনভাইজান কা দোস্ত।"

"আচ্ছা! সালাম জিৎ ভাই," ইমতিয়াজ হাত তুলে কপালে ঠেকিয়ে বলে, রাস্তা থেকে চোখ না সরিয়ে বলে. "আপনি রমন ভাইয়ের দোস্ত যার অর্থ আমাদেরও ভাইজান। আপনার কথা অনেক শুনেছি, যখনই কিছু দরকার হবে হুকুম করবেন," অটো চালাতে চালাতে ইমতিয়াজ বলে।

ইমতিয়াজের কথায় জিৎ বোঝে তার অজান্তে সে বেশ চর্চিত একজন ব্যক্তি। উত্তরে জিৎ ও "নমস্তে" জানায়।

কিছুক্ষণ পর অটো একটা কাঁচা রাস্তায় খানিক এগিয়ে থামে একটা দোতলা বাড়ির সামনে। গাড়ির স্টার্ট বন্ধ করতে চারিদিক জমাট অন্ধকার। আশপাশটা বেশ

নিশুথি, বাড়ি ঘর আরো রয়েছে তবে বেশ দূরে ছড়িয়ে ছিটিয়ে । "আমার সঙ্গে এস," বলে এহসান বাড়ির ভিতরে ঢুকে সিঁড়ি দিয়ে দোতলায় উঠতে থাকে।

জিৎ নিঃশ্বব্দে তাকে অনুসরণ করে। দোতলায় উঠে একটা ঘর দেখিয়ে বলে "এটাতে তুমি আজ থাকো, আমি জামা কাপড় দিচ্ছি, ভিজে জামা কাপড় আগে পাল্টে ফেল।"

জিৎ এর জন্য তোয়ালে, পাজামা পাঞ্জাবী নিয়ে এল এহসান নিজেই, "জামা কাপড় পাল্টে এস পাশের ঘরে,"

একটু পরে জিৎকে পাজামা পাঞ্জাবীতে দেখে একগাল হেঁসে এহসান বলে, "তোমাকে তো হিন্দি ছবির নায়কের মত দেখতে লাগছে," এক গ্লাস গরম দুধ এগিয়ে দিয়ে বলে, "এখন এটা আগে খেয়ে নাও, শরীর গরম হবে। কিছুক্ষনের মধ্যেই রাতের খানা তৈরী হয়ে যাবে।"

জিৎ কে আবার অবাক করে এহসান, "ভাই তোমার দশ টাকা ফেরৎ নাও," বলে একটা দশ টাকার নোট জিৎ এর হাতে গুঁজে দেয়।

জিৎকে অবাক হতে দেখে এহসান হেঁসে বলে, "গতকাল রাতে নিউ দিল্লী স্টেশনে তোমার থেকে আদায় করেছিলাম মনে আছে? ছদ্মবেশে ওই বুড়োটা আমি, আমার সঙ্গে ইমতিয়াজ ছিল। আরেকজনও ছিল সে আজ সকালে একটা কাজে গেছে, দুদিন পরে ফিরবে, তাকে দেখলেও ঠিকই চিনবে।"

"ওই বুড়োটা তুমি, মোটেই বিশ্বাস হচ্ছে না, বুড়োটাতো খুঁড়িয়ে হাঁটছিল।"

"ঠিক ধরেছ, ওই বুড়োর ছদ্দবেশে আমি খুঁড়িয়েই হাঁটছিলাম।"

"তোমরা কি রোজ রাতে স্টেশনে যাও? আজও যাবে?"

"অরে না না। কাল রাতে গেছিলাম, জরুরী পার্সেল এসেছিল রাতের ওই ট্রেনে, আর একজন যে কাল স্টেশনে আমাদের সঙ্গে ছিল আজ ওটাই যথাস্থানে পৌঁছতে গেছে,"

কিছুক্ষণ পরে ওরা রাতে একসঙ্গে খেতে বসেছে, জিৎ, এহসান আর ইমতিয়াজ।

এহসান বলে, "জিৎ তোমার তো জামা কাপড় নেই, কাল কি ইমতিয়াজের সঙ্গে গিয়ে কিছু জামা কাপড় কিনে নেবে?"

" এহসান ভাই জামাকাপড় আমার অনেক আছে পুরোনো বাড়িতে, বাড়িওয়ালা আটকে রেখেছে। ওর নাকি ছ মাসের বাড়ি ভাড়া নষ্ট হয়েছে আমার জন্য, ওর ছ মাসের ভাড়া দিলে তবেই আমার জিনিসপত্র ফেরৎ দেবে, আমার কাছে সত্যি অতো টাকা নেই এখন।"

এহসান একটু চুপ করে ভেবে নিয়ে বলে, "জিৎ কাল ইমতিয়াজ তোমার সাথে যাবে, তোমার মালপত্র যা আছে নিয়ে আসবে।"

"না মানে... আমার কাছে তো এখনই বাড়িওলার ছ মাসের ভাড়ার টাকা নেই," দ্বিধাগ্রস্ত জিৎ আবার বলে।

এহসান হাত তুলে জিৎ কে থামিয়ে বলে, "কিরে ইমতিয়াজ পারবি না? রমন ভাই যখন খবর নিতে

বলেছিল তোকেই তো পাঠিয়েছিলাম জিৎ এর বাসার খবর নিতে "

এহসানের কথায় জিৎ এখন বোঝে কি করে রমন জেলে বসে তার ঘরে নতুন ভাড়াটের খোঁজ পেয়েছিলো।

ইমতিয়াজ জবাবে বলে "হ্যাঁ দাদা আপনি হুকুম করুন, ওই মোহল্লার সবকটা দাদা আমার ভালোই চেনা। "

"জিৎকে নিরীহ ভালো মানুষ দেখে ব্যাটা বুড্ডা যত পারা যায় টাকা খিঁচে নেবার চেষ্টা করছে, শোন্ জিৎ এর মাল এখানে আনার যা টেম্পোর খরচ ওর বাড়িওলার থেকেই আদায় করে নিস্।"

"জি ভাই," ইমতিয়াজ বলে।

জিৎ বুঝেই পায় না এরা কি বলছে? বাড়িওয়ালা নিজে বুড়ো হলে কি হবে, বেজায় খিটখিটে, বেপরোয়া ও পাক্কা একটা বদমাস। টাকা পয়সার ব্যাপারে তো এক্কেবারে পিচাশ। ওর আসল শক্তি ওর মস্তান ছেলে, যে পাড়ায় গুন্ডামি করে বেড়ায়। তার কাছ থেকে এরা বলছে ভাড়ার টাকা না দিয়ে শুধু তার মালপত্রই নয়, তা এখানে বহে আনার গাড়িভাড়ার টাকাও আদায় করবে? জিৎ মুখে কিছু না বললেও মনে মনে হাঁসে, সে খুবই উত্তেজিত আগামীকাল কি হয় তা দেখতে।

পরের দিন যা ঘটলো তা দেখার জন্য জিৎ মোটেও কিন্তু তৈরী ছিল না ......এই সব সিনেমা পর্দায় প্রায়ই দেখা যায় কিন্তু বাস্তবে? এক্কেবারে অবিশ্বাশ্য ....

২০. অবিশ্বাস্য

পরদিন জিৎকে নিয়ে ইমতিয়াজ ওর অটোতে চলেছে জিৎ এর পুরোনো ভাড়া বাড়ির উদ্দেশ্যে। খাটো মজবুত গড়নের ইমতিয়াজ এমনিতে দেখতে ভাবলেশহীন, কথাও কম বলে আর তার মুখের দিকে তাকিয়ে জিৎ বুঝতে পারে না ইমতিয়াজ এর মতলবটা কি? সে উত্তেজিত না এহসান ভাইয়ের কথা রাখতে শুধুমাত্র জলের গভীরতা মাপতে চলেছে। ভয়ে জিৎ এর মুখে এমনিতেই কথা সরছে না। বাড়ির কাছে পৌঁছে ইমতিয়াজ জিৎকে অটোতে অপেক্ষা করতে বলে, "ভাই তুমি এখানেই থাকো, আমি একটু কাজ সেরে আসছি,"

"আচ্ছা, তাড়াতাড়ি এস," জিতের গলা শুনেই মনে হয় যেন তারা ভয়ে গলা শুকিয়ে গেছে।

জিৎ এর দিকে তাকিয়ে অভয় দিয়ে ইমতিয়াজ বলে, "ভাই বিলকুল ডরো মাত,"

অটোতে একা বসেও জিৎ এর ভয় এই বুঝি বাড়িওলার গুন্ডা ছেলে ওকে একা দেখে উত্তম মাদ্ধম দিল বলে। আগে স্বচক্ষে ওর গুন্ডামি আর প্রহার দেখেছে জিৎ। পুরোনো স্মৃতির ছবিগুলি ওর কাছে কম আতঙ্কের নয়।

খানিক্ষন পরে ইমতিয়াজ এসে বলে, "চল তোমার বাড়িওলার সাথে আগে কথা বলি,"

জিৎ আজকের অভিযানের বিষয়ে একেবারে আশাবাদী নয়। সে জানে টাকা না দিলে ওদের আবার চুপচাপ

বাড়িওলার গালিগালাজ শুনে ফিরে যেতে হবে ওর সামানপত্র ছাড়াই। বাড়িওলা শুধু টাকাই চেনে। তবুও মুখে কোনো কথা না বলে ইমতিয়াজের সঙ্গে দুরুদুরু বুকে ওর বাড়িওলার দরজার সামনে গিয়ে দাঁড়ায়।

জিৎ কে অবাক করে ইমতিয়াজ এমন জোরে দরজার কড়া নাড়ে যেন দরজা থেকে কড়াই খুলে ফেলবে। এর পরিণতি কি হতে পারে ভেবে জিৎ ভয়ে কুঁকড়ে ওঠে।

ওদিকে জোরে কড়া নাড়ার শব্দে বিরক্ত বাড়িওলার ভিতর থেকে কর্কশ গলায় চেঁচিয়ে ওঠে, "কোন শালারে সক্কালবেলা মরবার ইচ্ছে হয়েছে?" এরপরে প্রচন্ড বিরক্তি মুখে বেরিয়েই জিৎ কে দেখে বলে, "এতো জোরে কড়া নাড়ার কি আছে? তোমার জিনিসপত্র নিতে এসেছ? আমার ছ মাসের ভাড়ার টাকা এনেছো তো?"

জিৎ কিছু বলার আগেই ইমতিয়াজ বলে, "ভাড়া পরে আগে মালপত্র গুলো দেখব সব ঠিক আছে কি না। "

বাড়িওয়ালা তাচ্ছিল্লের দৃষ্টিতে ইমতিয়াজের দিকে চেয়ে বলে, "এই ছোট লোকটাকে কোত্থেকে ধরে এনেছ? এ সাথে থাকলে আমি কথাই বলবো না। তুমি বরং পরে টাকা নিয়ে একাই এসো।"

জিৎ বলতে যাচ্ছিলো, "এ আমার বন্ধু ...."

কিন্তু বাড়িওলা সে সুযোগ না দিয়েই ওদের মুখের ওপর দরজা বন্ধ করে দিতে উদ্দ্যত হয়।

এমনই কিছু হবে জিৎ আগে থেকেই জানতো, বাড়িওয়ালা তাদের অপমান করে তাড়িয়ে দেবে। কিন্ত

এর পরের কয়েক সেকেন্ডে যা হয়ে গেল তা জিৎ একবারও কল্পনাও করে নি, একেবারে তার কল্পনার বাইরে। ইমতিয়াজ একধাক্কায় দরজা খুলে বুড়োর জামার কলার ধরে এক হ্যাঁচকা টানে তাকে বাইরে এনে সজোরে তার গালে 'ঠাস' একেবারে আশি সিক্কার থাপ্পড়, যার ঘায়ে বুড়ো এক পাক ঘুরে একদম মাটিতে ধরাশায়ী। আচমকা মোক্ষম প্রহারে হতচকিত বুড়ো চোখে তখন হয়তো আকাশের সহস্র তারা দেখছে। কয়েক সেকেন্ড ফেলফেল করে তাকিয়ে থাকে। কয়েক সেকেন্ডে পরে খানিক সম্বিত ফিরতেই উচ্চস্বরে কুঁকিয়ে চেঁচিয়ে ওঠে, "ওরে সোনু আমাকে বাঁচা, শালা গুন্ডাগুলো আমাকে মেরেই ফেললো...আহ,"

'সোনু' নামটা শুনেই বিচলিত জিৎ, ওর বুক কেঁপে ওঠে। ইমতিয়াজের পাঁচ ফুট সাত ইঞ্চির পেটা মজবুত চেহারা, কিন্তু তার তুলনায় বাড়িওলার ছেলে সোনু, ছফুটের নিয়মিত আখড়ায় কসরৎ করা এক দৈত্য, সর্বসময় সঙ্গে থাকে তার দুই গুন্ডা চেলাও।

জিৎ ভীতু নয় কিন্তু যৌক্তিকভাবে ইমতিয়াজ সোনু ও তার সাথীদের চেহারার তুলনায় মোটেই সমকক্ষ নয়। তাই আতঙ্ক ও উৎকণ্ঠায় ওর বুকের ধড়ফড়ানি বেড়ে যায়, ইমতিয়াজের সঙ্গে তাকেও হয়তো আজ সোনু ও তার চেলা চাপ্টার হাতে বেধড়ক মার খেতে হবে নাকি? ইমতিয়াজ বুড়োকে মেরে ভিমরুলের চাকে খোঁচা না দিলেই বোধহয় ভাল হত। সে ইমতিয়াজকে বাধা দেবার সুযোগও পাই নি। এই মুহূর্তে সে ইমতিয়াজকে ছেড়েও যেতে পারে না, মনে মনে সে লড়বার প্রস্তুতি নেয়।

নজর তার রাস্তার পশে পড়ে থাকা টুকরো ঠান ইঁট গুলোর দিকে। আজকে যা অবস্থা ও গুলোই মনে হয় বেশি কাজে আসবে।

"কোন শুয়ারের এতো সাহস?" গর্জন করে সোনু বাইরে আসে, পরনে তার শুধু শর্টস, খালি গায়ে দৃশ্যমান তার মজবুত পেশীগুলো। জিৎকে দেখে সে গর্জে ওঠে, "সালা ইঁদুর তোর এতো সাহস," বলেই তেড়ে যায় জিৎ এর দিকে, জিৎ ইষ্টনাম জপে মোকাবিলার জন্য প্রস্তুত হয়। ততক্ষনে ঘটনা দেখতে আশেপাশের কিছু প্রতিবেশীও জড়ো হয়েছে। বুড়ো ইমতিয়াজের দিকে ইঙ্গিত করছিলো, ততক্ষনে জিৎ এর পাস্ থেকে ইমতিয়াজ বলে, "আমি মেরেছি তোর বাপকে," সেকথা কানে যেতেই দু হাত দূরে দাঁড়ানো ইমতিয়াজের দিকে সোনু ঘোরে।

হিন্দি সিনেমার পর্দায় অনেক মারামারি দেখেছে জিৎ। নায়ক প্রথমে খুব মার খেয়ে আধমরা হয়ে তারপর পাল্টা মার দেয়। একঘেঁয়ে ইলাস্টিকের মত মারামারির ঘটনার দৈর্ঘ বাড়ানো।

বাস্তবে ঠিক তার উল্টো হল, সনু ঘোরার আগেই বিদ্যুতের মত ইমতিয়াজের ডান পায়ের সজোরে লাথি সোনুর দুপায়ের মাঝে আঘাত করে। আচমকা আঘাতের সাথে সাথেই মোক্ষম ব্যাথায় কুঁকিয়ে সনু কাটা কলাগাছের মত মাটিতে বসে পরে। এই চকিত আঘাতে শারীরিক ও মানুসিক ভাবে আচমকা কাহিল সনু নিজের সম্বিৎ ফিরে পাবার আগেই ইমতিয়াজের ঘুঁষির বন্যার ঘায়ে ওর মুখ দিয়ে গলগল করে রক্ত ঝরতে থাকে। তার

দুই স্যাঁকরেদ এই ঘটনা দেখে হচকিয়ে গেলেও সাহায্য করতে এগিয়ে আসছিলো কিন্তু ভীড়ের মধ্যে থেকে হকি স্টিক হাতে চার পাঁচজন তাদের মেরে তাড়িয়ে দেয় ওখান থেকে। ওদেরই একজন ইমতিয়াজকে জিজ্ঞেস করে, "এবার টেম্পু আনি?"

ইমতিয়াজ মাথা নেড়ে ইশারায় সম্মতি জানায়।

ঘটনার গতি প্রবাহে বাড়িওলা ও প্রতিবেশী জনতা স্তম্ভিত, অবাক জিৎও ইমতিয়াজের অসীম সাহস আর ক্ষমতায়।

আতঙ্কে কম্পমান বাড়িওলা এরপরে বাধ্য শিশুর মতো জিৎ এর সমস্ত জিনিসপত্র দিয়ে দেয়। একে একে সেগুলো টেম্পুতে ওঠে। কিন্তু টেম্পুর ভাড়ার টাকা বার করতে সে গররাজি, হাতজোড় করে বলে, "মাপ কর এখন টেম্পু ভাড়ার টাকা নেই আমার কাছে, মালপত্র তো সবই নিজের লোকসান করে দিয়ে দিলাম।"

উত্তরে ইমতিয়াজ বলে, "ঠিক আছে, তোর ছেলেকে হাত পা বেঁধে আমার সঙ্গে নিয়ে যাচ্ছি, যখন তোর টাকা হবে ওকে ছাড়িয়ে নিয়ে যাস, মনে রাখিস বুড়ো কুত্তা তখন ওর খাওয়া থাকার খরচও তোর থেকেই আদায় করবো।"

অগত্য উপায় না দেখে বাড়িওলা ইমতিয়াজের দাবি মত ঘর থেকে টাকা এনে দেয়। টাকাটা ইমতিয়াজ যে টেম্পো ডেকে এনেছিল তার হাতেই তুলে দেয়।

ফেরার পথে জিৎ ইমতিয়াজকে জিজ্ঞেস করে, "ওই হকি স্টিক হাতে ছেলেগুলো কারা? ওদের কোথা থেকে জোগাড় করলে?"

"ওরা এই এলাকার দাদার চেলা, বেশিরভাগ পার্টি অফিসেই থাকে। আমাদের ধান্দায় নিয়ম অন্য কারোর এলাকায় কাজ করার আগে ওই এলাকার দাদাকে জানানো। তাছাড়া ওই বুড়োর ছেলে পাড়ার দাদাকে টপকে মাস্তানি করছিল। দাদাকে জানাতেই এক কোথায় রাজী, দেখ ওর ছেলেরাই সনুর বন্ধুদের ভাগালো, টেম্পো জোগাড় করে দিল, ভাড়াও ওরাই ম্যানেজ করবে, আমাদের মাল যথাস্থানে পৌঁছেও যাবে, কিছু ওদের পকেটেও যাবে। "

"বাহঃ দারুন ব্যবস্থা, ওই বিরাট চেহারার সোনুকে দেখে তোমার ভয় হয় নি?"

হাঃ হাঃ করে হাঁসে ইমতিয়াজ, "বড় চেহারা হলেই সে বড় যোদ্ধা হয় না। জিৎ ভাই ইনসানের আসল জোর দিমাগে। একটা সামান্য চিটিও হাতির কানে ঢুকে তাকে পাগল করে দিতে পারে। চেহারায় হাতির সঙ্গে চিটির কি তুলনা হয়? ভাইজান শুধু ভয় পেয়ো না।"

সেদিন রাতে এহসান জিৎ কে বলে, "রমন ভাই শিগগিরি এখানে আসছে,"

"তাই? কবে আসছে রমন ভাই?"

"কিছুদিনের মধ্যে, তোমার সাথে কথা বলবে, আচ্ছা কাল তোমার হোটেলে যাবে কি?"

"গিয়ে কি লাভ? তাছাড়া.."

"তোমার খাটুনির টাকা নেবে না? তাছাড়া তোমাকে ফাঁসানোও হয়েছিল মিথ্যে বদনাম দিয়ে, আমরা সবই জানি।"

"কি করে জানলে?"

"পরে বলবো। কাল ইমতিয়াজ তোমার সঙ্গে গেলেও বাইরে থাকবে, ভিতরে তুমি একাই যাবে, একটুও ভয় পাবে না। আর যারা তোমাকে ফাঁসিয়েছে তাদের হিসেবও সুযোগমত অন্যসময় হবে।"

২১. বকেয়া

হোটেলে সামনের বড় কাঁচের গেট দিয়ে ঢুকলেই দামি সুগন্ধি রুম স্প্রেয়ের মিষ্টি গন্ধে জায়গাটা মো মো করছে। সামনেই বড় অতিথি অভ্যর্থনা কক্ষের মাঝেখানে ছাদ থেকে ঝুলছে দামী বিদেশী ঝাড়বাতি। পাহাড়গঞ্জে হোটেলটার নাম আছে, সুন্দর করে সাজানো অতিথি স্বাগত জানাবার অঞ্চলটা, মেঝেতে মোটা কার্পেট, মখমলে মোড়া সোফা, সেন্টার টেবিল, ফুলদানিতে রাখা টাটকা ফুলের গুচ্ছ। সামনে অভ্যর্থনার ডেস্কে অত্যন্ত খোশ মেজাজে প্রমোদ বসে। আজ দিনটা তার অত্যন্ত ভালোই যাচ্ছে। দুটো বিদেশী পরিবারকে রাজস্থান ঘুরতে পাঠিয়েছে। গাড়ী, হোটেল বুকিং সব মিলিয়ে মোটা টাকা কমিশন রোজকার হয়েছে আজ।

হঠাৎ সামনের দরজা দিয়ে জিৎকে ঢুকতে দেখে ওর মুখ কাগজের মত ফ্যাকাশে হয়ে যায়, যেন দিনে দুপুরে ভূত দেখছে। এ আবার ছাড়া পেল কবে? অনেক কষ্টে নিজেকে খানিকটা সামলে শুকনো হেঁসে বলে, "আরে জিৎ যে, কেমন আছ, রোজ তোমার কথাই ভাবি?"

জিৎ এর অন্তর্দৃষ্টি বলে তার জেলে যাবার পেছনে প্রমোদ, কিন্তু তার হাতে কোনও প্রমান নেই। তবুও রাগ আর ঘৃণা থেকে জন্মেছে প্রমোদের সঙ্গে কথাবার্ত্রায় অনিচ্ছা। জিৎ তার মনের কথা প্রমোদকে বুঝতে না দিয়ে বলে, "তাই নাকি? বাঃ শুনে খুব আনন্দ পেলাম।"

"কোথায় কাজ করছো এখন? জানো নিশ্চই তোমার জায়গায় মালিক অন্য লোক রেখেছে, এখন চেষ্টা করে কোন লাভ হবেনা, তুমি অন্য জায়গায় বরং কাজের চেষ্টা ..."

"ও নিয়ে তোমাকে ভাবতে হবে না। আমি অন্য দরকারে এসেছি," প্রমোদকে মাঝপথে থামিয়ে জিৎ বলে।

জিৎ এর বেপরোয়া ভাব দেখে প্রমোদ অবাক, তবুও না দমে গিয়ে জিজ্ঞেস করে, "কি দরকার? মানে আমাকে বললে ...." খুব আবেগের সুরে সে বলে, ভাবখানা কত চিন্তা জিৎ এর জন্য।

" কোন দরকার নেই, শুধু দেখতে এলাম তোমরা কেমন আছো," মুচকি হেঁসে জিৎ বলে।

"ভালো। আচ্ছা প্রিয়ার কি খবর? ওকে রাস্তাঘাটে কয়েকবার দেখেছি বিভিন্ন ছেলের সঙ্গে..... আচ্ছা ওর বুঝি অনেকগুলো ভাই?"

"কেন বল তো ?"

"না মানে হাত ধরে যেতে দেখেছিলাম তো.... একবার ভাবলাম তুমি থাকতে... তারপর ভাবলাম আমিই ভুল ভাবছি। হয়তো ওর ভাই হবে....." কথাগুলো বলার সময় বারবার জিতের দিকে আর চোখে তাকায় ওর প্রতিক্রিয়া দেখার জন্য।

সরাসরি বিষ খাওয়াতে না পারলে, আবহাওয়াকে এমন বিষাক্ত করে তোলো যাতে নিঃশ্বাসের সঙ্গে তা প্রবেশ করে আর এক জনের শরীরে। প্রমোদের সঙ্গে কাজ

করার সুবাদে ওর কার্যপ্রণালীর সঙ্গে জিৎ বেশ কিছুটা পরিচিত, তা ছাড়া জেলে রমন ভাই ওর চোখ খুলে দিয়েছে। প্রমোদের কথায় কান না দেবার ভান করে বলে, "প্রিয়া তোমার আত্মীয়, বন্ধু, বাগদত্তা কোনোটাই নয়। ওকে নিয়ে তুমি খামোকা এত মাথা ব্যাথা করছো কেন? তোমার নিজের চরকা নেই? তাতে তেল দাও," বেশ ঝাঁঝালো গলায় উত্তর দেয়।

প্রিয়ার বিয়ে হয়ে গেছে জানার পর থেকে এমনিতেই জিৎ মানুষিক ভাবে খুবই বিষন্ন, তার ওপর প্রমোদের মুখে প্রিয়ার সমলোচনা শুনে মনে হয় যেন ইচ্ছে করে তার দগদগে ঘায়ে সে নুন ছেটাচ্ছে। সেই মুহূর্তে জিৎ এর মনে হচ্ছিল প্রমোদের মাথাটা একটা কিছুর বারী দিয়ে ভেঙে গুঁড়ো করে দিতে।

"না মানে তোমার বন্ধু হিসেবে," একটু মিনমিনে সুরে প্রমোদ বলে।

অনেক কষ্টে নিজের রাগকে সংযত রেখে বলে, "বন্ধু? নাঃ ভুল বললে প্রমোদ, বল কর্মক্ষেত্রে প্রতিদ্বন্ধি, বন্ধু আর প্রতিদ্বন্দীর মধ্যে বিরাট পার্থক্য আছে। আপাতঃ দৃষ্টিতে দেখা না গেলে, তুমি স্বীকার না করলেও আমি সেটা জানি।"

জিৎ এর এমন চাঁচাছোলা উত্তরে প্রমোদ খুবই অবাক। আগের জিৎ যেন এক বছরে অনেক পাল্টে গেছে।

ক্ষমতাবানদের অহংকার অনেক মানুষকে নিজেদের স্বার্থে নিয়ন্ত্রিত পথে পরিচালনা করা। একজন কম ক্ষমতাবান মানুষের কাছে নিজেদের শক্তি জাহির করে

তারা কৃত্তিম আনন্দ পায়। জিৎ কে পুনরায় কাজে বহাল করার ক্ষমতা হোটেল মালিক কাপুরের ছেলের আছে, সেটাই তার অহম। কিন্তু জিৎকে তার অফিস কক্ষে না জানিয়ে হঠাৎ প্রবেশ করতে দেখে প্রথমে সে অবাক ও তার সঙ্গে বিরক্ত হয়েছিল। বিত্তবান ও ক্ষমতাবানদের আরেক বিশাল গুণ নিজের মনের ভাবা বেগকে মুখে প্রকাশ না হতে দেওয়া। এক মুহূর্তে নিজেকে সংযত করে সে দরাজ গলায় বলে, "আরে জিৎ! খবর কি? এদিকে কি মনে করে? কিন্তু ভাই তোমার জায়গায় তো...." তার স্থির ধারণা জিৎএর তার সঙ্গে দেখা করার একমাত্র উদ্দেশ্য তার কাছে অনুনয় বিনয় করে চাকরিটা ফেরত পাওয়া। এখনই জিৎ হয়তো বলবে, 'সাহেব আমার এখন কাজের খুব দরকার, দয়া করে আমাকে কাজে রেখে দিন।'

কিন্তু তাকে মাঝপথে থামিয়ে দেয় জিৎ, "চাকরির জন্য আজ আসি নি সাহেব, আমার বকেয়া মাইনের টাকাটা নিতে এসেছি, ওটা আজ দিয়ে দিন তা হলেই হবে।"

লোকে তার কাছে বিনীত ভাবে চাকরির ভিক্ষা করতে আসে, জিৎ এর আত্মবিশ্বাসী উত্তর তাকে বেশ অবাক করে। এখনও অবশ্য তার নিয়ন্ত্রনে জিৎ এর মাইনের বকেয়া টাকাটা আছে, ওটা নিয়েই ওকে কদিন ঘোরাতে পারবে, "ওঃ ঠিক আছে তুমি সামনের মাসের চার পাঁচ তারিখ নাগাদ এসো, একাউন্টান্টকে বলবো তোমার হিসেবে করে রাখতে,"

"অরে না না অত কষ্ট আপনাকে করতে হবে না। আমার অবর্তমানে এক বছরে কতগুলো পাঁচ তারিখ চলে গেছে

কখনও ভেবেছেন কি? আপনার একাউন্টেন তত ততদিন কি ঘাস খাচ্ছিল? তা ছাড়া আপনিতো সুদও দেবেন না, তাই আজ আমার পাওনা টাকাটা নিয়েই যাব। আর আজ টাকা না দিতে পারলে আপনার গলার ওই যে মোটা সোনার চেনটা, ওটাই নিয়ে যাব, যেদিন আমার টাকা দেবেন আমিও ওটা ফেরত দিয়ে দেব। মোটকথা খালি হাতে আজ যাচ্ছি না।"

এতদিন যাকে বাধ্য কর্মীর মতো বিনীত স্বরে সর্বসময় 'সাহেব' সম্মান দিয়ে কথা বলতে দেখেছে তার আজ দুঃসাহস দেখে অবিশ্বাস্য লাগছে। জিৎ নিজেও তার আত্মবিশ্বাস ও সাহসিকতা দেখে নিজেই স্তম্ভিত। মনোবলের কারণ আজ যে তার চাকরি হারাবার আশঙ্কাটা নেই, পেয়েছে রমন, এহসান ও ইমতিয়াজের মত শক্তিমান দের ছত্রছায়া।

জিৎ যে নির্ভীক আত্মবিশ্বাসী অথচ শান্ত কঠোরতার সঙ্গে শেষের কথাগুল বললো তা শুনে কাপুরের ছেলে এক্কেবারে হতভম্ব। তার মনে হল জিৎ নয় তার সামনে এখন আহত, ক্ষুদার্ত একটা বাঘ বসে। কেন যেন জিৎকে বিশেষ ঘাঁটাতে তার সেদিন আর সাহস হলো না।

দুপুর গড়ানোর সাথে পাহাড়গঞ্জে লোকজনের ভিড় বাড়ে, আরো সক্রিয় হয়ে ওঠে রাস্তার পাশের খাবার আর চায়ের দোকানগুলো। হোটেল থেকে বেরিয়ে মানুষের ভিড়ে ইমতিয়াজকে খুঁজে পেতে একটু সময় লেগে গেল জিৎ এর । খানিক দূরের এক চায়ের দোকানে সে জিৎ এর জন্য অপেক্ষা করছে, কাছে পৌঁছতে ইমতিয়াজ

ওকে দেখে চায়ের গেলাস এগিয়ে দিয়ে বলে, "আগে চা খাও, যে কাজে গেছিলে তা হয়েছে?"

"হ্যাঁ হয়েছে ভাই," বলেই জিৎ চমকে ওঠে ইমতিয়াজের সঙ্গে রোগা, ময়লা ছেলেটিকে দেখে।

"জিৎ ভাই বাবলুকে তো তুমি চেন, এ আমারও এখন বন্ধু, তোমার কথা খুব বলে,"

বাবলু একগাল হেঁসে বলে, "দাদা অনেকদিন পরে, কেমন আছেন? আমাকে ভুলে যান নি তো?"

"না ভুলি নি কিন্তু তুমি ইমতিয়াজকে?"

জিৎ কে মাঝপথে থামিয়ে ইমতিয়াজ বলে, "এখন আগে মৌজ করে চা খাও, ফেরার পথে শুনো বাবলুকে চিনলাম কেমন করে।"

বাবলু বলে, "দাদা আপনার পুরো ব্যাপারটা জেনেছি অনেক পরে। আপনি হঠাৎ গায়েব হয়ে গেলেন, কেউ আপনার বিষয়ে কিছু জানতো না, কোথায় আপনাকে খুঁজবো তাও জানতাম না। তারপরে ইমতিয়াজ ভাইয়ের সাথে আমার পরিচয় হয় ওর থেকেই সবকিছু জানি। দাদা আপনার জন্য একটা দারুন সুখবর আছে,"

২২. ষড়যন্ত্র ফাঁস

বছর দুয়েক আগের কথা, শীতের এক সন্ধ্যায় জিৎ হোটেলের সামনে রাস্তায় চায়ের দোকানে চা খেতে বেরিয়েছে। হোটেলে চায়ের সুব্যবস্থা থাকলেও কখনো সখনো এয়ারকন্ডিশন থেকে বেরিয়ে প্রাকৃতিক পরিবেশে একটু চা খেতে ভাল লাগে। চা ওলার দোকানের সামনের বেঞ্চে সবে চা নিয়ে বসেছে, হঠাৎ পাস্ থেকে বছর কুড়ির, রং ময়লা রোগাটে একটা ছেলে তার কাছে এগিয়ে এসে বলে, "দাদা! আমার খুব কাজের দরকার, আমাকে একটা কাজ দেবেন?"

কথাগুলো বলতে বলতে ছেলেটি বার কয়েক চা ওলার দিকে তাকায়, তাতেই জিৎ বুঝতে পারে নিশ্চয়ই চাওলা ছেলেটিকে তার কথা বলেছে। কয়েকদিন আগে কথা প্রসঙ্গে চা ওলাকে জিৎ বলেছিল তাদের হোটেলের কিচেনে লোক দরকার।

এক নজরে ছেলেটিকে দেখে মোটেই অসচ্ছল বাড়ির মনে হয় না। ছল কপট যাদের মনে তারা প্রথমেই তাদের দুর্ভাগ্য আর দুর্দশার একটা বিশাল কাহিনী শুনিয়ে তারপরে আসল উদ্দেশ্য ব্যাক্ত করে। নিষ্পাপ মনের ছেলেটি ওদিক না মাড়িয়ে সোজা কাজ চাইছে, দেখে জিৎ এর আগ্রহ বাড়ে, "নাম কি তোমার? থাকো কোথায়?"

"আজ্ঞে দাদা আমার নাম বাবলু, বাড়ি কাসগঞ্জ, উত্তরপ্রদেশ।"

ভিৎ জানত চাওলার বাড়ি উত্তরপ্রদেশের কোন একটা জেলায়, তবুও কিছুটা তো যাচাই তাকে করতেই হবে, "অত দূর থেকে হঠাৎ দিল্লীতে কাজ খুঁজতে এলে কেন?"

বাবলু বলে, "আমাদের পারিবারিক ক্ষেতে কাজ করতে আমার একদম ইচ্ছে করে না, আমার ইচ্ছে গ্রাম থেকে বেরিয়ে শহরে গিয়ে কিছু করব। তাই গ্রামে স্কুলের পাঠ শেষ করে দিল্লীতে চলে আসি। কিন্তু দিল্লিতে যে এত খরচা জানতাম না, কয়েকদিন দিল্লীতে কাজের সন্ধান করতে গিয়ে সঙ্গে আনা টাকা পয়সা সমস্ত শেষ, এখন যা টাকা রয়েছে তা দিয়ে বড় জোর বাসের টিকিট কেটে গ্রামে ফিরতে পারবো। কিন্তু একবার গ্রামে ফিরলে বাবার আদেশ মেনে সেই ক্ষেতে চাষবাসই করতে হবে, আমার শহরে থেকে কিছু করার স্বপ্ন এখানেই হবে শেষ। চাওলা দাদার সাথে কথাবার্তায় জানতে পারি আমরা একরকম প্রতিবেশী, পাশাপাশি গ্রামে বাড়ি। চাওলা দাদাই বলে যে আপনি কিছুদিন আগে হোটেলের লোক লাগবে বলেছিলেন। এখন আমি যে কোনো কাজ করতে রাজি আছি, যাতে শহরে হেরে গিয়ে মুখ নিচু করে গ্রামে ফিরতে না হয়।"

সেবছর শীতে হোটেলে ভিড় উপচে পড়ছে, দুজন রাধুনী, দুজন হেল্পারে কিছুতেই কুলোচ্ছে না। তার মধ্যে মাঝে মধ্যেই বাড়তি কাজের চাপে কেউ না কেউ অসুস্থ হয়ে পড়ছে । বাবলু হোটেলের কাজ বা রান্নাবান্না না জানলেও হেলপারের কাজ তো করতে পারবে, তাছাড়া ওর বয়স কম আর নিজেকে প্রমান করার একটা জেদও আছে, এই ভেবে প্রমোদ এর আপত্তি সত্ত্বেও মালিকের সাথে

কথা বলে জিৎ একরকম জোর করেই তাকে কাজে বহাল করে। সেই থেকে বাবলু ক্রমে হেল্পার থেকে আজ পাকা রাঁধুনে হয়ে গেছে। বাবলুর নিজের কথায় 'বিরিয়ানী, পোলাও, দেশি পদ থেকে চাইনিজ সব রান্নাই সে পারে'। এটা সত্যি যারা বাবলুর রান্না খেয়েছে বারবার তারা ফিরে আসে ঐ হোটেলের রেস্তোরাঁয় খেতে।

চা খেতে খেতে বাবলু বলে, "দাদা আগে যদি বুঝতাম ওরা তোমার বিরুদ্ধে ষড়যন্ত্র করছে তাহলে তোমাকে আগেই সাবধান করে দিতাম। ওদের কথাবার্ত্রার খানিক শুনে তখন কিছুই বুঝি নি। সেদিন রাতে চুলার সামনে ৮-৯ ঘন্টা কাটিয়ে আমার ভীষণ মাথা ধরেছে। হেলপারকে কাজের ভার দিয়ে রান্নাঘরের পেছনের দালানটায় অন্ধকারে চুপ করে শুয়ে আছি। হঠাৎ আমার থেকে খানিক দূরে ফিসফিস করে কথা বলার শব্দ, দেখি অন্ধকারে দুটো ছায়ামূর্তি কথা বলছে। রান্নাঘরের দরজা বন্ধ করে দিলেই ওদিকটায় একেবারে নিস্তব্ধ, কান পেতে থাকলে খুব আস্তে বলা কথাও স্পষ্ট শোনা যায়। কিন্তু ওরা এমন দাঁত চেপে ফিসফিস করে কথা বলছিল যে গলার স্বর দিয়ে কাউকে চেনাই যায় না।

একজন বলে,"পুলিশতো তোমার নিজের লোক, একটা ব্যবস্থা করতে বলো,"

অন্যজন বলে " বলেছি, ও সালা যে আমার আপন জামাই নয়, তাছাড়া ব্যাটা শুধু টাকাই চেনে। আমি বলে দিয়েছি টাকা কামাতে চাইলে ওটাকে সরাতে হবে।"

"সরাবে কি করে? খুন খারাপির মধ্যে কিন্তু আমি নেই। "

"ওসব ঝামেলায় আমিও নেই, জিজা মতলব দিয়েছিলো হোটেলেই কোনও মহিলা কেসে ওকে ফাঁসাতে।"

"ওতো ওপথে হাঁটেই না।"

"হাঁটবে কেন? ওর গার্ল ফ্রেন্ড আছে, সে যা সুন্দরী দেখে আমারই লোভ লাগে।"

"তাহলে কি করবে ঠিক করেছো?"

"শালাকে চুরি কেসে ফাঁসাতে হবে, জেলে জিজা পিটিয়ে ওকে দিয়েই মিথ্যে অভিযোগ কাবুল করিয়ে নেবে, শুধু আমাদের দুজনকে মিথ্যে সাক্ষী দিতে হবে আদালতে সেটা মনে রেখ ।"

ওদের কথা শুনে আমার হাত পা তখন ঠান্ডা হয়ে যাচ্ছিল, কাকে মিথ্যে ফাঁসানোর কথা বলছে? ঠিক সেই সময় ওদের একজন সিগরেট ধরায় দেশলাইয়ের কাঁপা আলোয় ওদের চিনতে পারি, নিজের চোখকেই বিশ্বাস হয় না, ছায়ামূর্ত্তি দুজন প্রমোদ আর যাদব। কিন্তু তখন কিছুই বুঝি নি ওরা সে রাতে কার বিরুদ্ধে চক্রান্ত করছিলো। আমি নিজেও ভয় পেয়ে গেছিলাম আমাকে ফাঁসাতে চাইছে না তো। এর কদিন পর থেকে দেখলাম তুমিও কাজে আর আসছো না।"

এতক্ষন চুপ থাকা ইমতিয়াজ বলে, "ভাই তোমার খোঁজ নিতে এখানে এসে বাবলুর সঙ্গে এই যা ওয়ালার মাধ্যমে দোস্তী হতেই ওর কাছে জানতে পারি তুমি নির্দোষ, আর তোমার বিশ্বাসঘাতক কারা। তোমার ভাগ্য ভালো তোমাকে যেদিন পুলিশ তোলে সেদিন রাতেই প্রমোদের

ওই জিজাকে অন্য এক দুর্নীতির অভিযোগে সাসপেন্ড করা হয়। নাহলে তোমাকে যে কি করতো?"

রমন ভাই বলার পর থেকে বরাবরই জিৎ সন্দেহ করতো প্রমোদ আর যাদব দুজনে মিলে তাকে জেলে পাঠিয়েছে, এখন জানতে পারলো প্রমোদের জামাইও এর ভিতরে জড়িত ছিল। নিজেদের সার্থের জন্য জিৎকে হাজতবাস করিয়েছে, আজ জিৎ প্রিয়াকে হারিয়েছে ওদেরই জন্য, প্রমোদ প্রিয়ার শ্লীলতাহানিরও চেষ্টা করেছে। রাগে জিৎ এর মুখ লাল, সারা শরীর কাঁপতে থাকে।

বাবলু বলে, "দাদা তুমি হঠাৎ কোথায় চলে গেলে আমরা কেউ জানতাম না। প্রমোদকে জিজ্ঞেস করলে সে বলে তুমি চাকরি ছেড়ে দিয়েছো আর যাদব বলতো তুমি ছুটিতে বাড়ি গেছ আর এখানে আসবে না। শেষে ইমতিয়াজ ভাইয়ের সঙ্গে এখানেই পরিচয় হল এই চাওলা মারফৎ তখন জানলাম তুমি আসলে কোথায়, তখনই মনে পড়ে গেল অনেকদিন আগে শোনা ওদের গোপন কথাবার্ত্রা, ইমতিয়াজভাইকে তখন সেদিনের শোনা সব কথা জানালাম।"

নিশ্বব্দে কিছুক্ষন ওরা তিনজনে চায়ের গেলাসে চুমুক দেয়। রাগে উত্তেজিত জিৎ একটা সিগারেট ধরিয়ে ঘন ঘন টান দিতে থাকে।

ইমতিয়াজ বলে, "বাবলু সিমলার কথাটাই বললে না জিৎ ভাইকে?"

"ওঃ হ্যাঁ দাদা আমি এখানকার চাকরী শিগগির ছেড়ে দিচ্ছি, সিমলায় একটা নতুন হোটেলে হেড কুকের চাকরি পেয়েছি, মাইনেও বেশী সঙ্গে অনেক সুবিধেও। ওই হোটেলে ম্যানেজারের পদ খালি আছে, আমি তোমার কথা মালিককে বলে রেখেছি, আমার আগেই তোমার কথা ওই হোটেলের মালিককে ওনার বন্ধুও বলেছে, তোমার চাকরি একরকম পাকাই শুধু তোমাকে মালিকের সঙ্গে একবার দেখা করতে হবে।"

"বাবলু জানো কি কোন বন্ধু বলেছে আমার কথা?"

"দাদা আমি ঠিক জানি না, হোটেলের মালিকই আমাকে বলল,"

হোটেলের কাজ সবই জিৎ এর জানা, তার সঙ্গে পুর হোটেলের দায়িত্ব, কিন্তু রমনের সঙ্গে কথা না বলে সে কোন সিদ্ধান্ত নিতে পারছে না, বাবলুকে বলে, "এক্ষুনি আমি কিছু বলতে পারছি না আমাকে একটু ভাবতে দাও,"

বাবলু বলে, "দাদা ভাবার কি আছে? বেশী দেরি করবেন না, আপনি থাকলে আমিও অনেক সাহস পাব,"

সেই রাতে বাসায় ফিরতেই এহসান বলে, "রমন ভাই বলে পাঠিয়েছে তোমাকে আমার কাছে কিছু তালিম নেবার জন্য, নতুন হোটেলের চাকরিটাও নিতে বলেছে।
"

জিৎ অবাক, সবে সে হোটেলে চাকরির খবর পেয়েছে অথচ রমন, এহসানের সকলের কাছে হাওয়ায় খবর পৌঁছে গেছে?

এহসান বলে, "জিৎ আমাদের লাইনে অস্ত্র সম্বন্ধে যেমন খুঁটিনাটি জানা চাই তেমনই অত্যন্ত জরুরী জানা নিজের পরিচয় কিভাবে চটপট পালটে ফেলতে হয়। দুটোই আমি তোমাকে নিখুঁতভাবে শেখাব, শুধু তুমি মন দিয়ে শিখে নিও, জীবনে প্রতি মুহূর্তে ভীষণ কাজে লাগবে।"

সপ্তাহ খানেক ধরে জিৎ এর তালিম চললো। প্রতিদিন জিৎ অবাক হয়, জনসাধারণের সামনে নিছক যে দর্জির, তার অস্ত্র ও মেকআপ সম্বন্ধে এতো জ্ঞান। বয়স্ক পুলিশের বেশে জিৎকে দারুন মানায় এহসানই আবিষ্কার করেছিল। সে আরও শিখিয়েছিল জরুরী অবস্থার জন্য সবসময় নিজের দুটো ভিন্ন রূপান্তরের জন্য সর্বদা প্রস্তুত থাকতে। নিজেকে যে রূপ দেবে মনে প্রাণে সেই রূপটাকে সকলের সামনে তুলে ধরতে হবে। লাঠি নিয়ে হাঁটা বুড়ো সাজলে যেমন দৌড়ে বাসে ট্রেনে উঠবে না, তেমনই সুট পড়া বাবু সেজে মুখে বিড়ি বা পায়ে চটি চলবে না।

কদিন পরে বাবলুর সাথে জিৎ গেল হোটেল মালিকের সঙ্গে দেখা করতে। ব্যস্ত দিল্লি শহরের বুকে এক বহুতল বাড়িতে অফিস। লিফটে উঠে সামনেই অপিসের দরজা, বাইরের ফলকে অনেকগুলো কোম্পানির নাম কিন্তু কোনো হোটেলের নাম নেই। দরজা দিয়ে ঢুকে সামনেই রিসেপশন, সুন্দরী রিসেপশনিস্ট মেয়েটি বাবলু কে দেখেই চিনতে পারলো, ওদের সোফাতে বসতে বলে সে ভিতরে গেল এবং একটু পরে এসে বলল "স্যার শুধু জিৎ কেই ভিতরে ডেকেছেন।"

জিৎ একটু অবাকই হল কারণ হোটেলের মালিকতো বাবলুকে চেনে। কে জানে হয়তো তার মাইনে, সুবিধে ইত্যাদির কথা বাবলুর সামনে উনি করতে চান না। মালিকের ঘরের দিকে যেতে একটা বড় হলঘর সেখানে সারি দিয়ে চেয়ার টেবিলে বসে প্রায় ৩০-৩৫ জন একমনে নিজেদের কাজ করছে। একটা বন্ধ দরজার সামনে ওকে পৌঁছে দিয়ে মেয়েটি ফিরে যায়। জিৎ দরজায় ঠকঠক করে, ভিতর থেকে উত্তর আসে, "ভিতরে আসুন"

জিৎ দরজা খুলে ঢোকে, চমৎকার সাজানো অপিস, বিশাল এক্সেকিউটিভ টেবিলের এপাশে খয়েরি চামড়া বাঁধানো কতগুলো নরম গদিওলা চেয়ার, টেবিলের ওপাশে বিরাট ব্যাকরেস্টওলা এক্সেকিউটিভ চেয়ারে যিনি বসে আছেন তিনি পিছনে ঘুরে কাঁচের শোকেস ক্যাবিনেটে কোন ফাইল খুঁজছেন।

"স্যার আমি জিৎ."

"জিৎ বাবু চেয়ারে বসুন, আপনাকে আমার হোটেলে একটা গুরুত্বপূর্ণ পদ দেব। দায়িত্ব নিয়ে কাজ করতে পারবেন ?"

"পারব স্যার,"

"তাহলে আপনার চাকরি পাকা," বলেই লোকটা চেয়ার ঘুরিয়ে সোজা জিৎ এর সামনাসামনি হয়ে বলে, " কি তখন থেকে , স্যার স্যার করে যাচ্ছো ?"

হোটেলের মালিককে দেখে জিৎ চমকে ওঠে। একবারের জন্যেও জিৎ তাকে ওই চেয়ারে দেখবে

কোনো স্বপ্নেও ভাবে নি। লোকটিও জিৎ কে ভিমরি খেতে দেখে হাঃ হাঃ করে অট্টহাঁসিতে ফেটে পড়ে।

২৩. জয় মাতারানি

জিৎ কে এমন অবাক হতে দেখে অট্টহাসিতে ফেটে পড়া লোকটি নিজের চেয়ার ছেড়ে এগিয়ে এসে জিৎ কে আলিঙ্গন করে, "কেমন আছো দোস্ত?"

জেলের কয়েদির বেসে দেখা রমনকে নীল সুট পরে হোটেল মালিকের চেয়ারে দেখবে কস্মিনকালেও ভাবেনি জিৎ। বাক্যহীন ভ্যাবাচাকা খাওয়া জিৎকে রমন একগাল হেঁসে বলে, "এতদিন পরে তোমার সাথে দেখা হচ্ছে, একটু মজা করারও সুযোগ পেলাম, তাই করলাম। কিন্তু এই নাটকের পুর আইডিয়াটা এহসানের, ও বলেছিল ভাই অনেকদিন পরে যখন জিৎ এর সাথে আপনার দেখা হবে ওকে একটু চমকে দিলে বেশ মজা হয়? হোটেলের মালিক আমার বন্ধু, তারই অনুমতি নিয়ে ওই চেয়ারে বসে কিছুক্ষণের জন্য তোমার সঙ্গে রসিকতা করলাম, ওঃ হ্যাঁ এই চাকরিটা তোমার পাকা। এবার আসল হোটেলের মালিক নিজেই তোমার সাথে হোটেল সংক্রান্ত বাদ বাকি গতানুগতিক সব কথাবার্তা বলবে।"

রমন গিয়ে তার চেয়ারের পিছনের দরজাটা খুলে দিতেই পিছনের ঘরে অপেক্ষারত গোলগাল চেহারার হোটেল মালিক হাঁসি মুখে প্রবেশ করে জিৎ এর সঙ্গে করমর্দন করে । এর পরের তাদের কথাবার্ত্রায় পরিষ্কার হল নানা জরুরী কাজের খুঁটিনাটি ও জিৎ কবে থেকে সিমলার হোটেলের সম্পূর্ণ দ্বায়িত্তভার নেবে ।

অনেকদিন ধরে একটা প্রশ্ন জিৎ এর মাথায় প্রায়ই ঘোরপাক খায়, ফেরার পথে রমনকে একা পেয়ে সে জিজ্ঞেস না করে থাকতে পারে না, "রমন ভাই একটা কথা খুব জানতে ইচ্ছে করে, তুমি জেলে গিয়েছিলে কেন? মানে কোনো অপরাধে? নাকি আমার মত কারুর ফাঁদে পড়ে?"

হাঃ হাঃ করে হেসে রমন বলে, " জেলে কিছুদিন বিশ্রাম নিতে গেছিলাম, আর ওখানে গেছিলাম বলেই তো তোমাকে পেলাম দোস্ত হিসেবে,"

"জেলে এই প্রশ্ন করলে পরে বলবে বলে এড়িয়ে যেতে, আজও তাই করছো। সত্যি যদি আমাকে বন্ধু মনে কর তাহলে এখন আসল কথাটা বলবে, "

জিৎ এর দিকে তাকিয়ে রমন হাঁসি থামিয়ে গম্ভীর হয়ে বলে, "জিৎ সেসময় আমার প্রাণনাশের গুরুতর আশঙ্কা ছিল এ কথা তোমাকে আগেই বলেছি, গুরুর পরামর্শে অন্য একজনের সাজা কাটতে আমি বদলি হয়ে জেলে যাই, এখন এইটুকু জান দোস্ত জানবে আমাদের ব্যবসায় তথ্য গোপন রাখা ভীষণ জরুরী। তুমিতো জানই জেলেও ওরা আমার পিছুও নিয়েছিল, কায়দা করে জগ্গাকে সোজা পাঠাবে এক্কেবারে আমার কাছে ভাবতেও পারিনি। যে শত্রু এমন জোগাড় লাগাতে পারে সে নিশ্চই কমজোরি নয়। ওঃ ভাগ্গিস সেদিন তুমি ছিলে কাছাকাছি নাহলে কি আমি আজ বেঁচে থাকতাম? আর জেলে তোমার মত বন্ধুকে পেলাম, যে নিজের জানের পরোয়া

না করে আমাকে বাঁচিয়েছে। আমার জেলে যাওয়া থেকেই এই হোটেলের মালিকও আমাদের বন্ধু হল।"

"মানে? হোটেলের মালিকের সাথে তোমার জেলে যাবার কি সম্পর্ক?"

"না ওর ছেলে।"

"সে আবার কি করেছিল? চুরি না খুন?"

"অত দূর যাচ্ছ কেন দোস্ত? ওর ছেলে বিদেশে পড়াশুনা করে, ছুটিতে এখানে এসে বন্ধুদের সঙ্গে মদ খেয়ে এক্সিডেন্ট, বড়োলোকের আদরের ছেলের জেলে কাটাবে? আমারও কিছুদিন লোকালয় থেকে গা ঢাকা দেবার দরকার ছিল, সাওদাও হলো বেশ লোভনীয়, ব্যাস ....বাকিটা বুঝে নাও,"

"বুঝলাম, আচ্ছা তোমার গুরুকে কবে দেখবো? মানে তার সঙ্গে কবে পরিচয় হবে?"

"সময় হলে গুরু নিজেই দেখা করে নেবে, ওঃ সিমলায় হোটেলে তোমার সঙ্গে আমাদেরই একজন দেখা করবে, তোমরা দুজনে মিলে একটা গুরুত্বপূর্ণ কাজের পরিকল্পনা এবং সেই কাজটা অত্যন্ত সতর্কতার সঙ্গে করবে, মনে থাকে কাজটা অত্যন্ত গোপনীয়, এব্যাপারে আর কারোর সঙ্গে কথা বলতে পারবে না ।"

"কে দেখা করবে? মানে নাম কি তার? কাজটাই বা কি?"

"বন্ধু একটু সবুর কর, সময়মত সব জানতে পারবে, যেই আসবে সে তোমার অচেনা শুধু তোমাকে সাঙ্কেতিক এই

কথা বলবে 'জয় মাতারানী' তুমিও প্রত্যুত্তরে বলবে 'জয় মাতারানী' মনে থাকবে?"

জিৎ আর কোন প্রশ্ন না করে শুধু সম্মতিসূচক মাথা নাড়ে। জানে এই মুহূর্তে রমনের থেকে এর বেশি আর জানা যাবে না।

দূরপাল্লার ট্রেনের গতির সঙ্গে যাত্রীদের ঘুমের একটা ঘনিষ্ঠ সম্পর্ক্ক আছে। গতি যেমন সাহায্য করে ঘুমতে, তেমনই গতিবেগ কমলে ট্রেনের দুলুনিও যেমন কমে তেমনই ঘুমন্ত লোকের ঘুমও ভাঙ্গে। জিৎ এর ঘুম ভাঙ্গে কারণ ট্রেনের গতি ক্রমে অনেক মন্থর হয়েছে, সামনেই স্টেশন আসন্ন, আর এটাই জিৎ এর গন্তব্য। এদিকে দিন গড়িয়ে বিকেল হয়েছে, উপরের বার্থ থেকে নেমে জিৎ সোজা নিজের এটাচি নিয়ে বাথরুমে যায়, বড় স্টেশনের জনস্রোতে গা ভাসাবার আগে একান্তে নিজের মেকআপ ঠিকঠাক করে নেওয়া দরকার বিশেষ করে অনেক্ষন ওই ছদ্দবেশ নিয়ে ঘুমোনোর পর।

কিছুক্ষন পরে ট্রেনের গতি মন্থর হতে হতে একটা ঝটকা দিয়ে একেবারে থেমে যায়। ট্রেন থেকে প্লাটফর্মে নেমে জিৎ অনুভব করে অনেকক্ষণ তার পেটে কিছুই পড়ে নি, না খাবার না পানীয়। সারাটা দিনই ও শুধু ঘুমিয়েছে, এখন টান টান খিদেতে পেটে যেন ইঁদুর দৌড়চ্ছে। প্ল্যাটফর্মে একটা স্টলের গরম চায়ের কাপে চুমুক দিয়ে সমসায় সবে কামড় দিয়েছে, হঠাৎ কোথা থেকে এক অল্পবয়স্ক পুলিশ অফিসার এসে তাকে জিজ্ঞেস করে, "আপনি কোথা থেকে আসছেন?" তার দৃষ্টি সোজা জিৎ এর পাশে রাখা এটাচিটার দিকে।

ভীড়ের মধ্যে থেকে আচানক তার দিকে ধেয়ে আসা পুলিশকে দেখে জিৎ চমকে ওঠে, ভীড় স্টেশনে এতো লোক থাকতে তাকেই বা জিজ্ঞেস করছে কেন? তাহলে কি চুরি যাওয়া গাড়ির খবর এখানেও শোরগোল তুলেছে নাকি? মনে পরে যায় ট্রেনে চড়ার আগে স্টেশনেও একজন পুলিশের সঙ্গে কথাও বলেছিলো .....সেই কি? তাকে সোজা তার এটাচিটার দিকে তাকাতে দেখে জিৎ এর বুক দুরু দুরু করে ওঠে, এখন এটাচিটা খুলে দেখাতে বলবে না তো? মনে মনে ছক করে নেয় বেগতিক দেখলে কি করবে, পুলিশ অফিসারটা মনে হচ্ছে একাই, কে জানে সঙ্গে সাদা পোশাকে আরও ...? আপাততঃ ওই গরম চা টাই ওর চোখে .....তবুও নিজেকে যথাসম্ভব সংযত রেখে শান্তভাবে জিজ্ঞেস করে, "কেন বলুন তো?"

"আর বলবেন না আঙ্কেল, আমার সদ্য বদলী হয়ে আসা সহকর্মীর বাবা আসছেন এই ট্রেনে, সহকর্মীটি আজ এখনও ডিউটি থেকে ছুটি পায় নি, তাই আমাকেই দায়িত্ব দিয়েছে তার বাবাকে স্টেশন থেকে রিসিভ করে নিয়ে যেতে। ট্রেনের কোচ নম্বর বলেছিলো কিন্তু ট্রাফিকে আটকে স্টেশনে পৌঁছতেই দেরি হয়ে গেল। আমি তাকে কখনো দেখিও নি, এখন সহকর্মীর বর্ণনা অনুযায়ী মোটা গোঁফওলা অবসরপ্রাপ্ত পুলিশের মত যাকেই দেখতে লাগছে তাকেই জিজ্ঞেস করছি।"

জিৎ স্বস্তির নিঃশ্বাস ছেড়ে হেঁসে বলে, "ওঃ! দুঃখীত সেই জন আমি নই, আশা করি শীঘ্র তাঁকে পেয়ে যাবেন, গুড লাক।"

"আঙ্কেল! মাফ করবেন আপনাকে খামাকা বিরক্ত করলাম।" বলেই সে হন্তদন্ত হয়ে স্টেশনের ভিড়ে মিলিয়ে গেল।

তখন সবে নতুন হোটেলের চাকরি নিয়ে জিৎ পৌঁছেছে সিমলায়। তার ওপরে বিশাল দায়িত্ব শীতের মধ্যে পুরো হোটেল সংস্কারের কাজ শেষ করার। হোটেলে সেই সময় রয়েছে মিস্ত্রিদের একটা দল ও তারা কয়েক জন হোটেলের কর্মচারী। সে, বাবলু, ও আরও জানা কয়েক হোটেলের কর্মচারী। জিৎ এর তত্ত্বাবধানে দ্রুত হোটেল রিপেয়ারিং এর কাজ এগোতে থাকে। হোটেলের একাংশের কটা ঘর মাত্র তখন রেডি হয়েছে তাতেই সপ্তাহান্তে কুলু, রোটাং, কুফরীতে বরফ দেখতে দিল্লী, চন্ডিগড় থেকে আগত যাত্রীদের ভীড়। ঘর শুধু রেডি হলে কি হবে হোটেলের নতুন বয়লার তখনও লাগানো হয়ে ওঠে নি। সিমলার হাড়কাঁপানো ঠান্ডায় কাবু যাত্রীদের ২৪ ঘন্টা গরমজলের যোগান দিতে বয়গুলোর নাকে দম লেগে যেত। তার রান্না দিয়ে বাবলু সকলের মন জয় করে নিয়েছে এর মধ্যেই। হোটেল মালিক দারুন খুশি অফসিজনেও মোটা রোজকারে।

জানুয়ারীর শেষ সপ্তাহ, বিদায় নেবার আগে শীত শেষবারের মত মরন কামড় দিয়ে যাচ্ছে, সিমলাবাসীরা ঠান্ডায় এক্কেবারে জবুথবু। কুফরীতে ভারী বরফপাতের ফলে আশেপাশের পাহাড়চূড়োগুলোও বরফে ঢেকে

গেছে। পারদ নেমে গেছে শূন্যের নিচে, ঝড়ের বেগে হিমেল হাওয়া হাড় মজ্জা কাঁপিয়ে দিচ্ছে। হোটেলে আজ কোনও অতিথি নেই, তাড়াতাড়ি রাতের খাওয়া সেরে জিৎ লেপের তলায় সবে আশ্রয় নিয়েছে, এমনসময় দরজায় করাঘাত, বারবার । শীতাক্রান্ত বিরক্ত জিৎ অনিচ্ছা সত্ত্বেও উঠে নিজের ঘরের দরজা খোলে। দরজার বাইরে দাঁড়িয়ে একজন বয়, "সাব একজন নতুন গেষ্ট এসেছে,"

বিরক্ত জিৎ বলে, "এই ঠান্ডায়, এতো রাতে গেষ্ট? রিসেপশনে আর কেউ নেই?"

"আছে, কিন্তু উনি শুধু আপনাকেই নাম ধরে খুঁজছেন,"

অগত্যা একটা জ্যাকেট চড়িয়ে রিসেপশনের দিকে হাঁটে, "আমাকেই খুঁজছেন কেন?"

দূর থেকে রিসেপশনে দেখে বছর ত্রিশের জিন্স কোট পড়া মাথায় লাল স্কার্ফ বাঁধা এক সুন্দরী মহিলা একাই সোফাতে বসে আছে, "ওনার স্বামী আবার কোথায় গেল?"

"স্বামী কোথায়? আজিব বাত, এই হাড় কাঁপানো ঠান্ডায় উনি একাই এসেছেন," হোটেল বয়টি বলে।

শুনে জিৎ খানিক অবাকই হয়, মহিলার কাছে পৌঁছে বলে, "নমস্তে! আমিই হোটেলের ম্যানেজার জিৎ, আপনি আমাকেই খুঁজছিলেন?"

কাছ থেকে ওনাকে আরও ভালো করে দেখে জিৎ, মহিলাও উঠে দাঁড়ান, প্রকৃত সুন্দরী, যৌবন যেন ওনার

সর্ব্ব অঙ্গ দিয়ে ঝর্ণার ধারার মত ঝরে পড়ছে, তাকালে চোখ ফেরানো যায় না।

"হ্যাঁ আপনাকেই খুজছিলাম,"

"কেন? মানে আমাকেই কিসের দরকার? এরাই আপনাকে রুম দিয়ে দিতে পারতো, খামোকা আপনাকে আমার জন্য অপেক্ষা করতে হল।"

"আমি যে শুধু আপনাকেই খুঁজছিলাম জিৎ বাবু," এক মূহুর্ত্ত থেমে মিচকি হেঁসে দু হাত জোর করে উনি বলেন, "জয় মাতারানী,"

জিৎ একেবারেই অপ্রস্তুত হঠাৎ রাতবিরেতে একজন মহিলার আগমনে। জিজ্ঞেস করতে যাচ্ছিল আপনি একা এই হাড়কাঁপানো শীতের রাতে? কিন্তু তা আর জিজ্ঞেস করা হল না।

২৪. অপহরণ

নতুন দিল্লী স্টেশনের বাইরে বেরোতেই জিৎ আবার তার বহু পরিচিত ব্যস্ত শহরে। বিকেলের দিল্লীতে এখন পথ ঘাট প্রচণ্ড ব্যস্ত, কাজের শেষে সকলের ঘরে ফেরার পালা। বাস, গাড়ি, অটো, রিকশা, গাড়ির হর্ন, ধোঁয়া, মানুষের কোলাহল সব মিলিয়ে হিমালয় পাহাড়ের কোলে প্রাকৃতিক সুন্দর, শান্ত পরিবেশের থেকে একেবারে বিপরীত। এত প্রতিকূলতার সত্ত্বেও রাজধানী শহরের সঙ্গে জড়িয়ে আছে তার অনেক স্মৃতি, প্রিয়ার সাথে পরিচয়, চাকরিতে উত্থান, তেমনি মিথ্যে অভিযোগে জেল যাত্রা, প্রিয়াকে তার জীবন থেকে হারানো এবং অপরাধ জগতে পদার্পণ। একের পর এক অনেকগুলো মুখ ভেসে ওঠে মনের আয়নায়। নিজের অজান্তে পুরনো সেই সব দিনের চিন্তায় মগ্ন জিৎ কিছুক্ষনের জন্য নিজের পরবর্তি গন্তব্যের কথাই ভুলে গেছিল, আজ এখনও তার অনেক কাজ বাকি। হঠাৎ ভিড়ের মধ্যে একজন মহিলাকে দেখে সম্বিৎ ফেরে, অনেকটা মহিমার মত দেখতে না? মনে পরে যায় তার সঙ্গে প্রথম পরিচয়ের মূহুর্ত্ত, নিজের মনেই হেঁসে ফেলে, কি বোকাই না ছিল সে তখন।

সিমলার হোটেলে সেদিন জিৎ কে বিস্ময়ে তাকিয়ে থাকতে দেখে মহিমা আবার হেঁসে বলেছিল, "জয় মাতারানী," অনেকটা তাকে ঝাকানি দিয়ে ঘুম ভাঙ্গানোর মতো।

আচমকা ঘুম ভেঙে গেলে মানুষ যেমন হচ্চকিয়ে ওঠে জিৎ এর অবস্থা অনেকটা সে রকমই, "ওঃ হ্যাঁ, জয় মাতারানী।"

"তোমার ধারণা ছিল একজন পুরুষ তোমার সঙ্গে এখানে দেখা করতে আসবে, তাই না?"

আমতা আমতা করে জিৎ বলে, "হ্যাঁ, আসলে রমন ভাই তেমন ভাবে তো কোন ইঙ্গিতেও বলে নি যে আপনিই আসবেন,"

হেঁসে করমর্দনের জন্য হাত বাড়িয়ে মহিমা বলে, "হাঃ হাঃ, বুঝেছি, যাক আমার নাম মহিমা, আর এখন থেকে আপনি নয়.... তুমি, আমরা এক দল, একই সম্প্রদায়ের। এখন আমাকে প্লিজ রেস্ট নিতে দাও কাজের কথা পরে হবে, সফর আর এই প্রচন্ড ঠান্ডায় আমি ভীষণ ক্লান্ত, একেবারে কাদা।"

যত দিন মহিমার আগমন হয় নি জিৎ হোটেলের কাজে পুরোপুরি ব্যস্ত ছিল। রমনের গোপন কাজের কথা তার মাথাতেই ছিল না। মহিমা আসার পর থেকে ওর উৎকণ্ঠার শেষ নেই, কোন কাজের জন্য মহিমা এসেছে তার একবিন্দুও সে জানে না। তার বেশি উৎকণ্ঠা কাজটা আসলে কতটা বিপজ্জনক। মহিমাও তাকে কিচ্ছু বলে নি। প্রতিদিন প্রতীক্ষায় থাকে আজ হয়তো জানতে পারবে কিন্তু হায়! মহিমা সিমলায় আসা থেকে দুই দিন হয়ে গেছে, অথচ সে নিজের ঘর থেকেই বেরোয় নি। ওর ঘরে খাবার পৌঁছয় যে বয় তার কাছে জিৎ জেনেছে মহিমা বিছানা ছেড়ে একবারও ওঠে নি। জিৎ এর চিন্তা তবে কি মহিমা অসুস্থ? মানে ঠান্ডা লেগে জ্বর বা

সাংঘাতিক কিছু, নিমুনিয়া? তাছাড়া সে নিজের মনে নানা জল্পনা করেও কিছুতেই ভেবে পায় না শীতের সিমলায় কাজই বা কি থাকতে পারে? একবার ভাবে বাবলু কি জানে এই কাজের কথা? পর মুহূর্তে ভাবে না, গোপনীয়তার জন্য সে মহিমার মুখেই সব শোনার জন্য অপেক্ষা করে থাকবে।

তিন দিনের মাথায় হোটেলের বয় এসে খবর দিল মহিমা তাকে এক্ষুনি ডেকে পাঠিয়েছে। একদিকে 'এক্ষুনি ডাকছে' একজন মহিলার এমন হুকুম জিৎ এর ঠিক পছন্দ না হলেও অন্যদিকে সে উৎসুক অবশেষে জানতে পারবে গোপন কাজের কথা। তার এও চিন্তা কি এমন গোপন কাজ হতে পারে? এমন কোন কাজ নিশ্চই নয় যা তাকে আবার জেলে পাঠাবে? দুর্বল স্নায়ুর বুক ধকপকানির সঙ্গে জানার উত্তেজনা নিয়ে সে মহিমার ঘরে প্রবেশ করে ।

ঘরে ঢুকে জিৎ দেখে মহিমা খাটের উপরে বসে, তার পরনে স্ল্যাক্স, মোটা লাল ও সাদা রংয়ের উলের সোয়েটার, মাথায় লাল উলের টুপি। ওর পাশেই রাখা ধূমায়িত কফির মগ, ওর চোখ এখনো ফোলা, বোঝাই যাচ্ছে সবে ঘুম থেকে উঠেছে। জানলার মোটা পর্দা সরানো, কাচের জানলা দিয়ে তেমন হিমালয়ের ঢেউ দেখা যায়, তেমনি দিনের আলোর বন্যা, ঘর ভেসে যাচ্ছে। মহিমা কোনরকম প্রসাধন ছাড়াই অপরূপ সুন্দরী। দশ জনের মধ্যে দাঁড়িয়ে থাকলে ও স্বাভাবিক ভাবেই ওর রূপ যৌবন দৃষ্টি আকর্ষণের জন্য যথেষ্ট। মহিমা গম্ভীর, তার সামনে খোলা একটা বড় ম্যাপ,

কোথাকার জিৎ দেখার আগেই মহিমা সেটাকে ভাঁজ করে পাশে সরিয়ে রেখে বলে, "এস জিৎ, তোমার বেশি সময় আমি নষ্ট করব না, খুব সংক্ষেপে বলি, আমরা যে কাজটা করতে যাচ্ছি আগামীকাল তার একটা রিহার্সাল করে নেব।"

জিৎ নাটক যাত্রার রিহার্সালের কথা শুনেছে কিন্তু কাজের ব্যাপারে, "মানে আমাকে কি একটিং ......"

"না প্র্যাক্টিস, আমার জানা দরকার তোমার কর্ম ক্ষমতা কতটা, কখনও তো আমরা একসাথে কাজ করি নি..... মনে রাখবে তোমার ছদ্দবেশ হবে একজন বৃদ্ধের, হাঁটা চলা সবকিছু হবে একজন বৃদ্ধের মত শ্লথ গতিতে। সিগন্যাল পেলেই তোমাকে ক্ষিপ্রতার সঙ্গে পলক ফেলার মধ্যে তোমার কাজটুকু করে ফেলতে হবে। সঙ্গে পিস্তল থাকবে, একান্ত দরকারের জন্য। কোনও প্রশ্ন?"

বাবলুকে কোন রান্নার প্রণালী জিজ্ঞেস করলে সে যেমন আত্মবিশ্বাসের সাথে গরগর করে তার প্রস্তুতির কৌশল বলে দিতে পারে ঠিক তেমনি মহিমার মুখে এক নিঃশ্বাসে কার্যপ্রণালীর ব্যাখ্যা শুনে জিৎ একরকম মন্ত্রমুগ্ধ। শুধু পিস্তল শুনে জিৎ তার হাত কাঁপতে শুরু করে, "মানে .....কাজটা কি তাই তো জানতে পারলাম না ......"

"হুঁ.... আগামীকাল তোমাকে কাজটার কথা বলবো, তুমি কি করবে তাও বুঝিয়ে দেব, কয়েকদিন নিজেকে তৈরি করার সময়ও পাবে, মনে রাখবে ঘাবড়ালে একদম চলবে না, সব যেন সাধারণ লোকজনের সামনে একেবারে স্বাবাভিক দেখতে লাগে।"

ডাঃ প্রকাশ গোয়েলের শীততাপ নিয়ন্ত্রিত পাঁচ তলা নার্সিংহোম। দিল্লীর ধনী মহলে অত্যন্ত পরিচিত পাঁচতারা চিকিৎসার ঠিকানা । ডাঃ প্রকাশের বাবা শিব গোয়েল ছিলেন অত্যন্ত সাধারণ একজন ঠিকাদার হঠাৎ তার ভাগ্যের চাকা কিভাবে গতিশীল হল কেউ জানে না। রাতারাতি নিম্ন মধ্যবিত্ত এলাকার ভাড়া বাড়ি ছেড়ে উঠলেন নিজের বসন্তকুঞ্জের দামি বাংলোয়। সাধারণ প্যান্ট শার্টের জায়গায় বসনে দামী স্যুট, বাস অটো ছেড়ে চড়েন দামী শীততাপ নিয়ন্ত্রিত গাড়ী। মেয়েদের ধুম ধাম করে বিয়ে দিলেন, একমাত্র ছেলেকে পাঠালেন বিলেতে ডাক্তারি পড়তে, ছেলে ফিরলে খুললেন নার্সিংহোম।

দিল্লির ডাক্তার মহলে অবশ্য একটা ফিসফিসানি আছে ডঃ প্রকাশ আদপে ডাক্তারই নয়। ওর নার্সিংহোম চলে মূলত শহরের নামকরা বেশ কজন বিশেষজ্ঞ ডাক্তার ওখানে যুক্ত থাকার জন্য। ডাঃ প্রকাশ দুপুরে নার্সিংহোমেই রুগী দেখেন তবে তা সাধারণ সর্দি জ্বর, পেটব্যথায় সীমিত । আজকাল ওনার বাবা শিববাবু সমাজ সেবায় খুব মন দিয়েছেন । সবসময় ওঠা বসা রাজধানীর বড় বড় রাজনৈতিক নেতাদের সঙ্গে। কোট সুট ছেড়ে আজকাল সাদা খদ্দরের পাজামা পাঞ্জাবী বেশী পড়ছেন। আসন্ন নির্বাচনে এক রাজনৈতিক দলের প্রার্থী হয়ে নির্বাচনে দাঁড়াতেও চলেছেন। রাজনৈতিক মহলে জল্পনা অনেক খরচ করেছেন, জানা কথা

জিতবেন, তারপরের পাঁচ বছরে ছেলের নামে এবার একটা পাঁচ তাঁরা হাঁসপাতালই করে ফেলবেন।

শেষ দুপুরে শান্ত নার্সিংহোম, লোকজন কম, রিসেপশনের মেয়েটি বার বার ঘড়ির দিকে তাকাচ্ছে, পাঁচ মিনিটে যে সে খেতে যাবে। ঠিক এমন সময় এক মুসলমান দম্পতি এল ডঃ গোয়েলকে দেখাতে। বৃদ্ধের মাথার টুপির নিচে যেটুকু চুল উঁকি মারছে তা সবই পাকা, একই অবস্থা তার দাড়িরও, বৃদ্ধর পরনে পাজামা-পাঞ্জাবি, জহর কোট। তার সঙ্গে কালো বোরখার অন্তরালে বৃদ্ধা একটা উইল চেয়ারে বসা, বুড়ো অতি কষ্টে তাকে ঠেলে নিয়ে আসছে। দেখে মনে হয় বৃদ্ধা খুবই অসুস্থ, থেকে থেকে 'উঃ আঃ' করছে। দুপুরে সকলের খাবার সময় একটা ওয়ার্ড বয়ও নেই যে বৃদ্ধকে উইল চেয়ার ঠেলতে সাহায্য করে। মেয়েটি আগ্রহ দেখালেও বুড়ো তাকে থামিয়ে বলে সে নিজেই পারবে।

রিসেপশনের মেয়েটি আর দেরি না করে তাদের তড়িঘড়ি ডাক্তারের ঘরে পৌঁছে খেতে চলে গেল। মেয়েটির ফিরতে একটু বেশি দেরি হল কারণ তার বয়ফ্রেন্ডের সাথে কথা বলতে বলতে সময়ের জ্ঞান হারিয়ে ফেলেছিল। সে ফিরেই তড়িঘড়ি গেল ডাক্তারের ঘরে, ডাক্তারের ঘরে গিয়ে দেখে ডাক্তার নেই, সে ভাবলো ডাক্তার নিশ্চই ওপরে নার্সিংহোমের রুগীদের দেখছেন। আরও আধঘন্টা কেটে যেতে এল ডাক্তারের গিন্নীর ফোন, ডাক্তারবাবু এখনও বাড়িতে খেতে এলেন না কেন? খোঁজ শুরু হল, সারা নার্সিংহোমে কোথাও ডঃ প্রকাশকে খুঁজে পাওয়া গেল না। অথচ নার্সিংহোমের বাইরে তার

গাড়ী ও ড্রাইভার তেমনই দাঁড়িয়ে রয়েছে, মানুষটা যেন উবে গেল। আত্মীয়স্বজন বন্ধুবান্ধব সর্বত্র অনেক্ষন খোঁজাখুঁজির পর প্রায় চার-পাঁচ ঘন্টা পর ডঃ গোয়েলের পরিবার পুলিশের শরণাপন্ন হল। পুলিশ নার্সিংহোমে তদন্ত করতে এসে দেখে ডাঃ গোয়েলের বুট তার চেম্বারেই পরে রয়েছে, খালি পায়ে তিনি কোথায় যাবেন? প্রাথমিক তদন্তে পুলিশের অনুমান এটা সম্ভবতঃ অপহরণ, ওরা ওয়ারলেসে সমস্ত শহরের বাইরে যাবার রাস্তা নাকাবন্দী করল, শুরু হল জোর চেকিং। কিন্তু অনেক দেরি হয়ে গেছে, ডঃ গোয়েলকে নিয়ে মারুতি ভ্যানটা ততক্ষনে দিল্লী, গাজিয়াবাদ হয়ে মুজাফ্ফর নগরের কাছে এক খামারবাড়িতে পৌঁছে গেছে। সকলের অলক্ষে ডাক্তার কি করে মুজাফ্ফরনগর পৌঁছে গেল?

এদিকে পূর্বে যা ঘটেছে, মেয়েটি ডাক্তারের ঘরে বৃদ্ধ দম্পতিকে পৌঁছে বেরিয়ে যেতেই ডাক্তার উঠে এলেন রোগীকে হুইলচেয়ারেই পরীক্ষা করতে। ডাক্তারের অলক্ষ্যে বৃদ্ধ তার কোটের পকেট থেকে একটা সিরিঞ্জ বের করে ক্ষিপ্ত গতিতে তার ঘাড়ে ফুটিয়ে দেয়। আচমকা ছুঁচ ফোটার ব্যাথা অনুভব করার আগেই ডাক্তারের দেহ নেতিয়ে পড়ে। হুইল চেয়ার থেকে একলাফে বৃদ্ধা বেশী মহিমা উঠে তার বোরখা খুলে পরিয়ে দেয় ডাক্তারকে। সে ও বৃদ্ধ বেশী জিৎ ধরাধরি করে ডাক্তারকে হুইল চেয়ারে বসিয়ে দেয়।

"আরে জিৎ ওর বুট দেখা যাচ্ছে বোরখার তলা দিয়ে!" চাপা স্বরে মহিমা বলে।

"ওহ," নিমেষে ওর বুট মোজা খুলে, যেমন এসেছিলো তেমনই হুইল চেয়ার ঠেলে জিৎ হাসপাতাল থেকে বেরিয়ে যায়।

ওদের বেরোনোর কয়েক মিনিটের মধ্যে সাধারণ সিনথেটিকে শাড়ি পড়া আয়া বেশী মহিমাও লম্বা ঘোমটায় নিজের মুখ ঢেকে বেরিয়ে যায়। বাইরে অপেক্ষারত মারুতি ভ্যানে ইমতিয়াজ ওদের নিয়ে মুহূর্তে রওনা হয় তাদের গন্তব্যে।

চিন্তিত গোয়েল পরিবারে সে রাতে ফোন ঝনঝন করে বেজে ওঠে। শিববাবু ফোন ধরতেই ওদিক থেকে অচেনা কর্কশ গলায় একজন বলে, "নিজের আদরের ছেলেকে যদি জীবিত দেখতে চাও তাহলে নির্বাচন থেকে সরে দাঁড়াও। আমরা তোমার ওপরে নজর রেখেছি, পুলিশের কাছে গেলে আর জীবিত ছেলের মুখ এজন্মে দেখা হবে না। "

তখনকার দিনে না ছিল মোবাইল, না ক্লোজ সার্কিট টিভি বা কলার আইডেন্টিফিকেশন।

২৫. অপেক্ষা

স্টেশন থেকে বেরোতেই সেই পুরোনো পরিচিত নতুন দিল্লী স্টেশনের বাইরের দৃশ্য। অনেকগুলো অটোওলা জিৎ কে দেখে এগিয়ে আসে,"কোথায় যাবেন? আমি নিয়ে যাব," সকলেরই সওয়ারী ধরতে ব্যাস্ত হলেও পুলিশের উর্দি পরা জিৎকে দেখেই ওরা একটু সতর্ক হয়ে যায় । এদিকে কিন্তু জিৎ এর মাথায় অন্য মতলব, শকুনের মত দৃষ্টি দিয়ে খোঁজে এমন একজনকে যার উচ্চতা অন্ততঃ তার মতন বা কাছাকাছি । মুশকিল ভারতবর্ষে গড় উচ্চতা ছ'ফুটের অনেকটা কম। বেশ কিছুক্ষণ এদিক সেদিক চোখ ঘুরিয়ে নীল সোয়েটার, গলায় মাফলার জড়ানো ছোকরা মত একজনকে দেখে তার মনে হলো একদম তার মত না হলেও প্রায় তার কাছেই এর উচ্চতা, অবশ্য জিৎ এর এখনো বেশ পেটা চেহারা আর অটোওয়ালাটি পাতলা সাতলা। শীতের রাতে ওভারকোট টুপি পড়িয়ে, পরিকল্পনা মত, একে দিয়েই বেশ কাজ চালিয়ে নেওয়া যাবে। জিৎ ইশারায় অটোওয়ালাদের ভিড়ের মধ্যে থেকে ওই অটোওয়ালাটিকে ডাকে।

জিৎ এর গন্তব্য মাঝরাতে শহরের বাইরের একটা নির্জন রাস্তা। এখন সবে সন্ধ্যে এখনও হাতে অনেক সময় রয়েছে।

"কোথায় যাবেন স্যার?" অটোওলার প্রশ্নে জিৎ বলে, "ভাই যাব অনেক জায়গায়, আজ অনেকক্ষনের জন্য তোমার ভাড়া বাঁধা, তবে আগে ভালো একটা চায়ের

দোকানে নিয়ে চল, এই মুহূর্তে চায়ের খুব প্রয়োজন ট্রেন সফর করে মাথা ধরে গেছে। তোমার অটো কোথায়?"

অটোওলাটি খুশি হয়ে বলে, "ওই তো সামনেই আমার অটো, চা আমারও দরকার, যা ঠান্ডা আজ! চলুন এখন আপনাকে দিল্লীর বেষ্ট চা খাওয়াব," জিৎ কে নিয়ে হাঁটতে হাঁটতে তার অটো সামনে পৌঁছে মাফলারটা মাথা থেকে গলা অবধি ভাল করে পেঁচিয়ে সে গাড়িতে স্টার্ট দেয়।

সন্ধ্যের দিল্লীর পথে অটো ছোটার সাথে শীতের ঠাণ্ডা হাওয়া অটোর দুদিক থেকে এসে যেন জমিয়ে দিতে থাকে, ভাগ্গিস জিৎ এর পরনে পুলিশের মোটা ওভারকোটটা। ছোকড়া অটোওলা এদিকে অনেক রাস্তা ঘুরিয়ে একটা চায়ের দোকানের সামনে দাঁড়ায়। জিৎ দিল্লীতে দীর্ঘদিন থেকেছে, রাস্তাঘাট সবই তার জানা, ভাড়া বাড়াবার জন্য বিহারী অটোওলা যে তাকে অযথা দিল্লীর সফর করাচ্ছে জেনেও সে এমন ভান করে থাকে যেন দিল্লীতে নতুন, রাস্তাঘাট কিছুই চেনে না।

যে চায়ের দোকানে অটোওলা তাকে নিয়ে পৌঁছোয় দোকানটা জিৎ এর বহু পরিচিত। রাস্তার ছোট দোকানের মথুরা বাসী মালিক আগে নিজেই চা বানাতো, গ্লাস ধুতো, খদ্দের সামলাতো। সময়ের সাথে এই কয়েক বছরের মধ্যে কত পরিবর্তন হয়েছে, ফুটপাতের দোকানই আজ আয়তনে বেড়েছে, ইলেক্ট্রিকের ল্যাম্প জ্বলেছে, চায়ের সাথে টা, অর্থাৎ সমসা, কচুরীও যোগ হয়েছে, ৭-৮ জন ব্যস্ত কর্মচারী খোদ্দেরদের পরিবেশন করছে, দোকান মালিক এখন শুধু ক্যাশবাক্স সামলায়। দোকান মালিক

ভালো মত জিৎকে চেনে, ইমতিয়াজ এর সাথে অগুন্তি বার এসেছে এখানের স্পেশ্যাল চায়ের টানে। তাই আর অটো থেকে জিৎ না নেমে অটোওলাকেই পাঠায় চা আর টায়ের ফরমাস জানাতে। অল্পক্ষন চা হিঙ্গের কচুরী আসে, চায়ে চুমুক দিতে দিতে অতীতের অনেক অভিজ্ঞতা মনে পড়ে, অজান্তে চোখ ঝাপসা হয়ে যায়, তার বহু কর্মকান্ডের সাথী ইমতিয়াজ একদিন নিজের গ্রামের বাড়ীতে গিয়ে আর কোনোদিন ফিরলো না, যেন হাওয়ায় মিলিয়ে গেল। অন্ধকার জগতে সামান্য ভুলের মাশুল বিশাল।

জিৎ এর বিশ্বাস তার নিখুঁত অভিনয়ে অল্প সময়ের মধ্যেই অটোওলা ছোকড়াটির তার প্রতি অগাত বিশ্বাস জন্মেছে, যেন সে ছাড়া জিৎ এর বুঝি দিল্লীর পথ চিনে নিজের গন্তব্যে পৌঁছনোর আর কোনো গতি নেই।

"কতক্ষন দিল্লী ঘুরবেন স্যার?" চায়ে চুমুক দিতে দিতে সে জিজ্ঞেস করে।

"যদি কাল সকাল অবধি ঘুরি, পারবি সারারাত অটো চালাতে?" জিৎ হেঁসে বলে।

"এই ঠাণ্ডায় আপনি ঘুরবেন? আমি খুবই পারবো, আমার অভ্যেস আছে। শুধু প্রতি ঘন্টার ভাড়া আমায় আগাম দিয়ে দেবেন।"

দিল্লিতে ঠগের অভাব নেই, দিব্বি লম্বা সফর করে 'এই দোকানটার সামনে দাড়াও একটা জিনিস কিনেই আসছি' বলে কত যাত্রী ভাড়া না দিয়ে অদৃশ্য হয়ে যায়।

জিৎ বুঝতে পারে বিহারী অটোওলার 'বেলতলা' আগে ঘোরা হয়ে গেছে,তাই সে বলে, "আমি তোকে আগাম টাকা দিয়ে রাখতে পারি, তাতে হবে?"

মুখ ভর্তি কচুরী নিয়ে অটোওলা সানন্দে মাথা নাড়ে। আড় চোখে জিৎ লক্ষ্য করে খান আষ্টেক কচুরীর সে ততক্ষনে নামিয়ে দিয়েছে। জিৎ ওকে টাকা দিয়ে পাঠায় দোকানে দাম মেটাতে তখনই নজর পড়ে ওর পায়ে প্লাস্টিকের চটির দিকে।

"এবার কোথায় যাবেন স্যার?" দোকানে চায়ের দাম মিটিয়ে অটোওলা ফিরে জিজ্ঞেস করে।

"একটা জুতোর দোকানে।"

"কেমন জুতো কিনবেন?"

"বুট, পায়ে পরার জন্য। "

আবার খানিকটা ঘুরে একটা জুতোর দোকানে পৌঁছে অটোওলার বলে "ওই জুতোর দোকান, আপনি জুতো কিনে আসুন,"

"অরে তোর জুতোই তো কিনবো তোকে যেতে হবে না,"

অটোওলা ছেলেটি অবাক, "আমার জুতোর কোনও দরকার নেই স্যার,"

"ভাই তোকে আমার খুব ভালো লেগেছে, রাতের ঠান্ডায় তোর যাতে তোর কষ্ট না হয়, অনেক রাত অবধি তো আজ গাড়ি চালাতে হবে ......তাই...... " জিৎ যথাসম্ভব মিষ্টি করে বলে।

দোকানে ঢুকে বিহারী অটোওলা ছোকরার ইচ্ছে সাদা বাহারী স্নিকার কেনার কিন্তু জিৎ নাছোড়বান্দা তাকে ওই ডাবকা বুটই পড়তে হবে। বীণে পয়সায় বুট ছাড়তে নারাজ অটোওলা ছেলেটি তাই অগত্যই জিৎ এর আবদারেই সে রাজি। তার চটি বদলে পায়ে বুট পরিয়ে তবে জিৎএর স্বস্তি।

এরপর রাত বাড়ার সাথে সাথে বাড়তে থাকে দিল্লীর ঠান্ডা। ক্রমশ ঠান্ডায় কাবু হতে থাকা অটোওলা এ রাস্তা সে রাস্তা করতে করতে ক্লান্ত হয়ে জিজ্ঞেস করে "স্যার আপনি ঠিক কোথায় যাবেন বলুন তো?"

"তোমাকে প্রতি ঘন্টার আগাম টাকা দিচ্ছি, যেখানে যেতে চাইবো নিয়ে যাবে, এখন চলো রাতের খানা খাব।" জিৎ এর কঠোর কণ্ঠস্বরে অটোওলা চুপ মেরে যায়।

জিৎ লক্ষ্য করে রাতে ঠান্ডা বাড়ার সাথে সাথে পাতলা সোয়েটারে অটোওয়ালা ছেলেটি ঠান্ডায় কাঁপছে। এই সুযোগে জিৎ নিজের পুলিশি মোটা ওভারকোটটা ওকে পরিয়ে দেয়, আগেই বুট পড়িয়েছে, সবকিছু ওর পরিকল্পনা মাফিক হচ্ছে। নিজে এটাচি থেকে বার করে নিজের মোটা জ্যাকেট ও চামড়ার দস্তানা পরে নেয়।

ওর নির্দেশিত পথে খানিক গিয়ে অটোওলা গাড়ীর গতি মন্থর করে বলে, আপনি কোথায় নিয়ে যাচ্ছেন আমাকে? আপনি রাস্তা চেনেন না এদিককার? জানেন আমরা এরাস্তায় দিল্লির বাইরে চলে যাচ্ছি।"

এবারে অত্যন্ত কঠোর স্বরে জিৎ বলে, "ভালোই জানি ফরিদাবাদের দিকে যাচ্ছি, যেদিকে বলছি চল তাড়াতাড়ি।"

জিৎ এর হঠাৎ কঠোর উত্তরে ছোকড়া ড্রাইভার চমকে উঠলেও চুপ করে থাকে।

নির্ধারিত নির্জন রাস্তায় পৌঁছে অটোওয়ালা অবাক জিৎ যখন তাকে থামায়, প্রতিবাদী সুরে সে বলে "না না এই জনশূন্য রাস্তা ভয়াবহ, চোর ডাকাত থাকতে পারে, আমাকে দয়া করে ছেড়ে দিন, আপনার থাকতে হলে আপনি থাকুন,"

"চুপ শালা যা বলছি তাই কর নাহলে....." জিৎ এর হাতে উদ্ধত বন্দুক দেখে বিহারী ছোকরাটির প্রায় প্যান্টেই ......

তার অবস্থা দেখে সুর নরম করে জিৎ বলে "তোর কোনো ভয় নেই, আমি আছি তোর কিচ্ছু ভয় নেই, শুধু যা বলছি তাই কর ......" ওকে বুঝিয়ে দেয় এরপরে ওকে কি করতে হবে।

মূহুর্তের মধ্যে অন্ধকার রাস্তা থেকে অটোটা একটা মোটা গাছের গুঁড়ির পেছনে লুকোয়, নিজেও গা ঢাকা দেয় রাস্তার পাশে একটা গাছের পেছনে। রাস্তার দুদিকেই একরকম ঘন গাছের জঙ্গল আর ক্রমে শীতের কুয়াশায় চারিদিক ঝাপসা হয়ে আসছে। নির্জন জানহীন অন্ধকার রাস্তায় নিজের লুকোনোর জায়গায় দাঁড়িয়ে ঘন ঘন নিজের রেডিয়াম দেওয়া হাত ঘড়ির দিকে

তাকাতে থাকে জিৎ, আবার তীক্ষ্ণ নজর রাখে রাস্তার অন্য পারে দাঁড়ানো অটোওলাটার দিকেও।

অনেক্ষন অপেক্ষার পর কুয়াশা চিরে দূরে ঝাপসা একটা গাড়ির হেডলাইটের আলোর বিন্দু দেখা যায়।

চেঁচিয়ে বলে জিৎ, "রেডি থাক, মনে আছে তো কি করতে হবে?"

ওদিক থেকে কোনও উত্তর আসে না, তবে কি ছোকড়া ড্রাইভারটা তার অটো ফেলে প্রাণের ভয়ে পালালো? জমাট অন্ধকার আর তার সঙ্গে কুয়াশায় এক হাত দূরেও কিছুই দেখা যাচ্ছে না, অন্ধকারের মধ্যে এগিয়ে গিয়ে যে দেখবে তারও সময় নেই কারণ গাড়ির আলো তীব্র বেগে এগিয়ে আসছে, তাছাড়া তার চার ব্যাটারীর টর্চও ড্রাইভারটির কাছে........সঙ্গে পেন্সিল টর্চটা দিয়ে এখানে কিছুই বোধগম্য হবে না ....

২৬. পুরনো কথা

এদিকে গাঢ় অন্ধকার ভেদ করে গাড়িটা যত তীব্র বেগে এগিয়ে আসতে থাকে, কুয়াশার সাদা ধোঁয়া ততই উজ্জ্বল থেকে উজ্জ্বলতর হতে থাকে। চারিদিক এক্কেবারে সাদা। আশপাশের বন জঙ্গল বা পথ কোথায় শুরু কোথায় শেষ কিছুই বোঝা যায় না। সবটুকুই একটা সাদা পুরু ধোঁয়ার চাদরে ঢেকে আছে। গাড়িটা কত দূরে তাও ঠিক বোঝা যায় না। এই অবস্থায় রাস্তায় নেমে অটোওলা আছে কিনা দেখার চেষ্টা বিপদজনক। পিস্তলটা নিজের হাতের মুষ্টির মধ্যে শক্ত করে ধরে জিৎ সজাগ হয়ে অপেক্ষা করে। হঠাৎ সে লক্ষ্য করে অটোওলা যেখানে দাঁড়িয়ে থাকার কথা সেখানে একটা ক্ষীন আলো জ্বলে ওঠে, জিৎ আশ্বস্ত হয় তাহলে ব্যাটা পালিয়ে যায় নি। নাকি পালাতে গিয়েও মত পরিবর্তন করে ফিরে এসেছে জিৎ এর হাতে বন্দুকের ভয়? আসন্ন গাড়িটা কিন্তু তার গতিবেগ পরিবর্তন না করে হুস করে চলে যায়। আবার সেই জমাট অন্ধকার।

গাড়িটার পিছনের লাল ব্যাক লাইট খানিকটা দূরে মিলিয়ে যেতে জিৎ চেঁচিয়ে বলে, "এক্ষুনি ডাকলাম তোকে, সাড়া দিলি না কেন ?"

"স্যার শুনেছি, কিন্তু কি করব? ঠিক ওই সময় খুব জোরে পেয়ে গেছিল...." শুনে জিৎ মুখ টিপে হেঁসে ফেলে।

হঠাৎ কেন এমন হাড় কাঁপানো, টান টান উত্তেজনাপূর্ণ, কুয়াশার মধ্যে দাঁড়িয়ে, পুরনো দিনের অনেক কথা জিৎ

এর মনে পড়ে গেল, কেন সে নিজেও বলতে পারবে না। এদিকে অনেকদিন মহিমা বা রমনের কোন খবর নেই, একদিন হঠাৎ শুনলো মহিমার খুব অসুখ, অসুখটা নাকি অত্যন্ত জটিল। রমন তাকে নিয়ে বোম্বে গেছে চিকিৎসা করাতে। তখনকার দিনে এত যোগাযোগের সুবিধা ছিল না, তাছাড়া অনেক গোপনীয়তার রক্ষার কারণে ঘনঘন কোন খবর পেত না। অনেকদিন কোনো খবর নেই, হঠাৎ মাস তিনেক পরে একদিন শুনল রমন ফিরে আসছে। জিত এর ধারণা ছিল ওর সাথে মহিমাও ফিরে আসবে, অনেকদিন পরে আবার মহিমাকে দেখতে পাবে। রমন ফিরে এলো একা অবাক জিৎ জিজ্ঞেস করে, "রমন ভাই তুমি একা ফিরে এলে? মহিমা কেমন আছে?"

জিৎ এর প্রশ্ন শুনে রমন ফ্যাল ফ্যাল করে ওর দিকে কিছুক্ষন নির্বাক হয়ে তাকিয়ে থাকে। রমন এর এই অপরিচিত ব্যবহারে জিৎ এর বুকের ভেতরটা কেমন যেন গরম ছেঁকা লাগার মত ছ্যাত করে ওঠে। কিছুক্ষণ চুপ করে থাকার পর অশ্রু রুদ্ধ কন্ঠে রমন আস্তে আস্তে বলে, "তুমি ভালই জানো মহিমা একজন অনমনীয় মহিলা, জ্বর, দুর্বলতা ও তার সঙ্গে দ্রুত ওজন কমে যাওয়াতে ও অবশেষে ডাক্তারের কাছে যায়। ডাক্তারবাবু ওর খুব চেনা কিছু প্রাথমিক পরীক্ষার পরেই উনি পরামর্শ দেন একদম দেরি না করে সোজা বম্বে চলে যেতে," এতটা বলেই রমন এর বাকরুদ্ধ হয়ে যায়, অনেক কষ্টে নিজেকে কিছুটা সামলে নিয়ে বলে, "আমাকে মহিমা সঙ্গে যাবার জন্য অনুরোধ করে, মহিমার কথায় কখনো না বলিনি, সঙ্গে সঙ্গে আমি

যাবার জন্য প্রস্তুত হই। বোম্বের হাঁসপাতালে ডাক্তারের বিস্তারিত পরীক্ষার পর জানায় একে বারে শেষ পর্যায়ের ক্যান্সার, মাত্র কয়েক মাস আয়ু অবশিষ্ট তবুও তারা অনেক চেষ্টা করেছিল যাতে অন্তত ছটা মাস ওকে কোন রকমে বাঁচানো যায়। কিন্তু ওর হাতে বেশি সময় ছিল না। মহিমার ইচ্ছে মতোই কাউকে জানানো হয় নি, ঔরঙ্গাবাদ এর কাছে ওর পৈত্রিক গ্রামে ওকে কবর দেওয়া হয়েছে।"

এই প্রথম জিৎ লক্ষ্য করলো বিষন্ন রমনের দুচোখ দিয়ে নীরবে অবিরত অশ্রু গড়িয়ে পড়ছে। মহিমার আকস্মিক মৃত্যুতে জিৎ অত্যন্ত মর্মাহত, মনে মনে মহিমার বলিষ্ঠতায় সে মুগ্ধ হলেও কোনদিন মহিমাকে জানাতে পারে নি। তবে এর আগে অনেক কঠিন পরিস্থিতির মধ্যে রমনকে পাথরের মত কঠিন থাকতে দেখেছে, কিন্তু আজ যেন নিজের মনের ব্যাথা ও কিছুতেই লুকিয়ে রাখতে পারছে না। দুজনে নির্বাক কিছুক্ষন বসে থাকার পরে চোখের জল মুছে শান্ত গলায় রমন বলে, "যাবার আগে মহিমা তোমাকে নিজে বলে যেতে চেয়েছিল আমাদের দলের আসল গুরু বা অধিনায়ক সেই। ওর ইচ্ছে ছিল এই কথাটা নিজের মুখে তোমাকে বলবে, তাই আমি সব জানলেও কোনদিন তোমাকে জানাই নি, তাছাড়া ও ব্যক্তিগতভাবে তোমাকে খুব পছন্দ করত. তাই শেষ বেলায় ওকে জিজ্ঞেস করেছিলাম জিৎ কে এখানে ডাকবো কি? ম্লান হেঁসে আমাকে বলেছিল আমি চলে যাচ্ছি সেইটা জানানোর জন্য? না ওকে ডাকার দরকার নেই, আমার মুখে এসব শুনে ও হয়তো

সহ্য করতে পারবে না আর ওকে এখন দেখলে আমি আরো ভেঙে পড়বো।"

 শুনে চমকে ওঠে জিৎ, ঘুণাক্ষরেও কখনো জিৎ ভাবতে পারিনি তার প্রতি মহিমার মনোভাব

বা মহিমাই যে দলের আসল কর্ণধার। সব সময় মনে মনে ও ভেবে এসেছে হয়তো রমনই দলের আসল গুরু।

"তবুও তুমি কেন আমাকে একবার ডাকলে না রমন ভাই অন্তত শেষ দেখা...."

"মহিমার অনুরোধেই তোমাকে ডাকিনি, আমি একাই এতদিন এইসব ভিতরের গোপন কথা জানতাম, আজ মহিমার নির্দেশে তুমিও জানলে,"

সে বছরটা ওদের দলের জন্য মোটেই ভালো যাচ্ছিল না। রাজনৈতিক পালা বদলের পর ইমতিয়াজ হঠাৎ নিজের বাড়িতে গিয়ে নিখোঁজ হয়। ওর কোন খবরই আর মেলে নি। জিৎ রমনকে বলেছিল এই সময় আমাদের উচিত কয়েক মাস গা ঢাকা দিয়ে থেকে নতুন পরিবেশের ওপর তীক্ষ্ণ নজর রেখে তারপরেই কোন নতুন কাজে হাত দেওয়া। এদিকে মহিমার চিকিৎসার বিপুল খরচ, কিছু মাস একেবারে কাজ বন্ধ থাকায়, ঊর্ধ্বগামী খরচের সঙ্গে পাল্লা দিতে গিয়ে প্রচন্ড অর্থনৈতিক সংকটের মুখে পুরো দল। এই সময় রমনের কাছে একটা বড় কাজের সন্ধান এলো। জিৎ তখন দিল্লির বাইরে, অর্থ জোগাড়ে মরিয়া রমন তড়িঘড়ি জিৎ এর সঙ্গে কোনও পরামর্শ না করেই এহ্সানকে নিয়ে ওই গোপন ডেরায় যায়। বিরোধী

পক্ষ ও পুলিশের পাতা জালে পড়ে রমন বা এহসান কেউই আর সেদিন ফেরে নি। যাবার আগে রমনের মনে নিশ্চই একটু খটকা লেগে ছিল, সেটা জিৎকে লেখা রমনের গোপন চিঠি পড়ে স্পষ্টই জিৎ বুঝতে পারে কিছু দিন পরে। এর মধ্যে ক্ষতি যা হবার হয়েই গেছে।

চিঠিতে সব জানার পর রাগে উন্মত্ত জিৎ, পরের সাত দিনে দিল্লীতে তিনটে খুন হয়, দুজন বিরোধী দলের ও একজন পুলিশের উচ্চপদস্থ অফিসার। এরপরে সকলের চোখে ধুলো দিতে জিৎকে দিল্লী ছাড়তে হয়। সাথী বিয়োগের পর জিৎ-এর নিজেকে ভীষণ একা মনে হতে থাকে। ওদের দলবদ্ধ কাজের সময় সকলেই জানতো কার কি করনীয় । এখন নতুন করে গোপন কাজের ব্যাপারে কারুর সঙ্গে আলোচনা করতে জিৎ এর কিছুতেই ভরসা হয় না। নতুন রাজনৈতিক পরিস্থিতিতে কে কার চর বোঝা মুশকিল । দিল্লি থেকে পালিয়ে অজ্ঞাতবাসে থাকা কালীন অনেকবার জিৎ ভেবেছে কয়েক জনকে জোগাড় করে, তালিম দিয়ে পুনরায় দল তৈরি করবে। একা একা থেকে দলবদ্ধ ভাবে কাজে অনেক সুবিধা। সব সময় একা সমস্ত ঝুঁকিপূর্ণ কাজ করা যায় না। যেমন আজ রাতে পয়সার লোভ দেখিয়ে অটোওলাটাকেই ব্যাবহার করতে হচ্ছে। তাছাড়া এই সব কাজে সামান্য একটু অন্যমনস্ক হলেই বিশাল বিপদের ঝুঁকি । জিৎ জানে বিপদ সবসময় লাইন দিয়ে আসে পুলিশ, কার সঙ্গে পুলিশের চর, বিরোধী গোষ্ঠী এমনই আরও কত ।

কিছু বছর জিৎ গঙ্গার পাড়ে হিন্দুতীর্থ বেনারসে গিয়ে গা ঢাকা দেয়। চুল না কেটে ক্রমে তা লম্বা হয়ে তার কাঁধ পর্যন্ত পৌঁছয়, দাড়ি না কমিয়ে সন্ন্যাসীদের মত লম্বা দাড়ি হয় । গঙ্গার পাড়ে গেরুয়া লুঙ্গী ফতুয়া, গলায় রুদ্রাক্ষের মালা ঝুলিয়ে সে মানুষের ভাগ্য বিচার করতে থাকে। কখনও অজান্তে নিজের মনেই হাঁসে, যার নিজের ভবিষ্যৎ জানা নেই সে করছে অন্যের ভবিষ্যতের বিচার । মানুষ সত্যি কত বোকা, কয়েকটা সহজ প্রশ্ন করে মানুষকে কেমন সহজে ঠকানো যায়, যেমন - আপনার ইদানিং খুব বাজে সময় যাচ্ছে না ? কঠোর শ্রমের একদম ফল পাচ্ছেন না ? ভালো সময় আসতে খুব দেরী হচ্ছে ? কিন্তু ক'বছরের মধ্যেই মিথ্যের নাটক করে গা ঢাকা দিয়ে থেকে আর প্রতিদিন নিরামিষ খেতে খেতে জিৎ মানসিক ভাবে একেবারে ক্লান্ত । সুযোগের অপেক্ষায়, একটা মোটা দাঁও মেরে একেবারে এই সব ছেড়ে অন্য কোথাও গিয়ে নিশ্চিন্তে স্বাভাবিক জীবন কাটাবে, এই স্বপ্ন দেখেই তার প্রতিদিন কাটে ।

সুযোগটা এসে গেল অদ্ভুত ভাবে। সেদিন বিকেলে হেমন্তের শেষে হাওয়ায় কিছুটা ঠাণ্ডাভাব । জিৎ এর ইচ্ছে হলো রাতে পাঁড়েজির রাবড়ি আর রুটি দিয়ে খাওয়া সারবে । বেনারসের সরু গলি দিয়ে সে পাঁড়েজির দোকানের দিকে হেঁটে যাচ্ছে, একটা চাদর চাপিয়ে বেশ আরাম লাগছে। রাস্তায় হঠাৎ দেখা এক গাঁজাখোর ভক্তের সাথে। সে নেশায় এক্কেবারে বুঁদ। জিৎ এর কাছে তার করুণ কাকুতি, "যোগিজি গাঁজার চিলিমে টান দিয়ে অনেক নেশা করে ফেলেছি, এখন প্রচন্ড খিদে পেয়েছে, পকেটে একটাও পয়সা নেই, দয়া করে কিছু খাওয়ান,"

জিৎ ওদের কাছে কোন সিদ্ধ পুরুষ তাই ওরা ওকে ডাকে 'যোগিজি' বলে। আর মাঝে মধ্যেই জিৎ ওই শ্রমিক যুবককে দিয়ে নিজের ফাই ফরমাশ খাটায় তাই ওর মিনতি উপেক্ষা করতে পারে না। গাঁজাখোরের আবদার শুধু খাবার কিনে দিলেই হবে না আজ রাতে একসঙ্গে বসে খাবে সে যোগীজির সাথে।

জিৎ ওকে নিজের ডেরায় কিছুতেই নিয়ে যাবে না। খাবার কিনে তাই ওরা হাঁটতে হাঁটতে কাছেই গঙ্গার পাড়ে একটা শান-বাঁধানো জায়গায় এসে বসে। রাতের বেলা প্রায় নির্জন গঙ্গার চারিদিক । পাশের রাস্তার ল্যাম্পের আলোতে খেতে খেতে গাঁজাখোর যুবকটি অনেক আবোল তাবোল বকে যায়। জিৎ ওর কথায় কান না দিয়ে পাঁড়েজির রাবড়ি আর রুটির স্বাদে মনোনিবেশ করে, যুবকটি আবার এক ছিলিম সেজে তাতে দুটো টান মেরে হঠাৎ এমন কিছু বলে যা শুনে জিৎ এর সবকটা ইন্দ্রিয় উত্তেজনায় টানটান হয়ে যায়। ঠিক যেমন একটা সুযোগের অপেক্ষা করে সে বসে আছে বেশ কয়েক বছর ধরে।

গাঁজাখোর বলে, " যোগীজি কদিন আগে বেনারসের বাইরে একটা শুঁড়িখানায় একটু বেশী মদের নেশা করে শুঁড়িখানার কাছে অন্ধকার একটা বাধাঁনো গাছের বেদিতে বেহুশ হয়ে শুয়ে ঘুমিয়ে পড়েছিলাম। কতক্ষন ঘুমিয়েছি, কখন ঘুমিয়ে পড়েছি কিচ্ছু খেয়াল নেই, ওদিকটায় এমনিতে একেবারে নিরিবিলি থাকে, হঠাৎ ঘুম ভাঙলো দুজনের চাপা স্বরে কথাবার্ত্রার আওয়াজে, ওরা কয়েক লক্ষ টাকার একটা কাজের কথা বলছিল,"

"কারা মালের ঠেকের কাছে অন্ধকারে চুপিচুপি লক্ষ টাকার আলোচনা করছিল? " জিৎ মজা করে জানতে চায়।

"আমি ওই মোটা গাছের গুঁড়ির ওপাশে ছিলাম তাছাড়া ওখানটায় ঘুটঘুটে অন্ধকারে ওদের কাউকে দেখি নি, কিন্তু কাজটা জানেন কি ?"

"বলে ফেল কাজটা কি?"

"যোগিজি একজনকে খুন করার।"

"বলিস কি? এখানে কার মাথার দাম অত হল ?"

"না না যোগিজি! ওরা দিল্লির কাউকে মারার কথা আলোচনা করছিলো। বলছিল সুপারি বেরিয়েছে,"

"ওই মহাপুরুষগুলোকে, এত গাঁজা খেয়েও দেখতে পেলি না ?"

"যোগিজি সেদিন আমি গাঞ্জা নয় মদ খেয়েছিলাম, তাছাড়া খুনের ফন্দি করছে শুনে ভয়ে এমনিতেই আমার হাত পা ঠান্ডা, ওরা বলছিল সব প্রমান সঙ্গে সঙ্গে সাফ করার কথা, ওদের কথা শুনে ফেলেছি জানলে আমাকেও হয়তো ওখানেই ......ঐসময় খুব প্রস্রাবও পেয়েছিল, অনেক কষ্টে তা চেপে কোন রকমে ঘাপটি মেরে পড়ে থাকলাম অনেক্ষন...... যতক্ষণ না বোতল শেষ করে ওরা গাছতলা থেকে বিদায় হল।"

"কিন্তু কোন হতভাগাকে মারার চক্রান্ত করছে জানলে অন্তত তাকে বাঁচানো যেত।"

"আমিও উদগ্রীব ছিলাম নামটা শুনতে, কিন্তু মনে হল ওরাও লোকটার নাম জানে না, শুধু টার্গেট বলছিল, লোকটার সঙ্গে সবসময় দেহরক্ষী থাকে, কে জানে হয়তো কোন বড় ব্যবসায়ী বা মন্ত্রী হবে, ওরা বলছিল কাজটা দিল্লির বাইরের কাউকে দিয়েই করাতে হবে যাতে কাজ সেরে সে সটকে পড়ে আর পুলিশ তার নাগাল না পায়, দিল্লির কাছে একটা পানশালার কথাও বলছিল,"

"কোন পানশালার কথা বলছিলো রে?"

"যোগিজি আমার তখন একদিকে প্রাণের ভয়, তার ওপরে প্রস্রাবের বেগ, সব মিলিয়ে ভয়ঙ্কর অবস্থা, তবুও মনে হয় ওরা বুলু ...ধুর আপনি কি ওসব চিনবেন ? আপনি তো পানশালার দিকও মাড়ান না ..."

"একদম ঠিক কথা," নরম গলায় বললেও জিৎ এর বুঝতে কোন অসুবিধে হয় না কোন পানশালার কথা ও শুনেছে, এধরণের কাজের সূত্রর চাবিকাঠি ওই পানশালার কোন নিয়মিত খদ্দের বা কর্মচারী যার জীবনপঞ্জির সঙ্গে অপরাধ জগতের ইতিহাস জড়িয়ে রয়েছে । গাঁজাখোর তখনো অনেক কথাই বলছিল জিৎ এর সেদিকে হুঁশ নেই, সে তখন মনে মনে পরিকল্পনা করছে কোন রাস্তায় এগোবে।

দিল্লী পৌঁছে প্রথমেই জিৎ তার বেনারসের যোগীরূপ ত্যাগ করে। এরপরে সূত্র ধরে উৎসে পৌঁছতে তার একদিন মাত্র লাগে । আন্ডার ওয়ার্ল্ডের সাথে তার পূর্বেই গাঢ় পরিচয়। সতর্কতা অবলম্বনের প্রয়োজনীয়তা সম্পর্কে তার খুব ভাল জানা। মোটা গোঁফ, ওভারকোট টুপিতে নিজের আসল পরিচয় যথাসম্ভব ঢেকে সে

নির্জন আঁধারী এই রাস্তায় পার্টির সঙ্গে গোপন সাক্ষাৎ করতে কিছুটা আগেভাগে পৌঁছয়। মোটরবাইকটা লুকিয়ে রাখে একটা গাছের পেছনে। অপেক্ষা করতে করতে আলতো হাতে ছুঁয়ে নেয় বন্দুকের বাঁটটা, কে জানে কোন বিপদ আসছে?

তার অবাক লাগে, যখন টর্চের আলোতে সে দেখে দামী গাড়ি চালিয়ে পাতলা ফর্সা অল্পবয়স্ক ২২- ২৩ বছরের এক যুবক এসেছে এত বড় মাপের পরিকল্পনা কথা তার সঙ্গে আলোচনা করতে। কিছুতেই যেন তার বিশ্বাস হয় না, মনে মনে ভাবে এর পেছনে নিশ্চই কোন পোড়খাওয়া মাথা অবধারিত জড়িয়ে আছে, যে এখন অন্তরালে।

ছেলেটি গাড়িতেই বসে থাকে, একটা কালো কাপড়ে তার চোখ ছাড়া মুখের বাকিটা ঢাকা, জিৎ এগিয়ে যায় গাড়ির জানলার কাছে।

সময় নষ্ট না করে জিৎ বলে, "টার্গেটের ছবি ঠিকানা এনেছেন?"

পুলিশের বেশে জিৎকে দেখে প্রথমে ছেলেটিকে ঘাবড়ে যেতে দেখে জিৎ বলে, "ভয়ের কিছু নেই আমি শুধু সংযোগকারী কাজটা করবে অন্য লোক, যাক ছবিটা এনেছেন ?"

"এনেছি," বলে ছেলেটি পাশের সিটে রাখা খামটা দেয়, জিৎ সেটা তার ওভারকোটের পকেটে চালান করে।

"টার্গেটের সঙ্গে আপনার শত্রুতা, আত্মীয়তা, ব্যবসা-সম্পত্তির বিবাদ কি লোকে জানে ? কারণ ঘটনার পরে

পুলিশ আসবে, যদি সন্দেহের তীর আপনার দিকে যায়, তখন ?"

"টার্গেটের সঙ্গে আমাদের বিবাদ নেই, বরং সদ্য ব্যবসা থেকে ছাঁটাই তার আত্মীয় সুকদেবকেই সবাই সন্দেহ করবে,"

উত্তেজিত ছোকড়া সুকদেব আর বিন্দিয়ার কথা মুখ ফোসকে বলে ফেলে, পরে অবশ্য জিৎ প্রিয়ার মুখে সুকদেব-বিন্দিয়ার আসল পরিচয় পেলেও জানতো ওরা এই ষড়যন্ত্রে জড়িত নয়, শুধুমাত্র সকলের দৃষ্টি ওদের দিকে ঘোরানো হচ্ছে। তাছাড়া জিৎ ওর মুখে 'আমাদের' কথাটা শুনে মনে মনে সতর্ক হয়, তার ধারনা একদম ঠিক, চক্রান্তের পিছনে বড় মাথা আছে, তবুও চুপ করে ওর কথা শোনে । নিজের মনে ঠিক করে ফেলে সে একাই কাজটা করবে তা কাউকে একদম জানাবে না।

"খুব জলদি জলদি কাজটা করতে হবে, পারবেন কি?" ছেলেটি প্রশ্ন করে।

"সবুজ সংকেত দেবেন আপনি, মানে চুক্তির অর্ধেক টাকা,"

"কত টাকা?"

জিৎ পকেট থেকে একটা চিরকুট বের করে ওর হাতে দেয়, "টাইপ করা আছে, পড়তে অসুবিদে হবে না, টাকাটা উল্লেখিত এই একউন্টে জমা করলেই কাজ শুরু হবে,"

অতিউৎসাহী ছেলেটি গাড়ির আলো জ্বেলে চিরকুটটা পড়তে যাচ্ছিল। জিৎ ধমক দিয়ে বলে, "আলো নেভান! বাড়ি গিয়ে পড়বেন, কে জানে কে কোথায় আছে? দুদিনের মধ্যে টাকা জমা হলে বুঝবো কাজটা করাতে চান। আর হ্যাঁ, দু সপ্তাহ পরে ঠিক এই দিনে এখানে মাঝরাতে বাকি টাকাটা নগদে একটা ব্যাগে নিয়ে আসবেন। সেদিন যদি না আসেন, আমরা পৌঁছব আপনার বাড়ীতে, টাকা উসুল করতে। জানবেন খুন করতে আমাদের হাত একদম কাঁপে না।"

"আচ্ছা," বলে ছেলেটি বিদেয় হতেই জিৎ মোটরবাইকে হেডলাইট না জেলে নিরাপদ দূরত্ব থেকে ওর পিছু নিয়ে ওর বাড়িটা চিনে রাখে।

হঠাৎ জিৎ চেঁচিয়ে অটোওলাকে বলে, "তৈরী থাক! গাড়ি আসছে,"

এদিকে খানিক্ষন মৃদু বাতাসে জঙ্গলের কুয়াশা কিছুটা পাতলা হয়েছে।দূরে উজ্জ্বল বিন্দুর মত গাড়ির আলো দেখা যায়। শক্ত করে বন্দুকের বাঁটটা নিজের মুঠোয় নিয়ে জিৎ অপেক্ষা করে।

২৭. আবার জগ্না

দূর থেকে ক্রমশঃ গাড়ির হেডলাইটের আলোর বিন্দু দ্রুত গতিতে এগিয়ে আসছে ওদের দিকে।

সম্ভবতঃ গাড়িটা তখনও পাঁচশো গজ দূরে, জিৎ চেঁচিয়ে বলে, "রেডী থাক! মনে আছে তো কি করতে হবে ?"

"মনে আছে স্যার, গাড়িটা কাছে এলে টর্চ জ্বালাবো নেভাবো, গাড়ি থামলে আমার কাঁধের ওপর রেখে ওই দিকে তাক করে টর্চ জ্বালিয়ে রাখব। কিন্তু স্যার গাড়িটা তো উলটো দিক থেকে আসছে!" রাস্তার উল্টো দিকে দাঁড়ানো অটোওলা ছেলেটি বলে।

হাতে আর সময় নেই, আর মাত্র কয়েক সেকেন্ডে গাড়িটা পৌঁছে যাবে, জিৎ তাড়াহুড়োতে ধমকের সুরে জিৎ বলে, "আগেরবার কুয়াশায় নিশ্চই তোকে দেখতে পায় নি, তাই ঘুরে আসছে, তৈরী থাক! যেমন বলেছি তেমন কর,"

অটোওলা ছোকড়াটিকে ধমকালেও জিৎ এর মনে একটা খটকা লাগে। যদি সদ্য যাওয়া গাড়ীটাই ঘুরে আসে তাহলে সপ্তাহ দুয়েক আগে যে গাড়ীটাকে সে মোটরবাইকে চেপে অনুসরণ করেছিল এটা সেই গাড়ী মোটেই নয়। সেদিন অনুসরণ করে অবশেষে যে বাংলোয় ও পৌঁছেছিল সেখানে অন্য একটা গাড়িও পার্ক করা ছিল, কিন্তু সেটাও এত ছোট নয়। আজকের ঘন কুয়াশার মধ্যেও গাড়িটার লাল ব্যাকলাইট দেখেই তার মনে হয়েছিল কোথায় যেন ঠিক মিলছে না।

হঠাৎ তার মনে পড়ে যায়, সেদিনের ওই দামী গাড়িটার তিনটে ব্যাকলাইট ছিলো। পিছনের সিটের ওপরে মাঝখানে একটা অতিরিক্ত ব্যাকলাইট ছিল। এইমাত্র যাওয়া গাড়ীটাতে কুয়াশার মধ্যেও অস্পষ্ট সে দুটো মাত্র লাল বাতি দেখেছে। হতেও পারে এটা পথ চলতি কোনো অন্য গাড়ী, তবুও সাবধানের মার নেই, জিৎ তৎপর হয়। অভিজ্ঞতা থেকে তার মনে হচ্ছে কোথায় যেন একটা ধোঁকাবাজীর গন্ধ রয়েছে । পিস্তলের সেফটি ক্লাচ টেনে সে মোটা একটা গাছের গুঁড়ির পেছনে লুকিয়ে অপেক্ষা করে। প্রতি মূহুর্ত্তের সঙ্গে ওর বুকের ধড়ফড়ানী বাড়তে থাকে ।

ওদিকে গাড়ীটা প্রায় তাদের কাছে পৌঁছে গেল বলে, অটোওলার ছেলেটির হাতে টর্চ ক'বার জ্বলে নিভলো। জিৎ ভাবছিল গাড়িটা হয়তো না থেমে সোজা চলে যাবে, কিন্তু তাকে অবাক করে গাড়ীটার গতি কমিয়ে এক্কেবারে অটোওলার কাছে এসে থামে । গাড়ীর হেডলাইটের আলোতে সামনেটা ঝলমল করছে, হালকা কুয়াশা থাকলেও সবই স্পষ্ট দেখা যাচ্ছে । অটোওলাকে একঝলকে পুলিশের মেকআপ করে তারই প্রতিচ্ছবি মনে হচ্ছে। অন্ধকারে জিৎ তার লুকোনো জায়গা থেকে বেরিয়ে নিঃস্বব্দে পিছন থেকে এক্কেবারে গাড়িটার কাছে চলে এসেছে, এমন ভাবে যাতে গাড়ির আরোহীরা গাড়ির পেছনে অন্ধকারে তাকে একদম দেখতে না পায়। তাছাড়া গাড়ীর আরোহীদের মনোযোগ সম্পূর্ণ টর্চ হাতে

অটোচালকের দিকে। অটোওলার হাতের তীব্র টর্চের আলোতে স্পষ্ঠ জিৎ দেখতে পায় খয়েরি রঙের ফিয়াট গাড়ীর সামনের সিটে বসা দুজনকে, একজনকে সঙ্গে সঙ্গে চিনে ফেলে, চমকে ওঠে জিৎ, এযে প্রতারণা, একরকম ডাবল গেম, এর জন্য সে একদমই প্রস্তুত ছিল না।

গাড়ী যে চালাচ্ছে তাকে জিৎ চিনতে না পারলেও তার পাশে বসা জগ্গাকে এত বছর পরেও চিনতে তার কোনই অসুবিধে হয় না। সেই একই রকম গোল মুখে, নেকড়ের মত কুঁতকুঁতে হিংস্র চোখ, খোঁচা খোঁচা মুখভর্তি দাড়ি। অনেক বছর আগে এই জগ্গাই রমনকে মারতে চেষ্টা করেছিল জেলের মধ্যে, সে বার জিৎ এর তৎপরতায় পারে নি। কে জানে শেষমেষ রমনের দুর্ঘটনায় মৃত্যুতে জগ্গারই হাত ছিল কিনা ?

টর্চের তীব্র আলোতে জগ্গার চোখ ধাঁধিয়ে ওঠে, সে চেঁচিয়ে ওঠে, "এই শালা পুলিশ বেশী দালাল টর্চ বন্ধ কর,"

গাড়ীর হেডলাইটের বিচ্ছুরিত আলোতে স্পষ্ট দেখেই বোঝা যায় অটোওলা ছেলেটি মোটেই জগ্গাকে চেনে না, তাকে চিনলে এতক্ষনে সে পিঠটান দিত। যেমন তাকে শেখানো ছিল, নির্ভিকভাবে সে বলে, " আগে ব্যাগটা দিন, তারপর....."

তার কথা শেষ হয় না, গাড়ীর গেট খুলে জগ্গা একপা নেমে, একদম প্রায় পয়েন্ট ব্ল্যাঙ্ক রেঞ্জ থেকে বলে, "এই নে তোর ব্যাগ পুলিশ শুয়োরের বাচ্ছা .."

জিৎ ততক্ষনে নিঃস্বব্দে নিজের পৌঁছে গেছে ঠিক জগ্গার পিছনে কিন্তু সে কিছু করার আগেই জগ্গা ততক্ষনে তার হাতের আগ্নেয়াস্ত্রের ঘোড়া টিপে দিয়েছে।

অটোওলা ছেলেটি প্রথমে জাগ্গার হাতে বন্দুক দেখে আঁতকে ওঠে, কিন্তু বড্ড দেরী হয়ে গেছে, সে আত্মরক্ষার কোন সুযোগ পাবার আগেই চারিদিকের নিস্তব্ধতা খান খান করে জগ্গার হাতে দেশী পিস্তল 'গুড়ুম' করে গর্জে ওঠে। এতো কাছ থেকে এক্কেবারে কপালে মুহূর্ত্তে ছিট্‌কে পড়ে ছেলেটির দেহ পথের ধারে একটা বুনো ঝোপের ওপরে। তার হাতের টর্চটা ছিটকে পড়ে বনের মধ্যে।

এক রাউন্ডের দেশী পিস্তল একবার ফায়ার করলে আবার গুলি ভরতে হয়। জগ্গা তার পিস্তল লোড করার আগেই জিৎ এর অটোমেটিক পিস্তল পিছন থেকে জগ্গার মাথার পেছনে ঠেকানো, "তোর খেলা শেষ জগ্গা, পিস্তল মাটিতে ফেলে মাথার ওপরে হাত তুলে দাঁড়া, নাহলে..."

চমকে ওঠে জগ্গা পিছন থেকে আকস্মিৎ তাকে চেনে এমন এক জনের এর আগমনে।

২৮. উন্মোচন

খোঁচা খোঁচা দাড়িওলা জগ্গার গোল মুখ আর থ্যাবড়া নাকের দুপাশে কুঁতকুঁতে নেকড়ের মত নিষ্ঠুর হিংস্র দুচোখে সবসময় যেন বর্বরতা । যেমন গন্ডারের মতো বলিষ্ঠ তার চেহারা তেমনই শরীরে অসুরের শক্তি। জগ্গা যে হিংস্র ও বিপ্লজনক তাতে কোন সন্দেহ নেই, কিন্ত এই মুহুর্তে জিৎ এর আসল শত্রু জগ্গা নয়, বরং যে ওকে পাঠিয়েছে। আজ জগ্গাকে যে পাঠিয়েছে কাল অন্য কাউকেও ....

জিৎ এর কথামতো বন্দুক ফেলে সুবোধ বালকের মত মাথার উপরে হাত তুলে দাঁড়াবে জগ্গা? সে ব্যাপারে জিৎ এর মনে যথেষ্ট সন্দেহ রয়েছে। জেলে রমন জিৎকে বলেছিলো,"জগ্গা আসলে উত্তরপশ্চিমের এক উপজাতির লোক, ওরা হয় একরোখা ও জেদী, সহজে হার মানে না, আজ আমার প্রাণ বাঁচিয়ে তুমি এখন থেকে ওর শত্রু হলে, এটা সবসময় মনে রেখো।"

জিৎকে জগ্গা দেখতে না পেলেও এই মুহুর্তে সবথেকে গুরুত্বপূর্ণ জগ্গাকে নিরস্ত্র করা এবং যে গাড়ী চালাচ্ছে সে যাতে কোনো রকম আক্রমণ না করে বা গাড়ী নিয়ে পালতে না পারে সেদিকেও নজর রাখা। জিৎ এর সাইলেন্সার লাগানো বন্দুক পিছন থেকে জগ্গার ঘাড়ে

ঠেকানো, গুলিহীন বন্দুকটা জগ্গা কোনও কথা না বলে মাটিতে ফেলে দেয়।

"গাড়ির স্টার্ট বন্ধ করে চাবি পাশের সিটের ওপর রাখ," গাড়ির চালকের উদ্দেশ্যে জিৎ চেঁচিয়ে বলে।

গাড়ীর স্টার্ট বন্ধের সঙ্গেই, নেভে গাড়ীর হেডলাইট, চারিদিকে নেমে আসে জমাট অন্ধকার। হঠাৎ জিৎ এর নজরে পড়ে খানিক দূরের ঝোপের মধ্যে মৃদু আলোর রেশ, নিশ্চয়ই অটোওলার হাতের টর্চটা ওখানেই ছিটকে পড়েছে। এক মূহুর্ত্ত লাগে জিৎ এর গাঢ় অন্ধকারে নিজের দৃষ্টিকে খাপ খাওয়াতে।

ওদিকে জগ্গাও যেন এরই জন্য ওঁৎ পেতে ছিল, চকিতে ধপ করে উবু হয়ে বসে, নিজেকে জিৎ এর বন্দুকের নিশানা থেকে সরিয়ে,পলক ফেলার আগেই তার পায়ের মোজায় গোঁজা ধারালো ছুরি হাতে ঘুরেই জিৎ কে আক্রমণ করে।

জগ্গা যে কোন সময় তার চোখে ধুলো দিতে চেষ্টা করতে পারে, জিৎ তার জন্য অনেক আগেই তৈরী ছিল। সে এক পা পিছিয়ে নিজেকে জগ্গার আক্রমণ থেকে বাঁচায়, প্রতিক্রিয়ায় খানিকটা আন্দাজে জগ্গার দিকে তাক করে তার আঙুল বন্দুকের ঘোড়া টিপে দেয়। বন্দুকের একটা 'ফট', শব্দ আর জগ্গার মুখে একটা "কোঁক" আওয়াজ, আবার চারিদিক নিস্তব্ধ।

খানিক দূরে পড়ে থাকা টর্চটা তুলে তার আলোতে জিৎ দেখে নিরীহ নিথর অটোর ড্রাইভারের দেহটা চিৎ হয়ে

পড়ে আছে, গুলি লেগেছে তার দু চোখের একেবারে মাঝখানে, প্রতিক্রিয়ার কোনও সুযোগই বেচারা পায় নি। গাড়ির পাশে রাস্তার ধারে পড়ে আছে প্রাণহীন জগ্গার দেহ, কোথায় গুলি লেগেছে জিৎ এর দেখার কোনও আগ্রহ নেই, তবুও ভাল করে দেখে, একটাই উদ্বেগ চালাকি করে ও ঘাপটি মেরে পড়ে নেই তো।

গাড়ীতে ড্রাইভারের আসনে বসা মোটা মাঝবয়সী লোকটা তার সামনে এক মুহুর্ত্তে ঘটে যাওয়া সমস্থ ঘটনা দেখে একেবারে থর থর করে কাঁপছে, কথা বলতে গিয়ে তোতলাচ্ছে, কম্পিত দুহাত জোড় করে বলে, "আ আ আমাকে দয়া করে মারবেন না," সম্ভবত জিৎ এর পরনে পুলিশি পোশাকে সে আরো বিভ্রান্ত, "আমি এর মধ্যে নেই, জোর করে জগ্গা আমাকে এখানে নিয়ে এসেছে ..."

পিছনের দরজা খুলে জিৎ গাড়িতে উঠে ড্রাইভারের পেছনে কোনাকুনি এমনভাবে বসে যাতে সে ড্রাইভার এর ওপর সম্পূর্ণ নজর রাখতে পারে, "কে তোদের পাঠিয়েছে,"

"দিব্বি করে বলছি আমাকে কেউ পাঠায় নি, আমি সামান্য ড্রাইভার কিচ্ছু জানি না, শুধু জানি এখানে আসার আগে জগ্গা দুজন লোকের সঙ্গে দেখা করেছিল,"

"তুই এর মধ্যে নেই? সত্যি করে বল! একটা মিথ্যে কথা বললেই ...." পিস্তলের নল ওর মাথায় ঠেকিয়ে জিৎ হুমকি দেয়।

ভয়ে কম্পিত ড্রাইভার বলে, "সত্যি বলছি দাদা, এখানে আসার আগে জগ্গা একটা নির্জন পোড়ো বাড়ির সামনে

আমাকে গাড়ি থামাতে বলে। ঘুটঘুটে অন্ধকার আর বিশাল গাছটার আড়ালে বাড়িটাকে রাস্তা থেকে প্রায় দেখাই যায় না। আমাকে গাড়ির ইঞ্জিন বন্ধ করে চুপ করে গাড়িতে বসে থাকতে বলে জগ্গা ওই বাড়ির দিকে যায়,"

"তাহলে তুই গাড়িতে বসে কি করে জানলি ও কার সঙ্গে দেখা করেছে?"

"জগ্গা একটা পাজী গুন্ডা, জেল খাটা আসামী, একদমই ওকে বিশ্বাস করি না। কোন বিপদের দিকে আমাকে টেনে নিয়ে যাচ্ছে তার একটা আভাস পেতে জগ্গা ওই বাড়ির দিকে যাওয়ার কয়েক মিনিটের মধ্যেই আমিও নিঃশব্দে গাড়ি থেকে নেমে ওকে অনুসরণ করলাম। অন্ধকারে ডুবে থাকা ওই বাড়ির চারিদিকে জমাট অন্ধকারের মধ্যে একটা ভাঙা জানলা দিয়ে এক চিলতে আলোর রেখা দেখতে পেলাম। পা টিপে টিপে ওই ভাঙা জানলার কাছে পৌঁছে উঁকি মেরে দেখি ঘরের ভেতরে একটা ভাঙা টেবিলে মোমবাতি জ্বলছে। দুজন লোক বসে আছে, বেশভূষা দেখে মনে হল তারা অত্যন্ত ধনী, জগ্গা তাদের সামনে দাঁড়িয়ে। নিচুস্বরে ওদের কথাবার্ত্রা কিছুই শুনতে বা বুঝতে পারলাম না। শুধু একজনকে দেখলাম একটা কালো ব্যাগ থেকে কয়েক বান্ডিল টাকা জগ্গাকে দিল। টাকা ভর্তি ব্যাগটা তুলে এমন ভাবে জগ্গাকে দেখালো মনে হল বলছে কাজ শেষ হলে পুরো ব্যাগের টাকাটাই জগ্গা পেতে পারে। এক কান থেকে অন্য কান পর্যন্ত দাঁত বের করে জগ্গাকে হাঁসতে দেখে বুজলাম ওদের প্রস্তাবে ও খুবই আনন্দিত, হাত বাড়িয়ে

জগ্গা ওদের সঙ্গে করমর্দন করতে যায়। বুঝলাম এবার ও ফিরে আসবে, আর ফিরে গাড়ীতে আমাকে না দেখলে, আমার ঘোর বিপদ। জগ্গা আমার ডেরা চেনে তাই ওখান থেকে পালাতেও সাহস হল না। তাড়াতাড়ি গাড়িতে ফিরে এসে বসলাম, ভান করলাম যেন কিচ্ছু জানি না।"

এই মুহূর্তে এই খুনোখুনির জায়গা থেকে শিগগিরি সরে পড়া উচিত। নিরীহ অটোওলাটার জন্য জিৎ এর মনটা ভারী হলেও চোয়াল শক্ত করে বলে, "গাড়ি চালা"

ইতস্তত করে ড্রাইভারটা জিজ্ঞেস করে, "কোথায় যাব স্যার ?"

"যেখান থেকে এসেছিস, ওই পোড়ো বাড়িটাতে,"

লোকটা চমকে উঠলেও জিৎ এর কথা না মানার মত এখন ওর সাহস নেই।

গাড়ি চলতে থাকে, প্রিয়ার মুখে জগমোহনের পরিবারের সব ঘটনা শোনার পরে জিৎ এর সন্দেহের তীর প্রথম থেকেই শুকদেব আর বিন্দিয়ার দিকে যায় নি। বরং দ্বিধায় ছিল ওই কম বয়সী ছেলেটা কে? যে ওর সঙ্গে যোগাযোগ করেছিল, অগ্রিম টাকা দিয়েছিলো, সে ওদের পরিবার বা ব্যবসার সাথে কিভাবে জড়িত? জগমোহনের রাজনৈতিক দলেরই কোন একজন ? নাকি ব্যবসার প্রতিদ্বন্দ্বি?

জিৎ এর মাথায় এখন নানা চিন্তা ঘুরপাক খেতে থাকে। যে ওকে পাঠিয়েছিল জগমোহন কে খুন করতে, সেই আবার ওকে হত্যা করতে পাঠিয়েছে জগ্গাকে। এর কারণ

কি শুধুই প্রমাণ লোপাট করা? নাকি ওকে বাকি টাকা না দেওয়া? আচ্ছা ওরা কি তাহলে জানতে পেরেছি ও জগমোহনকে হত্যাই করে নি? এত তাড়াতাড়ি ওদের কাছে সে খবরই বা পৌঁছলো কেমন করে? তাহলে কি ওদের কোনও গুপ্তচর ছিল ওই বাংলোর আসেপাশে? কে হতে পারে? বাংলোর সামনের ওই বুড়ো চা ওলা? বাংলোর রান্নার লোকটা? চিন্তার জট যেন কিছুতেই খুলতে চায় না, তন্ তন্ উত্তেজনায় জিৎ এর মাথা দপ দপ করে।

কিছুক্ষনের মধ্যে পোড়ো বাড়িটার থেকে খানিকটা দূরে গাড়ির স্টার্ট বন্ধ করে, টর্চের আলোয় রাস্তা খুঁজে ড্রাইভারটাকে সামনে রেখে পেছনে পিস্তল হাতে জিৎ,পা টিপে টিপে এগোয় ওই বাড়িটার দিকে। ড্রাইভারের কথা ঠিকই, সত্যি অন্ধকারে রাস্তা থেকে বড় বড় গাছে ঢেকে থাকা নির্জন ওই বাড়িটা চোখেই পড়ে না। বাড়িটার কাছে পৌঁছে জিৎ লক্ষ্য করে জরাজীর্ন বাড়িটার প্লাস্টার খসে জায়গায় জায়গায় ইঁট বের হয়ে আছে। বাইরের পাঁচিলে জায়গায় জায়গায় ভেঙে গেছে আর কাঠের দরজা পাল্লা গুলো অনেক জায়গায় উধাও । পা টিপে পাঁচিলের ভিতরে ঢুকে দেখে একসময়ের শান বাঁধানো উঠানে আজ আগাছা আর আবর্জনাযা ভর্তি । টর্চ নিভিয়ে অতি সন্তর্পনে সেটাকে পেরিয়ে গাঢ় অন্ধকার ভেদ করে দরজা দিয়ে বাড়ীতে ঢুকেই সামনে কয়েকটা ঘর। তার মধ্যে একটা ঘরের ভেজানো দরজার তলা থেকে হালকা কাঁপা কাঁপা আলো, হয়তো মোমবাতির। জিৎ দরজার পাশে দেয়ালে পিঠ দিয়ে লুকিয়ে দাঁড়ায়, ড্রাইভারটাকে ইঙ্গিতে বলে দরজা ঠেলে ভেতরে ঢুকতে। জিৎ এর

নির্দেশমতো অনিচ্ছা সত্ত্বেও ভয়ে ভয়ে কাঁপা হাতে ভেজানো দরজাটা ঠেলে ফাঁক করে সে । পুরনো দরজার জং পরা কব্জায় ক্যাঁচ শব্দ তুলে দরজা ফাঁক হয়।

ভেতরে কে যেন বলে ওঠে, "বাবা জগ্গা এসেছে!" গলার স্বর জিতের যেন কেমন চেনা লাগে।

পরের মুহূর্তে যা হলো তার খানিক আভাস থাকলেও এত বিপজ্জনক কিছু হবে তার কোন ধারণাই জিৎ এর ছিল না।

একদম কাছ থেকে কে যেন কান ঝালাপালা করা 'গুড়ুম' 'গুড়ুম' শব্দে দুবার বন্দুক চালালো ।

২৯. অপ্রত্যাশিত রহস্য

জরাজীর্ন বাড়িটার দিকে এগোবার আগে তার ষষ্ঠ ইন্দ্রিয় বরং বার বলছিল অভাবনীয় রহস্য ও আকস্মিক বিপদ এখনো প্রতি পদে লুকিয়ে আছে।

তবুও এতো কাছ থেকে, আচমকা কানে তালা দেয়া অপ্রত্যাশিত বন্দুকের আওয়াজ মূহুর্ত্তের জন্য জিৎকেও চমকে দেয়। ক্ষনিকের জন্য বুঝতে একটু সময় লাগে আসলে গুলিটা কোথা থেকে চলেছে? ঘরের ভিতর না বাইরে থেকে? বিপদ নিয়ে যাদের কারবার তারা সামান্য ঘটনাকেও সন্দেহের চশমা দিয়েই দেখে, এখানে তো এক মূহুর্ত্ত আগে গুলি চলেছে! মুহূর্তের জন্য মনে উঁকি দেয় তাহলে কি জগ্গা জীবিত? মৃতের ভান করে পড়ে ছিল, পরে ওদের পিছু নিয়ে পৌঁছেছে এখানে? নাঃ তার সম্ভবনা একেবারে নেই। জগ্গার দেহ থেকে নির্গত রক্তের স্রোত ও দেখেছে।

বন্দুকের শব্দ মেলাতে না মিলোতেই ঘরের দরজার পাল্লাটা কিছু ভারী বস্তুর আঘাতে দড়াম শব্দ করে

দেয়ালে ধাক্কা লাগে সঙ্গে ঘরে একটা গুরুভার বস্তার মত কিছু মাটিতে ধপাস করে পড়ার আওয়াজ। এদিকে বদ্ধ জায়গায় গানপাউডারের তীব্র গন্ধ তার সঙ্গে বন্দুকের গুলির ধোঁয়ায় যেমন স্বাসের কষ্ট তেমনই দৃষ্টি ঝাপসা করে দেয় । ঘরের মধ্যে দুজন লোকের খক খক করে কাশির আওয়াজ তার সঙ্গে সিমেন্টের মেঝেতে চেয়ারের পায়া ঘষ্টানোর আওয়াজ । দুজোড়া ভারী জুতোর শব্দ দরজার দিকে দ্রুত এগিয়ে আসে।

একজন কাশতে কাশতেই গর্বিত স্বরে বলে, "দেখলি কেমন এক ঢিলে দু পাখি মারলাম!"

জিৎ এর চিন্তার মধ্যেই ছিল না ঘরের ভেতরে যারা লুকিয়ে তাদের সঙ্গেও বন্দুক আছে, তাদের অন্য মতলব, অত্যন্ত পয়সার লোভী কেউ মেতেছে এক অন্য খেলায়। এখন ওর কাছে পরিষ্কার, জগ্গা কে পাঠানো কাঁটা দিয়ে কাঁটা তোলার জন্য। জগ্গা ওকে খুন করলেও ফিরে সে তার প্রতিশ্রুতি মত অর্থ মোটেই পেত না তার জন্য অপেক্ষা করে ছিল বন্দুকের গুলি । কিন্তু ঘরের মধ্যে এই দুজন কে? সুকদেব তো নয় তাহলে কাকে দেখবে ?

শক্ত হাতে বন্দুক নিয়ে অন্ধকারে জিৎ দুপা সরে দরজার সামনে কোনাকুনি এসে দাঁড়িয়েছে, কৌতূহল ঘরের ভেতরে কারা আর কি হচ্ছে যাতে সে পরিষ্কার দেখতে পায়। গুলিতে আক্রান্ত জগ্গার বেচারি ড্রাইভারের প্রাণহীন দেহ কুন্ডলি পাকিয়ে দরজায় ভর দিয়ে যেন বসে আছে। মাথাটা তার ঝুঁকে পড়েছে বুকে।

একটা লাইটারের আলোতে দুজন লোক ঝুঁকে পড়ে তাকে পরীক্ষা করছে। যার হাতে সিগরেট লাইটার, কোন

আবরণ না থাকায় জিৎ পরিষ্কার সেই কম বয়সী ছেলেটিকে আরো ভালো দেখতে পারে, সেই তার সঙ্গে চুক্তি করেছিল জগমোহনকে মারার জন্য।

ছেলেটি মৃত ড্রাইভারের মুখ লাইটারের আলোতে দেখেই চমকে ওঠে, "বাবা এটা আবার কে? এতো জগ্গা নয়,"

"তাহলে? এটা কে? এখানে এলো কেমন করে?" ছেলেটির বাবা বলে, "শালা জগ্গাও এতো সেয়ানা, আমার ওপরে গেম খেলছে নাকি?"

ছেলেটির বাবার দিকে নজর পড়তেই জিৎ চমকে ওঠে। ঢ্যাঙা লোকটাকে অনেক বছর পরে দেখলেও একবারেই চিনে ফেলে। জিৎ এর কাছে পরিষ্কার হয়ে যায় পর্দার অন্তরালে ভালো মানুষ সেজে কে এই ষড়যন্ত্রের আসল মাথা। এদের বাঁচিয়ে রাখলে জগমোহন শুধু নয়, অর্থের লোভে প্রিয়া বা প্রীতকেও এরা সুযোগ বুঝে ঠিক খতম করে দেবে।

ওদের চমকে অন্ধকার থেকে জিৎ বন্দুক হাতে গর্জে ওঠে "মিথ্যেবাদী, নেমকহারাম, বিশ্বাসঘাতক, শকুনি মামা তোমার খেলা শেষ আজ আমার হাতে,"

দুর্যোগের সেই রাতে, প্রচন্ড ঝড় জলের দাপটে, প্রিয়াদের বাংলোর এক মাইল আগে পাহাড়ে বড়সর ধ্বস নামে। ফলে রাস্তায় যানবাহনের যাতায়াত বন্ধ ছিল, যতদিন না রাস্তা পরিষ্কার হয়। কদিন প্রিয়াদের বাংলোর ফোনও খারাপ যার ফলে ওরা বাইরের জগতের থেকে একেবারে বিচ্ছিন্ন।

পাহাড়ে ঠান্ডা পড়েছে জমিয়ে, সঙ্গে কনকনে উত্তরে হাওয়া, পারদ নেমে গেছে অনেকটা। সকালে চায়ের কাপ নিয়ে প্রিয়া জবুথবু হয়ে বসে আছে ফায়ারপ্লেসের সামনে। দুর্যোগের সেই রাতে, জিৎকে এতো বছর পরে দেখে চমকে উঠলেও, তাকে কাছে পেয়ে ক্ষনিকের জন্য হলেও এক অনাবিল আনন্দর সাগরে ভেসে গিয়েছিল প্রিয়া। জিৎকে শুভরাত্রি জানিয়ে সেরাতে নিজের ঘরের বিছানায় শুয়েও ওর মন পড়ে ছিল জিৎ এর কাছেই । ভালো করে ঘুমোতেই পারে নি, চোখে আগামী দিনের নানা রঙ্গিন স্বপ্ন। ঘুরে ফিরে একই চিন্তা কিভাবে জিৎ কে সবসময় তার কাছাকাছি রাখবে? ভেবে রেখেছিল সকালে জিৎকে বলবে তার পরিকল্পনার কথা। কিন্তু অবাক কান্ড সকালে উঠে দেখে কিছু না বলেই জিৎ উধাও। যেমন অন্ধকারে তার আবির্ভাব তেমনই দিনের আলো ফোটার আগে সে কোথায় মিলিয়ে গেছে। প্রিয়া তার হৃদয়ের কষ্টের কথা কাউকে বলতেও পারছে না, শুধু নিজের মনে মনে চিন্তা করতে থাকে কেন জিৎ এমনভাবে তাকে না জানিয়ে চলে গেল?

নিজের মনে অনেক ভেবে জিৎ এর না বলে উধাও হবার কতক গুলো সম্ভবনার কথা তার মনে হয়, হয়তো জিৎ তার সব ঘটনা বিশ্বাস করে নি বা তার মনে হয়েছে প্রীত তার সন্তানই নয়। সে হয়তো ভেবেছে তার ও প্রিয়ার এখন মর্যাদার অনেক পার্থক্য, প্রিয়া যে প্রাচুর্যের মধ্যে রয়েছে সেখানে তার কোনো স্থানই নেই। হয়তো জিৎ এর জীবনে এমন কেউ এসেছে যার জন্য......... আর ভাবতে ইচ্ছে করে না তার, মাথা যন্ত্রনায় দপ দপ করে ওঠে।

ঠিক এই সময় ঠক ঠক লাঠির আওয়াজ তুলে উৎকণ্ঠা মুখে হন্তদন্ত জগমোহন বাইরে থেকে ঘরে প্রবেশ করে।

জগমোহনকে দেখে অবাক হয়ে প্রিয়া জিজ্ঞেস করে, "সাতসকালের এই হাড় কাঁপানো ঠান্ডায়, তুমি কোথায় গিয়েছিলে?"

জগমোহন ফায়ারপ্লেসের সামনে একটা চেয়ারে ধপ করে বসে বলে, "ফোন খারাপ আর পাহাড়ে ধস নামা থেকে আমরা একরকম গৃহবন্দী হয়েছিলাম, আশেপাশে কি হচ্ছে কিছুই জানতাম না, আজ রাস্তা পরিষ্কার হয়েছে, যানবাহনও……"

"এই টুকু জানতে এমন ঠান্ডায় তুমি বাইরে গেছিলে?" প্রিয়া তির্যক হেঁসে বলে।

"না! এটুকুই নয়, থানায় গেছিলাম, সেদিন ঝড় বৃষ্টির রাতে একটা গাড়ী খাদে পড়ে গিয়েছিলো.."

জগমোহনের কথা শেষ না হতেই প্রিয়া আঁতকে ওঠে, "তাহলে কি জিৎ?"

"না না, জিৎ নয়….. গাড়িতে বা গাড়ির কাছে কোন মানুষের দেহ পাওয়া যায় নি, তাছাড়া গাড়িটা কাছের শহর থেকে ক'দিন আগে চুরি করা, পুলিশের সন্দেহ কেউ ইচ্ছে করে গাড়িটাকে ধাক্কা মেরে খাদে ফেলেছে। কিন্তু লোকে গাড়ি চুরি করে বেচার জন্য, খাদে কেন ফেলতে যাবে?

পুলিশ দোমড়ানো মোচকানো গাড়ীর ফটো দেখিয়ে আমার কাছে জানতে চাইছিলো আমি গাড়িটা দেখেছি

কি না, আমি তো কখনও ওই গাড়িটা দেখিনি। আচ্ছা প্রিয়া! জিৎ সেদিন কোন গাড়িতে এসেছিল জানো?"

"আমি দেখিনি, তাছাড়া জিৎ চুরির গাড়ি চালাতে যাবে কেন?" প্রিয়া একরকম ফুঁসে ওঠে।

জগমোহন কিছুক্ষণ চুপ করে থেকে বলে, "গাড়ি কথা ছাড়, একটা খারাপ খবর আছে। এখানে দুর্যোগের পরের দিন রাতে দিল্লীতে পাঁচ জন খুন হয়েছে, একজন নিরীহ অটো ড্রাইভার, এক কুখ্যাত জেল ফেরত আসামী জগ্গা ও তার এক অনুচর.."

"তুমি এইসব কথা আমাকে বলছ কেন?"

"দয়া করে পুরোটা শোন্, বাকি দুজন তোমার মামা জগদিশ ও তোমার মামাতো ভাই বরুণ। এর মধ্যে তিনজন, তোমার মামা, বরুন ও জগ্গা মারা গেছে একই অটোমেটিক পিস্তলের গুলিতে। জগ্গার অনুচর মরেছে তোমার মামার পিস্তলের গুলিতে আর অটোর চালক জগ্গার দেশী বন্দুকের গুলিতে।"

খবরটা শুনে হতবাক প্রিয়া, ফ্যালফ্যাল করে তাকিয়ে থাকে জগমোহনের দিকে, অনেক কষ্টে বলে, "হাঃ ভগবান! কিন্তু কেন? আমার মামা কেন অকারণে কাউকে গুলি করবে?"

"এসবের কিছুই জানি না, আমাকে পুলিশ ডেকে পাঠিয়েছিল কারণ বরুণ আমার ব্যবসার কাজ দেখে, সে এবং তার বাবা আমার আত্মীয়ও, আমার কাছে ওরা জানতে চাইছিল ওদের সঙ্গে ক্রিমিনাল জগ্গার কি সম্পর্ক? সে ব্যাপারে আমি কিছু জানি নাকি? বুঝতেই

পারছো এক রাতে পাঁচ পাঁচটা খুন, মিডিয়া দিল্লি তোলপাড় করেছে । কেন এবং কে করেছে এর উত্তর খুঁজতে পুলিশ নাজেহাল। তার সঙ্গে বিরোধী পক্ষ ও সংবাদ মাধ্যমের চাপ। আগেই জানিয়ে রাখছি পুলিশ তোমাকেও হয়তো কিছু জিজ্ঞেসাবাদ করতে আসতে পারে।"

একটু থেমে জগমোহন বলে, "পুলিশের এক ইনফর্মার ছবি দেখে বরুন আর তোমার মামাকে চিনেছে, কিছুদিন আগে সে ওদের জগ্গার সঙ্গে সাক্ষাৎ করতে দেখেছে। জগ্গা পুরনো ক্রিমিনাল বহুবার জেলে গেছে, পয়সার জন্য ও সব করতে পারে, এমনকি মানুষ খুনও। পুলিশের প্রশ্ন তোমার মামা ও ভাই এর জগ্গার সঙ্গে কিসের প্রয়োজন? কাউকে কি মারতে চাইছিল ওরা?"

"আমার মাথা ঘুরছে, হাত পা ঠান্ডা হয়ে যাচ্ছে, কি দরকার ছিল ওদের ওই সব ক্রিমিনাল লোকের সঙ্গে? আমাকে এখন মামীর পাশে থাকতে হবে, জগমোহন আমি দিল্লী যেতে চাই।"

"অবশ্যই যাবে। তোমাকে আরো কিছু জানানো দরকার। আমি আগে তোমাকে বলিনি,"

"আর কি জানানো দরকার?"

"কয়েক মাস আগে হঠাৎ শুকদেব গোপনে আমার সাথে দেখা করতে আসে । ভেবেছিলাম ও ক্ষমা চেয়ে চাকরিতে আমাকে আবার রাখ সেই অনুরোধ নিয়ে এসেছে। কিন্তু সে জানায় তার নিজের ব্যবসা ভালোই চলছে, শুধু আমাকে জানাতে এসেছে আমার ব্যবসা

সংক্রান্ত গোপন কিছু তথ্য । তার কথায় আমার ব্যবসা থেকে চুরির পরিকল্পনা ছিল তোমার মামা আর ভাইয়ের। সুকদেব ওদের এতোটাই বিশ্বাস করতো যে ওর কখনও মনেই হয় নি ওর কাঁধে বন্দুক রেখে ওরা গুলি চালাচ্ছে। এখানে মজার কথা কি জানো? সুকদেব চুরি করছে এই খবর আমাকে কিন্তু দেয় বরুনই । তারপর সুকদেবকে ব্যবসা থেকে আমি বের করে দিই । যাইহোক সুকদেবের কথা সে দিন সমস্তটা বিশ্বাস না করলেও গোপনে নজর রাখি বরুনের ওপর, তারপরে দেখি সত্যি বরুন ভালোই টাকা সরাচ্ছে। আমিও ওর ওপর নিয়ন্ত্রণ রাখা শুরু করি। আমার মনে হয় ও কোন ভাবে টের পেরেছিল আমি ওদের কারসাজি বুঝতে পেরেছি । লক্ষ্য করলাম তারপর থেকেই শুরু হল আমার ওপরে একের পর এক দুর্ঘটনা।"

সব শুনে প্রিয়া হতবাক শুধু বলে, "এতদিন তুমি আমাকে এই সব কথা জানাও নি কেন? সত্যি বলছি এখনও নিজের কানকেই বিশ্বাস করতে পারছি না।"

"আমি জানি, তাইতো তোমাকে এসব বলে অযথা।...." একটু থেমে জগমোহন বলে, "আচ্ছা সেদিন জিৎ বলেছিল ওর গাড়ী আমাদের বাংলোর সামনে এসে খারাপ হয়েছে তাই দুর্যোগের রাতে সাহায্যের আশায় আমাদের দরজায় করাঘাত করে। কিন্তু পরদিন কাকভোরে কে ওর গাড়ী ঠিক করলো? সত্যি কি ওর গাড়ি আদও খারাপ হয়েছিল?"

জগমোহনের হঠাৎ এই প্রশ্নে প্রিয়াও ভাবিয়ে তোলে, তাদের হঠাৎ সাক্ষাতের রোমাঞ্চ তার মনের গভীরে

কোথায় তলিয়ে গেল । নিজের মনে চিন্তা করে প্রিয়া সত্যি সেদিন জিৎ এর গাড়ি খারাপ হওয়াটা নিছক কাকতালীয় না কি পূর্ব নির্ধারিত কোন পরিকল্পনা? জিৎ তো সারাক্ষন খুব স্বাভাবিকই ব্যবহার করছিল। কিন্তু প্রিয়াকে কিছু না জানিয়ে চুপিচুপি উধাও হয়ে গেল কেন? সে নিজের কোনো ঠিকানা কায়দা করে দিল না? না সত্যি তার ঠিকানা নেই ? তবে কি আরো অনেক না জানা রহস্য লুকিয়ে আছে জিৎ এর মনে ?

প্রিয়ার চিন্তার বিঘ্ন ঘটে আবার জগমোহনের কথায়, “গাড়িটা যেখানে পাওয়া যায় তার অনতি দূরে রেলস্টেশন। চুরির গাড়ি সাথে মিল আছে বলে সক্কালেই থানা থেকে একজন এসআই রেল স্টেশনে যায়। গিয়ে দেখে স্টেশনে সকলেই স্থানীয় যাত্রী শুধু একজন মাত্র অবসরপ্রাপ্ত বয়স্ক পুলিশকর্মী, সন্দেহজনক কাউকে না দেখে তদন্তরত এস.আইটি ফিরে আসে। পরে জানা যায় ওই পুলিশ কর্মীকে কস্মিন কালেও কেউ ওই অঞ্চলে কখনো দেখে নি,"

"তাহলে ওই বয়স্ক পুলিশটাকে ওরা জিজ্ঞেস করছে না কেন?"

"পুলিশ জেনেছে অনেক দেরিতে,"

৩০. আবার সিমলা

দুর্যোগের সেই রাতের পরে অনেকগুলো বছর কেটে গেছে। প্রিয়ার খুব আশা ছিল জিৎ নিশ্চই তার সঙ্গে কোন ভাবে যোগাযোগ করবে, তার জন্য না হলেও পুত্র প্রীতকে দেখার জন্য অন্তত .... সে নিজেও জিৎকে খোঁজার চেষ্টা করেছে কিন্তু তার টিকিও খুঁজে পায় নি। সময় কারুর জন্য থেমে থাকে না আর সময়ের সাথে মানুষের জীবনের অগ্রাধিকারের পরিবর্তন অপরিহার্য। একসময় নিরাশ প্রিয়া ধরেই নিয়েছে জিৎকে আর কোনোদিন দেখতে পাবে না, হয়তো সে এ জগতেই আর নেই, হয়তো দেশের কোন দূরস্থ কোনে সকলের অলক্ষ্যে....আর তার এ বিষয়ে ভাবতে ইচ্ছে করে না। এখন তার কাছে অত্যন্ত গুরুত্বপূর্ণ প্রীতের লেখা পড়া, তাকে ভালো ভাবে মানুষ করা তার পর ক্রমে প্রীতকে জগমোহনের বিশাল ব্যবসায়ে নিয়ে আসা, বাণিজ্যের মারপ্যাঁচ সব বুঝিয়ে দেওয়া।

প্রীত একহারা ছফুটের অত্যন্ত সুদর্শন এক যুবক, অভিজাত মহিলা মহলে সে একজন আকর্ষণীয় প্রত্যাশিত সঙ্গী। তারসঙ্গে সে শিক্ষিত, মার্জিত ও রুচিশীল। বিলেতে জার্নালিজমে স্নাতকোত্তর প্রীতের ইচ্ছে ছিল বিলেতেই কিছু বছর সাংবাদিকতা করার, তারপর বিদেশের অভিজ্ঞতা নিয়ে দেশে ফিরে নিজের একটা প্রকাশনা শুরু করার। তা আর হয়ে উঠলো না, কয়েক মাস চাকরির করতে করতেই খবর আসে হঠাৎ হৃদরোগে আক্রান্ত জগমোহনের জীবন অবসানের। তড়িঘড়ি তাকে দেশে ফিরতে হল। এখন দিল্লিতেই একটা বিখ্যাত ম্যাগাজিনের অপিসে উপ সম্পাদকের পদে কাজ করে। কাজে সে অত্যন্ত নিষ্ঠাবান, মনোযোগী এবং নানা বিষয় নিয়ে লিখতে যেমন স্বচ্ছল তেমনই তার সুনাম, লিখতেও তার খুব ভালো লাগে। খুব অল্প সময়ের মধ্যেই সে অপিসের সকলের খুব পছন্দের, বিশেষ করে তার সহকর্মী রাধিকার।

বসন্তের সন্ধ্যেবেলা, দিল্লীতে শীত চলে গেলেও সন্ধ্যেবেলা এখনও তার হালকা আভাস রয়েছে। প্রীত অপিস থেকে ফিরে নিজের ঘরে কম্পিউটারে অত্যন্ত মনোযোগের সঙ্গে কিছু লেখতে ব্যাস্ত, তার সামনে টেবিলের ওপরে ছড়ানো অনেকগুলো রঙ্গিন ছবি। লিখতে লিখতে মাঝে মধ্যে উল্লেখিত ছবির সঙ্গে কিছু মিলিয়ে নিচ্ছে। কখন যে প্রিয়া তার ঘরে প্রবেশ করেছে তার খেয়ালই নেই, চমকে ওঠে সে তাই প্রিয়ার অভিযোগে, "প্রীত তোকে কতবার বলেছি অপিসের কাজ বাড়িতে না নিয়ে আসতে,"

প্রিয়াকে এখনও সেই একই রকম দেখতে আছে। তার মুখের তেমন পরিবির্তন হয় নি বরং বয়সের সাথে মুখ মন্ডলে এক পরিনত অভিজ্ঞ ব্যক্তিত্বের আভা যাতে তাকে আরো আকর্ষণীয় লাগে। আজকাল সে বেশীরভাগ হালকা রঙ্গের শাড়ীই পড়ে, গায়ে একটা পাতলা শাল, চোখে দামী রিমলেস চশমা।

"সরি মাম্মি, এই লেখাটা কাল বিকেলে ছাপতে চলে যাবে তাই বাড়িতেই একটু এগিয়ে রাখছিলাম, এই ছবিগুলো আজ এতো দেরিতে এলো যে! আজ তোমার অপিস কেমন হল?"

"প্রীত তুমি ভালোই জানো অফিসে আমি যাই বাধ্য হয়ে, শুধু তোমার জন্য । জগমোহনের চলে যাবার পর, তোমাকে অনেকবার বলেছি, তোমার চাকরি করার কোন দরকার নেই, বরঞ্চ আমার সাথে অফিসে চলো ব্যবসাটা বুঝে নাও, আমাকে ভার মুক্ত কর, প্লিজ! জগমোহন এর শরীর খারাপ হবার পর থেকে আমি গিয়ে ব্যবসার হাল ধরতে বাধ্য হয়েছিলাম, তাই জগমোহন থাকতেই ব্যবসার সব ব্যাপারটা বুঝে নিতে পেরেছি, কাজগুলো চালিয়ে নিতে পারছি। আমার কিছু হয়ে গেলে তুই ....?"

"মাম্মি প্লিজ, আমাকে এখন তোমার আবেগের ফাঁদে ফেলো না। কথা দিচ্ছি সময় মত ব্যবসাতেও মন দেব।"

"কবে থেকে শুনি?"

"খুব শিগগিরই,"

"মাম্মি তুমি পাপাকে খুব মিস কর না?"

প্রীতের হঠাৎ প্রশ্নে থতমত প্রিয়া, জগমোহনের সাথে প্রিয়ার আসল কি সম্পর্ক তা আজ অব্দি প্রীতের অজ্ঞাত। কথা ঘোরাতে প্রিয়া বলে, "হ্যাঁরে প্রীত তোর কাকে বেশী পছন্দ, অপিসের রাধিকা? না ওই তোর সাথে বিলেতে পড়তো, কি যেন মেয়েটার নাম?"

"ক্রিস্টিনা, কিন্তু মাম্মি আমি এখন ওই সব নিয়ে একেবারে ভাবছি না, ওরা শুধুই আমার বন্ধু,"

"তাতে কি? আমি তো ভাবি, তুমি তো আর নাবালক নয়? যাই হোক বাবা দেশী মেয়েকেই কোরো, বিদেশী মেয়েকে বিয়ে করে যদি তুমি দেশত্যাগ কর, তুমি সুখী হলেও আমি এখানে একা হয়ে মরেই যাবো।"

"মাম্মি! তুমি আবার শুরু হলে?"

"আচ্ছা এখন এখানে বসে তুমি কোন মহাভারত লিখছো শুনি?"

"খুবই ইন্টারেষ্টিং একটা বিষয় নিয়ে, তুমিও এখানে বসে শোনো ভালো লাগবে," প্রিয়ার দিকে প্রীত একটা চেয়ার এগিয়ে দেয়।

প্রিয়া চেয়ারে বসে বলে, "তোদের ম্যাগাজিনে তো শুধু মেয়েদের প্রসাধন, আর বিদেশের ছেঁড়া জিন্স, কি করে রোগা হবে এইসব .."

"লোকে ওগুলোই আজকাল পড়তে চায়, তবে এটা একেবারে ভিন্ন বিষয়, কমিউনিটি ডেভেলপমেন্টের ওপরে,"

"মানে? এটা কি সুইজারল্যান্ডের ছবি নাকি?" টেবিলের রাখা একটা ছবি তুলে প্রিয়া বলে।

"মোটেই নয় এটা সিমলার কাছে একটা ছোট গ্রামের ছবি, যেখানে বিগত কিছু বছরে নিশব্দে একটা বিপ্লব হয়ে চলেছে যার খবর কিছুই আমরা জানতাম না,"

"তাহলে জানলে কেমন করে?"

"হঠাৎ করেই। সামনে গরমের ছুটি আসছে, ম্যাগাজিনে কিছু শৈল শহর নিয়ে প্রতিবেদন করার জন্য আমাদের কয়েকজন সাংবাদিককে এদিক ওদিকে পাঠিয়েছিলাম। সিমলায় আমরা অম্বরকে পাঠিয়েছিলাম, যে খুব ভাল ছবি তোলে কিন্তু লেখার হাত তেমন জোরালো নয়, তার প্রতিবেদন লেখার ভার তাই আমার। সিমলায় বিভিন্ন জায়গার ছবি তুলে নোট নিয়ে ফেরার পথে বাসে একজন গ্রামবাসীর সঙ্গে কথাবার্ত্রায় সে জানতে পারে সেখানকার গ্রামে একটা প্রকল্পের কথা। কিছুটা আগ্রহের বশে উপরি কিছু তথ্যের আশায় সে পৌঁছয় ওই গ্রামে কিন্তু সেখানে গ্রামের লোকেদের স্বচ্ছলতা দেখে ও অবাক। খানিক অনুসন্ধান করে ও জানতে পারে বছর দশেক-বারো আগে ওই গ্রামে একজন নতুন বাসিন্দা আসে, সে যাদের গরু আছে তাদের বাড়ি বাড়ি গিয়ে বলে তাদের বাড়তি সব দুধ সে নগদ টাকায় প্রতিদিন কিনে নেবে। যাদের গরু ছিল তারা তাদের বাড়তি দুধের বদলে তৎক্ষণাৎ একটা বাড়তি আয় দেখতে পায় । তাদের দেখাদেখি গ্রামের আরো অনেকে আগ্রহী হয় গোপালনে। প্রথমদিকে অনেকে গরু, ওষুধপত্র কেনার জন্য টাকা ধারও পায় ওর কাছেই । সৃষ্টি হয় একটা দুগ্ধ

সমব্যায় যেখানে ঘী, মাখন, পনির পৌঁছোয় প্রথমে আশেপাশের ছোট শহর থেকে চন্ডীগড় এখন তো দিল্লী পর্যন্ত। এখন প্রকল্পে আশেপাশের আরও ৯টা গ্রাম জুড়ে আরো বড় হয়েছে। গ্রামবাসীদেরও দু দিক দিয়ে আয়, দুধ বিক্রী সঙ্গে সমব্যায়ে কাজও । বছর চারেক আগে ঘুরতে ঘুরতে এক বিদেশি দম্পতি আসে ওই গ্রামে। গ্রামের সমব্যায় ও স্বচ্ছলতা দেখে ওরা মুগ্ধ বায়না করে ওখানে থাকার, কোনরকমে অথিতিদের থাকার ব্যবস্থাও হয় গ্রামে। গ্রামবাসীদের সরল আথিতেয়তায় মুগ্ধ হয়ে ওরাই সুপারিশ করে হোম স্টের ব্যবস্থা করার এবং গ্রামবাসীদের সরল নির্ভেজাল আতিথেয়তায় খুশী হয়ে দেশে ফিরে গিয়ে ওই প্রকল্পের ভূয়সী প্রশংসা করে ওখানকার কাগজে। প্রথম বছর দুটো কটেজ দিয়ে শুরু 'আশিয়ানাতে'এখন বেড়ে ৮ টা হয়েছে। অতিথীদের প্রকল্পের কাজ ঘুরে দেখার সাথে আছে গ্রামবাসীদের সঙ্গে নিজের হাতে কাজ করার অনুভূতি। প্রকল্পের গাড়িতেই সিমলা,মানালী ঘোরার সুবিধে, আর হ্যাঁ! পুরো প্রকল্পটা সোলার পাওয়ারে চলে।"

"বলিস কি রে? এতো একটা বড় ইন্ডাস্ট্রি শুরুর গোড়ার কথা," প্রীতের টেবিলে রাখা ছবির গুচ্ছ থেকে কয়েকটা ছবি আগ্রহ নিয়ে দেখে প্রিয়া বলে, "বাঃ দারুন ব্যাপার, এই প্রকল্পের উদ্যোক্তা ব্যক্তিটির ছবি কোথায়?"

"গ্রামের সকলে ওকে ঈশ্বর বলে ডাকে, লোকটি বিচিত্র, আম্বরের সাথে প্রকল্পের কথা খুব সুন্দর বলেছিল কিন্তু আম্বরকে কিছুতেই ওর ছবি তুলতে দেয়নি, প্রকল্পের

অনেক ছবির মধ্যে একটা ছবিতেই ভাগ্যক্রমে ওকে দেখা যাচ্ছে, এই যে দেখো এই লোকটা,"

উদ্দেশ্যহীন ভাবে প্রথমে ছবিটা দেখলেও প্রীত লক্ষ্য করে ক্রমশঃ প্রিয়া অত্যন্ত মনোযোগ দিয়ে ছবিটা দেখছে। আচমকা তার মুখ গম্ভীর থেকে অত্যন্ত আবেগপ্রবণ, চোখ হয় ছলছল।

"কি হল মাম্মি?"

"প্রীত এই জায়গাটা কত দূরে?"

"হবে এখন থেকে ৩০০-৩৫০ কিলোমিটার দূরে, কেন তুমি ওদের হোমস্টেতে থাকতে চাও? কিন্তু মাম্মি বর্তমানে ওরা শুধু বিদেশীদেরই ওখানে থাকতে দেয়,"

"না যেতে চাই তোমাকে নিয়ে, আমাদের যাওয়াটা অত্যন্ত গুরুত্বপূর্ণ, কিন্তু শুধু তুমি আর আমি, ড্রাইভার ছাড়াই,"

"কিন্তু হঠাৎ? কি ব্যাপার একটু খুলে বলবে প্লীজ?"

"কাল ভোরে আমরা রওনা হচ্ছি ....অনেক বড়ো গল্প, যেতে যেতে বলবো,"

"কিন্তু আমার লেখাটা হবে না যে?"

"আজ রাতে শেষ কর, নাহলে রাধিকাকে ফোন কর, আমি জানি ও সানন্দে তোর এই কাজটা করে দেবে," বলেই প্রিয়া প্রীতকে কিছু বলার সুযোগ না দিয়ে ঘর থেকে বেরিয়ে যায়।

হতভম্ব হলেও প্রীত জানে মাম্মির অটল সিদ্ধান্তের পর কোন তর্ক চলে না। মনে মনে সেও অবশ্য উৎসুক আগামীকালের রহস্যময় যাত্রার কথা ভেবে।

৩১. মহিলা কে?

বসন্তের মেঘ মুক্ত আকাশ, রোদ ঝলমল করছে চারিদিকে, বাতাসে হালকা শীতের পরশ । পাহাড়ের কোলে লম্বা পাইন গাছে ভরা ঘন সবুজ বুগিয়াল। সিমলার কাছে পাহাড়ের কোলে ওই গ্রামের নৈসর্গিক সৌন্দর্যে এমনিতেই শহরের কংক্রিটের জঙ্গলে যাদের বাস তাদের মন জুড়িয়ে যাবে। সকাল থেকে প্রায় আট ঘন্টা গাড়ী চালিয়ে প্রীতের মনে হয় পথের সমস্ত ক্লান্তি যেন ওখানে পৌঁছেই দূর হয়। গ্রামের স্পষ্ট সচ্ছলতার ছাপ, বেশিরভাগই সুন্দর পাকা বাড়ি তার চাকচিক্য দেখে মনে হয় প্রায় সকলেই গত দীপাবলিতে বাড়িতে নতুন রং করেছে। রাস্তাঘাটও ঝকঝক করছে। জিৎএর মনে হল সে যেন বিলেতের কোন গ্রামের প্রতিচ্ছবি দেখছে এখানে।

রাস্তা থেকেই দূরে গ্রামের এক প্রান্তে একটা পাহাড়ের কোলে দেখা যায় সারি সারি লাইন দিয়ে অগুন্তি সৌর শক্তির প্যানেল। প্রীত বুঝতে পারে অম্বর কেন এত উৎসাহিত হয়ে তাকে ওই প্যানেলের ছবি দেখিয়েছিল। সৌরশক্তির প্যানেলগুলোর কাছেই যে বড়ো বাড়িটা ওটাই মনে হয় সমব্যায় ডেয়ারি। মুগ্ধ হয়ে সে দেখতে থাকে একটা সাধারণ গ্রামে সকলে একসাথে হাতে হাত মিলিয়ে একজন সৎ পথনির্দেশকের সাথে কাজ করলে গ্রামের উন্নয়ন কোথায় পৌঁছে যেতে পারে।

মুগ্ধ প্রীত প্রিয়ার ওই দিকে দৃষ্টি আকর্ষণ করতে গিয়ে দেখে তার মুখ চিন্তামগ্ন একেবারে থমথমে, "কি হল মাম্মি?"

"দেখেছি বাবা, কিন্তু আমি অন্য কথা ভাবছি! তোকে জোর করে এখানে আনলাম, কে জানে আমার আসাটা কি ঠিক হল?"

"তার মানে?"

"আমার জীবনের এতদিনের গোপন করে রাখা সব ঘটনা তোকে বললাম কিন্তু আজ ওর সামনা সামনি হতে কেন জানি না খুব ভয় করছে,"

"তোমার তো এতদিন ভয় ছিল আমাকে নিয়েই, সব জেনে আমি কি ভাববো তোমাকে? বিদেশে যাবার আগে পাপ্পা আমাকে তোমাদের জীবনের সব সত্যি বলে দিয়েছিল। বলেছিল সব কিছু যেন আমি নিজের মধ্যে রাখি যতদিন না তুমি নিজে থেকে আমাকে সব বল। প্রথমে আমার খারাপ লেগেছিল কিন্তু বিদেশে কিছু বছর

থেকে আমার দৃষ্টিভঙ্গিতে আমূল পরিবর্তন হয়েছে, ভালোই বুঝি প্রাপ্ত বয়স্ক দুজনের স্বইচ্ছায় মেলামেশা প্রাকৃতির নিয়ম, তাছাড়া তোমাদের সম্পর্কটা ছিল খাঁটি। কালের ঘটনা চক্রে তোমরা ছিটকে গেছ একে ওপরের থেকে অনেক দূরে । সময় যদি তোমাদের আবার মিলনের সুযোগ দেয় শুধু সমাজের ভয়ে দূরে থেকে যাবে কেন? যুদ্ধের সময় তো কত পরিবার ছিটকে গেছে এদিক ওদিক, যুদ্ধ শেষ হলে তারা কি আবার নিজেদের আপন জনের সঙ্গে ফের মিলিত হতে চেষ্টা করে না? এই দেশে এখনও সমাজ শোধনের নামে এত কুসংস্কার, এখন অনেক পাল্টাতে শুরু করেছে, দেখো একদিন অবশ্যই আরো পাল্টাবে।"

"হয়তো," প্রিয়া জানলার বাইরে তাকিয়ে মৃদুস্বরে বলে।

"আমাকে তো তুমি কোন রকম ভাবে বঞ্চিত কর নি, বরং আমাকে ভালো করে মানুষ করতে নিজের সব ব্যক্তিগত শখ আল্লাদকে দূরে সরিয়ে রেখেছিলে। যাকে এতদিন 'পাপা' ভাবতাম তার সঙ্গেও নিছক তুমি থেকে গেলে এতো বছর শুধু আমার জন্য। আমি ভীষণ গর্বিত তুমি আমার মাম্মি,"

"ওই দিকে আমার কোনো চিন্তা নেই, জানি এখন তোর সেই বুদ্ধি হয়েছে ২৫-২৬ বছর আগেকার আমার সব অক্ষমতার কারণ বোঝার। আমাকে না বুজলেও আমি কিন্তু তোকে সারা জীবন একই রকম ভাবে ভালোবেসে যাব, সবসময় চাইবো তোর ভালোই হোক,"

"জানি তাহলে তোমার ভয় কিসে?"

"আমার এই মুহুর্ত্তে অন্য চিন্তা হচ্ছে । এখানে আসার পর থেকে যা আমাকে কুরে কুরে খাচ্ছে । এতদিন তো ওকে দেখিনি, এত বছর সবরকম সম্পর্কও বিচ্ছিন্ন, এর মধ্যে ওতো একবারের জন্যেও আমার সঙ্গে যোগাযোগের চেষ্টা করে নি। সময়ের সাথে কত কি পরিবর্তন হয়ে যায় বাবা আর মানুষের মন পাল্টাতে তো লাগে এক মূহুর্ত্ত । ও কি আমার অবর্তমানে নতুন এক জীবন সঙ্গিনীকে খুঁজে নিয়ে তার সঙ্গে সংসার পেতেছে? সেখানে তো আমি এক্কেবারে অযাচিত। এখন মনে হচ্ছে এমন কঠিন বাস্তবের মুখোমুখি না হয়ে বরং বাড়ী ফিরে যাই,"

"বুঝেছি! কিন্তু তুমি তো কাউকে ঠকাও নি? সত্যি যা আজ প্রকাশ্যে আসুক, মাম্মি এসেছি যখন, এর শেষ দেখেই যাব,"

উল্টো দিক থেকে মোটরবাইক চালিয়ে আসা একজনকে থামিয়ে প্রীত জিজ্ঞেস করে, "দাদা ঈশ্বরজিকে খুঁজছিলাম, দয়া করে বলবেন ওনাকে কোথায় পাওয়া যাবে?"

লোকটি অবাক হয়ে ওদের দামি গাড়ী, সামনের সিটে বসা ওদের দুজনের দিকে তাকিয়ে অচেনা শহুরে লোক বুঝে নিজের ঘড়ির দিকে তাকিয়ে বলে, "ওনাকে এখন বাড়িতেই পাবেন, ওই যে দূরে হলুদ রঙের বাংলো বাড়িটা, কিন্তু যদি আশিয়ানাতে থাকতে এসে থাকেন ওখানে শুধুমাত্র বিদেশিদেরই থাকতে দেওয়া হয়,"

কথা না বাড়িয়ে প্রীত "ধন্যবাদ," বলে ওই বাড়িটার দিকে এগিয়ে যায়।

বাংলো বাড়িটার সামনে পৌঁছে প্রীত বলে, "বাড়িটাকে দেখে কেন জানি না ভীষণ চেনা লাগছে। "

"কারণ বাড়ির সামনেটা একেবারে আমাদের খাদানের বাংলোটার অনুকরণে তৈরী, শুধু সামনেটায় অতিরিক্ত সুন্দর একটা ফুলের বাগান,"

"ঠিক বলেছো আমার প্রথমে মাথাতেই আসে নি,"

"মাথার দোষ কি? অনেক বছর যাও নি তাই ভুলে গেছ,"

সামনের ফুলের বাগান থেকে কয়েক ধাপ সিঁড়ি উঠেছে বাংলোর বারান্দায়, সেখানে চেয়ারে বসা সিন্থেটিক রঙিন শাড়ী পড়া ফর্সা গোলগাল মাঝবয়সী এক মহিলা। কপালে মোটা করে লাগানো মেটে সিঁদুর, একেবারে বিহার উত্তরপ্রদেশের বিবাহিত মহিলাদের প্রতিচ্ছবি। বাংলোর সামনে ওদের গাড়ি থামতে দেখে প্রশ্ন সূচক দৃষ্টিতে সে তাকায় ওদের দিকে ।

ঠিক সেই সময় সাদা জামা নীল প্যান্ট পিঠে ব্যাগ নিয়ে একটা বছর দশ এগারোর ছেলেকে দেখা যায় ওই বাংলোর সিঁড়ি দিয়ে উঠতে বোঝাই যায় সে স্কুল থেকে ফিরছে। সিঁড়ি দিয়ে উঠতে উঠতে ছেলেটি মহিলাকে জিজ্ঞেস করে, "কারা এসেছে গো আমাদের বাড়ীতে?"

গাড়ী থেকে নামতে উদ্দত প্রীত প্রিয়ার দিকে তাকাতেই দেখে তাকে যুদ্ধে পরাজিতের সৈনিকের মত নিষ্প্রভ, ফিসফিসিয়ে বলে, "ঠিক যা ভাবছিলাম, আমি আর যাচ্ছি

না, আমাকে প্লিজ এখানে একা থাকতে দাও, তুমিই যাও,"

প্রীতের মনের মধ্যে শেষ জানার এক অপ্রতিরোধ্য আগ্রহ। প্রিয়া তার সাথে যেতে না চাওয়ায় সেই মুহূর্তে সে সিদ্ধান্তহীন একলাই যাবে না কি?

ওদিকে বারান্দায় বসা মহিলা তার ছেলেকে বাড়ীর ভিতরে পাঠিয়ে সিঁড়ির কাছে এগিয়ে এসেছেন, প্রশ্নসূচক দৃষ্টি, ভাবখানা কাউকে খুঁজছেন কি?

৩২. বাংলোর ভিতরে

গাড়ী থেকে নামতে অনিচ্ছুক প্রিয়া গাড়ীতেই বসে থাকে, প্রীত গাড়ী থেকে একাই নামে, ততক্ষনে মহিলাও সিঁড়ির এক ধাপ নেমে এসেছেন, "কিছু দরকার?"

"ঈশ্বরজীকে খুজছিলাম, শুনলাম উনি এখন বাড়িতেই আছেন,"

নামটা শুনেই মহিলা যেন থতমত খেয়ে প্রথম সিঁড়িতেই দাঁড়িয়ে পড়লেন, হাত তুলে প্রীতকে দাঁড়াতে বলে বাড়ির ভিতরে ঢুকে গেলেন। প্রীতের বুক উত্তেজনায় ধুকপুক করছে এবার হয়তো ওনার দেখা পাওয়া যাবে।

"কি বললেন উনি, বাড়িতে নেই নাকি?" গাড়ীর ভিতরে বসা উত্তেজিত প্রিয়া জিজ্ঞেস করে। প্রীত হাত দেখিয়ে প্রিয়াকে অপেক্ষা করতে বলে।

মিনিটখানেক পরে বাড়ি ভিতর থেকে লুঙ্গি পরা বেঁটেখাটো ময়লা এক ব্যক্তি জামার বোতাম লাগাতে লাগাতে বেরিয়ে আসে, "হ্যাঁ কাকে খুঁজছেন?"

জিৎকে সামনা সামনি কখনও না দেখলেও প্রিয়ার মুখের বিবরণে প্রীতের মনে তার একটা স্পষ্ঠ ছবি আঁকা হয়ে গেছে, তাছাড়া ছবিতে ওই দাড়িওলা লোকটাও এ নয়। খাটো ৫ফুটের এই লোকটিকে খুঁজতে তারা যে এতো দূরে আসে নি তা বলাই বাহুল্য, প্রীত বলে, "ঈস্বরজীর সঙ্গে দেখা করতে এসেছিলাম,"

"কেন? ডেয়ারির কোন ব্যাপারে? জানেন না উনিতো বাড়িতে কারুর সঙ্গে দেখা করেন না?"

"না না ডেয়ারি নয়, একটা অন্য ব্যক্তিগত ব্যাপারে ওনার সঙ্গে দেখা করতে এসেছি,"

"উনি সবে বিশ্রাম করতে গেছেন, আপনার যা বলার আমাকে বলতে পারেন,"

"আপনাকে বলা যাবে না, খুব ব্যক্তিগত, যদি ওনাকে দয়া করে ডেকে দেন,"

"তাহলে আপনাকে অন্য দিন আসতে হবে, তাড়াতাড়ি আসবেন ওই ডেয়ারিতে," বলেই সে বাড়ির ভিতরে যাবার উপক্রম করে।

"দেখুন আমরা এসেছি অনেক দূর দিল্লী থেকে শুধু ওনার সঙ্গে দেখা করতে, ব্যাপারটা ভীষণ জরুরী,"

"বুঝলাম কিন্তু উনি ভোর চারটে থেকে ডেয়ারির কাজ দেখে সবে একটু জিরোচ্ছেন, এই সময়ে"

প্রীত এতক্ষনে বোঝে লোকটা নেহাতই নাছোড়বান্দা সোজা পথে ওকে টপকে বাড়ীর ভিতরে কিছুতেই যাওয়া যাবে না। ওর মাথায় এক অন্য ফন্দি খেলে যায়। সোজা আঙুলে ঘি না উঠলে....." ঠিক আছে আপনি যখন ওনাকে ডেকে দেবেন না আমিই চেঁচিয়ে ওনাকে ডাকি, তবে ঈশ্বর নামে নয় ওনার আসল নামে, গ্রামের সকলেও জানুক ওনার নাম যে ঈশ্বর নয়,"

"য়্যাই দাঁড়ান," একটু থতমত খেয়ে লোকটা বলে, "ঈশ্বরই ওনার নাম, আবার কি আসল নাম হতে যাবে ওনার?"

"পঁচিশ বছর আগে দিল্লীতে যে নামে সবাই ওনাকে চিনতো, আমি সেই নামটার কথা বলছি,"

কথাটা শুনে লোকটা মুখ যেন হঠাৎ শুকিয়ে গেল, এক মুহুর্ত্তে কিছু ভেবে সে বলে, "আপনি এখানেই দাঁড়ান আমি দেখছি," বলে সে বাড়ীর ভিতরে তাড়াতাড়ি ঢুকে যায়।

ওদিকে বিশ গজ দূরে গাড়ীতে বসে প্রিয়া স্নায়ুর উত্তেজনায় ভুগছে, বারান্দায় ওদের কথাবার্তার কিছুই সে শুনতে পায় নি, লোকটা বাড়ির ভিতরে গেল প্রীতকে একা বারান্দায় দাঁড় করিয়ে। ঘটনার গতি প্রকৃতি কিছুই

না বুঝতে পেরে সে গলা উঁচিয়ে গাড়ি থেকেই জিজ্ঞেস করে, "কি ব্যাপার রে? এই লোকটা আবার কে?"

প্রীত না চেঁচিয়ে শুধু ইঙ্গিতে কাঁধ উঁচিয়ে হাতের তালু উল্টে বলে 'জানি না'

কিছুক্ষন পরে গোমড়া মুখে হন্তদন্ত হয়ে লোকটা ফিরে বলে, "আমার সঙ্গে আসুন, কিন্তু একটা কথা, খুব তাড়াতাড়ি আপনার কাজ সারবেন,"

লোকটার মুখের ভাব অনেকটা অপিস থেকে খেটে খুটে বাড়ী ফিরে পুজোর চাঁদার বিল হাতে পাড়ার চ্যাংড়াদের অযৌক্তিক চাহিদার মুখোমুখি হওয়ার মত। ইচ্ছে করছে জুতো পেটা করে এখনই অকাল কুষ্মান্ডগুলোকে তাড়াতে কিন্তু পাড়াতে যে থাকতে হবে ? তাই অনিচ্ছা সত্ত্বেও আপোষ করা।

লোকটা পিছু পিছু বাংলার ভেতরে ঢুকে প্রীত একেবারে চমকে যায়। বাংলোর ভিতরটা একেবারে তাদের পাহাড়ে খাদানের কাছের ওই বাংলোর প্রায় হুবহু প্রতিচ্ছবি। অজ্ঞাতে প্রীত দাঁড়িয়ে পড়ে তাকিয়ে দেখে বসবার ঘরটা, বড় খাবার টেবিল, ফায়ারপ্লেস একবারে যেন হুবহু ওই ভাবে তৈরি। খাদানের ওই বাংলোর কত পুরোনো স্মৃতি আজ জিৎ এর মনে পরে যায়।

"আরে! আপনি দাঁড়িয়ে পড়লেন যে? এদিকে আসুন," লোকটার চাপা ধমকে জিৎ বর্তমানে ফিরে আসে, "ওহ হ্যাঁ, চলুন"

"এদিকে," লোকটি ওকে বসবার ঘরে না বসিয়ে ডান দিকের একটা ঘরে বসালো, "আপনি এখানে অপেক্ষা

করুন উনি আসছেন," বলে ঘরের দরজা ভেজিয়ে সে প্রস্থান করলেন।

প্রীত বসে একটা চেয়ারে, বড় জানলা দিয়ে দিনের আলোয় উদ্ভাসিত ঘরটা একটা অফিস ঘরের মত। সাধারণ ফার্ণিচারেও বেশ রুচিশীল ভাবে সাজানো। বড় টেবিলের অন্য দিকে একটাই গদি আঁটা এক্সেকিউটিভ চেয়ার এদিকে সাধারণ কাঠের কয়েকটা চেয়ার, একপাশে একটা বুক সেলফ।

চারিদিকে তাকিয়ে দেখতে দেখতে টেবিলের ওপর রাখা বস্তুটিতে চোখ পড়তেই প্রীত চমকে ওঠে।

ঠিক সেই সময় ঘরের দরজা খুলে প্রবেশ করলেন উনি, "নমস্কার! শুনলাম দিল্লী থেকে এসেছেন আমার সঙ্গে দেখা করতে, তা কি ব্যাপারে?"

৩৩. ঈশ্বর

দুহাত জোর করে নমস্কার করে ঘরে যিনি প্রবেশ করলেন তাকে এক ঝলক দেখেই প্রীত চমকে ওঠে। যেন তাকে প্রতিদিন আয়নার সামনে দাঁড়ালেই দেখে, শুধু যাকে দেখছে সে পঞ্চাশ উর্দ্ধে, ছফুটের টানটান চেহারার এক ব্যক্তি । একঝলক দেখেই মনে হয় প্রচন্ড শারীরিক এবং মানসিক শক্তির অধিকারী। পরনে অত্যন্ত সাধারণ সাদা পাজামা, খদ্দরের পাঞ্জাবী, গায়ে একটা চাদর । মুখে এক প্রশান্তির ছাপ অথচ চোখের দৃষ্টি

অত্যন্ত তীক্ষ্ণ তাতে কোথায় যেন একটা সন্দেহের ভাব, যেন জিজ্ঞেস করছে 'আমার সম্বন্ধে কি জানো?' একমুখ কাঁচা পাকা মেশানো দাড়ি গোঁফ, মাথায় ঘন কোঁচকানো কাঁচা পাকা চুল। অনেক দিনের অযত্ন করা দাড়ি ঝুলে পড়েছে প্রায় বুক অবধি। একনজরে মনে হয় বুঝি কোন গৃহী সন্ন্যাসীকে দেখছে।

প্রীতের একবার মনে হল সোজাসুজি তাকে বলে, "আমাকে চিনতে পারছো না? আমি যে প্রীত, তোমার ছেলে,"

পরমুহূর্তে মনে হয় যে মহিলাকে একটু আগে বারান্দায় দেখেছে হয়ত সেই তার বর্তমান স্ত্রী। এখন স্ত্রী পুত্র নিয়ে তার নিজের একটা পরিবার আছে। পঁচিশ বছর আগেকার সম্পর্ক সে আজ অনায়াশে অস্বীকার করতেই পারে। প্রীতের মনে হলো সে ধীরে ধীরে তার মতিগতি বুঝেই নিজের আসল পরিচয় দেবে।

"আমি যে ম্যাগাজিনের সম্পাদক তার রিপোর্টার 'অম্বর' গত সপ্তাহে আপনার সাথে দেখা করেছিল নিশ্চই আপনার মনে আছে?"

"হ্যাঁ মনে আছে অল্পবয়স্ক ওই ফটোগ্রাফার ছেলেটিকে, তা কি হয়েছে"

"আপনার প্রকল্পের সে ভূয়সী প্রশংসা করে, আপনার কাজ সত্যই অত্যন্ত প্রশংসনীয়, বিস্তারিত ভাবে জন সমুক্ষে আসাও উচিত। প্রতিবেদন লিখতে গিয়ে দেখলাম সে অনেক বিষয় একেবারেই ছোঁয় নি, তাই সেই ব্যাপার গুলো একটু জানতে আমিই চলে এলাম। সামান্য কিছু

প্রশ্ন ছিল যদি আপনি সেগুলোতে কিঞ্চিৎ আলোকপাত করেন?"

"দাঁড়ান! আপনি বলছেন একটা গ্রামের প্রতিবেদনের খুঁটিনাটি জানতে আপনি দিল্লী থেকে গাড়ি চালিয়ে এতটা দূরে সোজা এখানে এলেন? এটাই আমাকে এটা বিশ্বাস করতে বলছেন?"

"অবশ্যই! এক নিজের চোখে দেখে লেখার সুযোগ, হাতেও সময় কম। যাক বলবেন প্লিজ কি ভাবে এই প্রকল্পের কথা মাথায় এলো? এর আগেই কি এমন কোনো প্রকল্প অন্য কোথাও করেছেন?" জিৎ না দোমে আরও কিছু প্রশ্ন জুড়ে দেয়।

কিছুক্ষণ চুপ করে কিছু ভেবে উনি বলেন, "প্রায় পনেরো বছর আগে আমি প্রচন্ড অসুস্থ হয়ে এক বন্ধু তথা ভাইয়ের দ্বারস্থ হই। সে আমাকে নিজের বাড়িতে রেখে মনে প্রাণে সেবা করে কয়েক বছর। খানিকটা সুস্থ হওয়ার পরে, আর ওর বোঝা হয়ে না থেকে এই নিরিবিলি গ্রামে চলে আসি। অল্প দিনে গ্রামের সকলের সাথে আমি পরিচিত হলাম, ওদের সঙ্গে আলাপ করে বুঝতে পারলাম প্রায় সকলেরই বাড়িতে একটা গরু আছে কিন্তু গ্রামে গরুর জন্য ডাক্তার নেই, তাই গরুর ওষুধপত্র সম্বন্ধে ওদের জ্ঞান নেই এবং গরুর দুধ খুব নষ্ট হয়। আমি তখন চিন্তা করলাম যে ওদের অতিরিক্ত দুধটা দিয়ে যদি কিছু করা যায়। কিছুদিন পরে আমার বন্ধুকে সেকথা জানাতেই সেই উৎসাহ ও বুদ্ধি দেয় এই প্রকল্পটা করতে। প্রথমে খুব ছোট করে নিজের বাড়ি থেকে শুরু করেছিলাম। তারপরে তার ও গ্রামের সকলের

সহযোগিতায় প্রকল্প বাড়তে থাকে, এই গ্রাম ও আশপাশের কিছু গ্রামের সকলের সহযোগিতায় দুগ্ধ সমবায়য়ের নতুন বাড়িটা তৈরি হয়। এদিকে প্রায়ই লোডশেডিং হয় দুগ্ধ প্রকল্পের কাজে যাতে বাধা না হয় সেইজন্য নিজেদের সৌরশক্তির ব্যবস্থা। হোম স্টে প্রকল্পটার শুরু আমার নিজের বাড়ি দিয়ে সেটার চাহিদা যখন বাড়ে তখন আমার অনেকদিনের স্বপ্নের এই বাংলোটা করে চলে আসি।"

"একটা প্রশ্ন না করে পারছি না। আপনি যখন অসুস্থ হলেন তখন আপনার স্ত্রীর কাছে না গিয়ে বন্ধুর কাছে গেলেন কেন?"

একটু থেমে মৃদু শ্বাসরুদ্ধ কণ্ঠে জানলার বাইরে উদাস নয়নে তাকিয়ে উত্তর দিলেন, "অনেক বছর আগে এক দুর্যোগের রাতে আমি স্ত্রী, পুত্র, আপন জন বলতে সকলকে হারিয়েছি?"

"তাহলে বাহিরে বারান্দায় বসা মহিলা আপনার কে হন? ছোট ছেলেটি আপনার ছেলে নয়?"

গম্ভীর স্বরে উনি বলেন, "আপনার তাই মনে হল বুঝি? দয়া করে আবার অন্যের স্ত্রীকে আমার স্ত্রী আর অন্যের সন্তানকে আমার পুত্র বলে আপনার পত্রিকায় চালিয়ে দেবেন না যেন,"

"তাহলে ওনারা আপনার কে হন?"

"যাকে বারান্দায় দেখেছেন সে কমলা আমার বন্ধুর স্ত্রী আর বাচ্চাটি ওদেরই ছেলে রোহিত। ওরা এই বাড়িতেই থাকে।"

টেবিলে রাখা ফটোফ্রেমে ছবিটা দেখিয়ে প্রীত জিজ্ঞেস করে, "এই হাসিমুখে বাচ্চা ছেলেটি কে?"

"এটাই আমার হারিয়ে যাওয়া ছেলের একমাত্র ছবি।"

"ওঃ! তাই? মাম্মির কাছে শুনেছি অনেক বছর আগে এক দুর্যোগের রাতের পর থেকে ঠিক এমনই আমার একটা ছবি আমাদের খাদানের বাংলো থেকে হারিয়ে গিয়েছিল।"

হঠাৎ ৪৪০ ভোল্টের শক লাগলে মানুষ যে ভাবে চমকে ওঠে সেই রকম উনিও চমকে উঠলেন, তাকালেন প্রীতের দিকে আবেগে ভরা শ্বাসরুদ্ধ কাঁপা কন্ঠে জিজ্ঞেস করেন, "কে তুমি? তোমার নামটাই তো এখনও জানা হয়নি?"

"আমার নাম প্রীত, এও জানি আপনি ঈশ্বর নন, আপনার আসল নাম জিৎ,"

"হ্যাঁ হ্যাঁ আমি জিৎ," কাঁদো কাঁদো স্বরে নিজের মুখ দুহাতে ঢেকে উনি বলেন। পর মুহূর্তে নিজেকে সামলে নিয়ে বলেন "তাহলে তুমি আমার ছেলে প্রীত?"

"হ্যাঁ,"

চেয়ার ছেড়ে উঠে প্রীতের কাছে এগিয়ে আসে দু হাতে তাকে নিজের বুকে টেনে নেয়, "সত্যি! এমন আনন্দের দিন আবার দেখবো কোনদিন ভাবিনি, নিজের ভিতরে শুধু ডুকরে মরেছি আর প্রার্থনা করেছি যেখানেই থাক যেন ভালো থাকো," বহুদিনের জমে থাকা চোখের জল আজ যেন বাঁধ ভেঙে অঝোরে বয়ে চলেছে।

প্রীতকে ছেড়ে নিজের চোখ মুছে জিৎ বলে, "আমি তো সকলের আড়ালে এই গ্রামে পড়ে আছি অনেক বছর, কি করে খুঁজে পেলে আমাকে?"

"আমি নয়! একটা ছবিতে অনেকের মধ্যে যে আপনাকে এক দেখাতেই চিনে নিয়েছে সে আমার মাম্মি প্রিয়া,"

"প্রিয়া কোথায়? সে কি তোমার সাথে এখানে এসেছে?"

"আমার সঙ্গেই এসেছে বাইরে গাড়িতে বসে আছে,"

"গাড়িতে কেন?"

"বারান্দায় আপনার বন্ধুর স্ত্রীকে দেখে মাম্মি ভেবেছে আপনার স্ত্রী। হঠাৎ আপনাকে যাতে কোনরকম পারিবারিক অস্বস্তিতে না পড়তে হয় তাই আর সে ভিতরে আসে নি। আমাকেও স্পষ্ট নির্দেশ দেওয়া ছিল যদি আপনি বিয়ে করে থাকেন তাহলে আমাদের আসল পরিচয়ও আপনাকে না জানানোর,"

"আমার জীবনে আর তো কোন মহিলা কোনদিন ছিল না থাকবেও না, প্লিজ আমাকে প্রিয়ার কাছে নিয়ে চলো,"

"না আপনি এখানেই বসুন আমি মাম্মিকে এখানেই নিয়ে আসছি,"

৩৪. উপসংহার

প্রীতকে তাড়াতাড়ি গাড়ীর দিকে হেঁটে আসতে দেখে প্রিয়ার হৃৎস্পন্দন প্রচন্ড বেড়ে যায়। সে মনে মনে ভাবে এখানে আসার পর থেকে সে যা আশঙ্খা করেছে সেটাই ঠিক, অর্থাৎ জিৎ আবার বিয়ে করে লোকচক্ষুর অন্তরালে সুখে এই নির্জন পাহাড়ী গ্রামে ঘর সংসার করছে। গাড়ী থেকেই প্রীতকে জিজ্ঞেস করে, "আমাদের পরিচয় আর দিতে হয় নি তো?"

"না উল্টোটা, আমাদের আসল পরিচয় দিয়েছি,"

"সে কি? কেন দিতে গেলি? বলেছিস বুঝি আমিও এখানে এসেছি?" প্রিয়া কাঁপা গলায় জিজ্ঞেস করে।

"হ্যাঁ, তুমি যে এসেছ তাও বলেছি, এখন তাড়াতাড়ি ভেতরে চলো তোমার জন্য পাপা অধীর আগ্রহে অপেক্ষা করছে, নিজেই আসছিলো আমিই বললাম মাম্মীকে নিয়ে আসছি,"

প্রীতের মুখে পাপা ডাক শুনে প্রিয়া অভিভূত, গাড়ী থেকে নেমে স্নেহের সঙ্গে ওর হাতটা ধরে বলে, "কিন্তু ওর স্ত্রী? সে কি ভাববে আর শুধু শুধু ওদের সংসারে নতুন করে অশান্তি..."

"ওটা ওর স্ত্রী নয়,"

প্রিয়া অবাক, "তাহলে ওর বাড়ীর বারান্দায় বসে কি করছিল?"

"ওটা ওর বন্ধু পত্নী, এখানেই থাকে, এখন তাড়াতাড়ি চলো,"

"সত্যি বলছিস?" কিছুটা অবাক প্রিয়া গাড়ি থেকে নেমে সিঁড়ি দিয়ে উঠতে উঠতে বলে।

বাড়ির ভেতর ঢুকে প্রীত প্রিয়াকে বন্ধ ঘরের দরজাটা দেখিয়ে বলে, "মাম্মি তুমি ভিতরে যাও আমি বারান্দায় আছি,"

প্রিয়া শক্ত করে প্রীতের হাতটা ধরে বলে, "সে কি রে? তুই যাবি না? আমি একাই যাব? এতদিন পরে আমার কেমন লাগছে,"

"এত বছর পরে তোমাদের পুনর্মিলনের মূহুর্ত্তটা একান্তই তোমাদের নিজেদের হোক, কাউকে সাক্ষী করে সেটাকে অতি সাধারণ করে দিও না,"

বিস্মিত প্রিয়া তাকায় প্রীতের দিকে ভাবখানা, 'তুই কত বড় হয়ে গেছিস রে!'

প্রিয়াকে ঘরের দরজা ঠেলে ঢুকতে দেখে প্রীত বারান্দায় একটা চেয়ারে এসে বসে।

"কিছু মনে কোরো না, দাদাই বাড়িতে বাইরের কারো সাথে দেখা করে না, তাই....." লুঙ্গি শার্ট পরা লোকটা প্রীতের পাশে একটা চেয়ারে বসতে বসতে বলে।

"ওঃ কিন্তু আপনাকে ঠিক চিনলাম না, শুনলাম আপনি ওনার বন্ধু, যাক আমার নাম প্রীত,"

"জানি সব শোনা হয়ে গেছে, আমি হলাম তোমার বাবলু চাচা," একগাল হেঁসে সে বলে।

"আপনি ওনার কেমন বন্ধু? মানে কেমন করে চিনলেন?"

"আমাদের পরিচয় অনেক বছর, অনেক লম্বা কাহিনী, উনি আমার দাদা,গুরু এবং বন্ধু,"

"অনেক বছরের না জানা সব ঘটনা, নাগাল পেতে কিছু সময় লাগবে" প্রীত মিচকি হেসে বলে।

"ঠিক, আজ রাতে শাহি পানীর, রাজমা ডাল, দেশি ঘিয়ের পরোটা আর ক্ষীর,"

"আরে এগুলো তো সব আমার মাম্মির ফেভারিট,"

"প্রিয়া ভাবির পছন্দের খানা সব আমার জানা, আজকে সুযোগ পেলাম নিজের হাতে রান্না করে খাওয়ানোর,"

"আপনি কি করে জানলেন?"

"কেন? দাদার কাছে পনেরো বছর ধরে প্রিয়া ভাবির কি কি পছন্দ শুনে শুনে,"

দুজনে হেঁসে ওঠে।

ওদিকে প্রিয়াকে ঘরে ঢুকতে দেখে জিৎ নিজের চেয়ার থেকে উঠে দাঁড়ায়, ওর চোখ আটকে যায় প্রিয়ার চোখে । প্রিয়াও বিস্ময়ে একদৃষ্টিতে চেয়ে থাকে জিৎ এর দিকে। অনেক চেষ্টা করেও অনর্গল বয়ে যাওয়া চোখের জল

কিছুতেই আটকাতে পারে না। জিৎ এর চোখও আবেগে ছলছল। দুজনে দুজনের দিকে মন্ত্রমুগণ্ধের মত তাকিয়ে দাঁড়িয়ে থাকে। জিৎ দু'হাত তুলে প্রিয়ার দিকে বাড়িয়ে দেয়, প্রিয়াও ছুটে গিয়ে জড়িয়ে ধরে ওকে, শক্ত দুহাতে জিৎ টেনে নেয় প্রিয়াকে আরও নিবিড় করে নিজের কাছে।

"আরো শক্ত করে জড়িয়ে ধর আমাকে, আরও কাছে টেনে নাও, আর কখনো আমায় ছেড়ে যেও না," জিৎ এর বুকে মুখ রেখে অস্ফুষ্ট অনুনয়ের সুরে বলে প্রিয়া, "আমারতো আসতেই ভয় করছিল এখানে,"

"কেন?"

"ভাবছিলাম এতদিনে আমাকে ভুলে বিয়ে টিয়ে করে সুখে হয়তো সংসার করছো,"

"তুমি ছাড়া আমার জীবনে অন্য কোন নারী আসেনি আসবেও না কোনদিন," জিৎ ফিসফিস করে বলে ওর কানে।

আবেগের জোয়াড়ে ভাসতে ভাসতে অজান্তে কখন ওদের দুজনের ঠোঁট এক হয়ে গেছে ওরা জানে না।

বহু বছর জমে থাকা আবেগের ঝড়টা কাটলে প্রিয়া বলে,"ভাগ্গিস প্রীত এখনে নেই,"

"প্রীত কোথায়? তোমার সঙ্গে এলো না কেন?"

"আমাকে এখানে পৌঁছে বললো তোমাদের পুনর্মিলনের মুহূর্ত্তটা তোমরা নিজেরা একান্তেই সামলাও, আর ও থাকলে এসব হত নাকি?" দুজনেই হেঁসে ওঠে।

"কিন্ত নিজের একি চেহারা করেছো? দাড়ি গোঁফের জঙ্গল!" প্রিয়ার চাপা ভৎসনা।

"প্রথমদিকে ছদ্দবেশের প্রয়োজনে, পরে অভ্যেস হয়ে গেছে, পনেরো বছর……"

"ওই সব গল্প শুনতে চাই না……পুঙ্খানুপুঙ্খ না জানলেও পরে ঘটনার আঁচ আমি পেয়েছি, জগমোহন অত্যন্ত বুদ্ধিমান, সমস্তটাই ওর কাছে জলের মত পরিষ্কার হয়ে যায় সেটা ইঙ্গিতে আমাকে বুঝিয়ে দিয়েছিল। তুমি হয়তো ভেবেছিলে সব জানলে আমি তোমাকে কোনোদিন ক্ষমা করবো না…… আমি খুব ভালো জানি তুমি না হলে আজ হয়তো আমি এবং প্রীত বেঁচে থাকতাম না। আমার নিজের রক্তের সম্পর্ক যাদের সাথে তারা যে টাকার লোভে এতো নীচে নামতে পারে ….জানো তোমাকে আমি অনেক খুঁজেছি,"

"তুমি সব জানতে?"

"পরে জেনেছি, ওরা জগমোহনের নামে একটা পঁচিশ লক্ষ্যের ইন্সুরেন্সও করিয়েছিল যার নমিনি আমি বা প্রীত কেউই ছিলাম না, কে ছিল জান? আমার মামা।"

"জগমোহন জেনে বুঝে ওই পলিসি করেছিল?"

"একদম নয়, তুমি যাওয়ার কয়েক মাস পর উটকো বিশাল প্রিমিয়ামের নোটিশ পেয়ে জগমোহন ইন্সুরেন্সের অপিসে গিয়ে সব জানতে পারে। হয়তো সময় বুঝে ছল করে আরও পাঁচটা কাগজের সাথে ওটাও সই করিয়ে নিয়েছিল। জগমোহন সমকামী, কিন্তু আমার দৃঢ় বিশ্বাস প্রীতকে উপেক্ষা করে ও কিচ্ছু করবে না, এতটাই ওকে

ভালোবাসতো। সেদিন জগমোহন আরও বলেছিল 'ওই দুর্যোগের রাতে প্রিয়া তুমি দরজা খুলেছিলে বলেই আজ আমি বেঁচে আছি'।"

"কি বলছো?" জিৎ চমকে ওঠে এতদিন পরে এই সত্যিটা শুনে।

"জগমোহন ধুরন্দর বুদ্ধিমান, এতগুলো ব্যবসা সামলাতো, রাজনীতি করতো, ওর পক্ষে দুইয়ে দুইয়ে চার করতে সময় লাগে? আমার বুঝতে অসুবিদে হয় নি জগমোহনের পরেই আমার আর প্রীতের পালা ছিল।"

একটু থেমে জিৎ এর হাতে হাত রেখে প্রিয়া বলে, "প্রীত কিন্তু এই সবের কিছুই জানে না,"

দরজা ঠক ঠক করে ঘরে কমলা প্রবেশ করে চা আর পকোড়া নিয়ে। প্রিয়ার সাথে কিঞ্চিত আলাপ করে সে বিদায় নেয়।

"জানো ওকে দেখে আমি ভেবেছিলাম বুঝি তোমার বউ," পাকোড়ায় এক কামড় দিয়ে প্রিয়া বলে, "আরে! এ যে পনির পকোড়া, তোমার মনে আছে পনির আমার ভীষণ প্রিয়,"

"মনে আবার নেই, তোমার কথা ভেবেই তো পনিরের ফ্যাক্টরি বানিয়ে ফেললাম। আজ রাতেও তোমার প্রিয় শাহী পনির বানাচ্ছে বাবলু সঙ্গে পরোটা। রাতে নিচের গেস্টরুমে থাকার ব্যবস্থা করেছি প্রীতের আর তুমি থাকবে উপরে আমার পাশের ঘরটায়, জানো দুটো ঘরের মাঝখানে দরজাটা খোলা যায়।" প্রিয়ার দিকে তির্যক তাকিয়ে জিৎ বলে।

"ধুৎ বুড়ো বয়সে তোমার যত্ত," একটু থেমে খুনসুটির মিচকি হেঁসে প্রিয়া বলে, "দরজা খুলতে পারি যদি তোমার দাঁড়ি গোফের জঙ্গল সাফ করে নাও তবেই,"

ওরা দুজনেই হেঁসে ওঠে।

*************** সমাপ্ত ******************

www.ingramcontent.com/pod-product-compliance
Lightning Source LLC
LaVergne TN
LVHW060238051026
849517LV00005B/1660